16	3	2	13
5	10	11	8
9	6	7	12
4	15	14	1

Béroul

O ROMANCE
DE TRISTÃO

Edição bilíngue
Tradução e introdução de Jacyntho Lins Brandão

editora■34

EDITORA 34

Editora 34 Ltda.
Rua Hungria, 592 Jardim Europa CEP 01455-000
São Paulo - SP Brasil Tel/Fax (11) 3811-6777 www.editora34.com.br

Copyright © Editora 34 Ltda., 2020
Tradução © Jacyntho Lins Brandão, 2020

A FOTOCÓPIA DE QUALQUER FOLHA DESTE LIVRO É ILEGAL E CONFIGURA UMA
APROPRIAÇÃO INDEVIDA DOS DIREITOS INTELECTUAIS E PATRIMONIAIS DO AUTOR.

Imagem da capa:
Detalhe do frontispício de Roman de Tristan en prose, *c. 1325,
manuscrito que pertenceu à família Visconti Sforza, na Lombardia,
Bibliothèque Nationale de France, Paris*

Capa, projeto gráfico e editoração eletrônica:
Bracher & Malta Produção Gráfica

Revisão:
Alberto Martins
Danilo Hora

1ª Edição - 2020

CIP - Brasil. Catalogação-na-Fonte
(Sindicato Nacional dos Editores de Livros, RJ, Brasil)

Béroul, século XII
B251r   O romance de Tristão / Béroul;
edição bilíngue; tradução e introdução
de Jacyntho Lins Brandão — São Paulo:
Editora 34, 2020 (1ª Edição).
336 p.

Tradução de: Le roman de Tristran
Texto bilíngue, português e francês

ISBN 978-65-5525-003-9

1. Poesia francesa medieval.
I. Brandão, Jacyntho Lins. II. Título.
III. Série.

CDD - 841

O ROMANCE DE TRISTÃO

Introdução, *Jacyntho Lins Brandão* 7

O ROMANCE DE TRISTÃO

O encontro sob o pinho 55
A prova da flor de farinha 89
O salto de Tristão 105
A sorte de Isolda 119
A floresta de Morrois 133
A luva, o anel e a espada 163
A reabilitação de Isolda 185
O juramento de Isolda 239
O fim dos três barões 315

Referências bibliográficas 329
Sobre o autor 334
Sobre o tradutor 335

para Ângela Vaz Leão,
que me ensinou filologia
e literatura medieval

Introdução

Jacyntho Lins Brandão

O poema que o leitor tem em mãos é uma verdadeira joia da mais remota forma do romance moderno, conservada, não em sua inteireza, num único manuscrito pertencente à Biblioteca Nacional da França, em Paris. Pode parecer estranho que um romance se apresente assim, em versos, mas essa é a feição primeira que tiveram os *romans*, enquanto "a grande novidade do século XII",[1] quando foram criados e nomeados.

Como o texto de Béroul, poeta de que nada sabemos, deve ter sido escrito entre 1150 e 1190, participa do próprio surgimento do romance, o que se confunde com os primeiros registros do ciclo arturiano, configurado inicialmente nos *romans* de Chrétien de Troyes — que teria ele também escrito um *Tristan*, hoje completamente perdido, mas de que recebemos ainda *Cligès* (poema composto em 1176), em que se narra a história deste cavaleiro; *Le chevalier de la charrete*, que tem como protagonista Lancelot, e *Le chevalier au lyon*, dedicado a Yvain (produzidos entre 1177 e 1181); bem como *Le conte du Graal*, centrado em Perceval (iniciado entre 1182 e 1190, mas deixado inacabado pelo autor, quando

---

[1] Shahla Nosrat, *Origines indo-européennes de deux romans médiévaux: Tristan et Iseut et Wîs et Râmîn* (tese), Estrasburgo, Université de Strasbourg, 2012, p. 46.

de sua morte).[2] Assim, o *Tristran* de Béroul,[3] se não é o primeiro romance moderno de que algo se conservou, conta entre os primeiríssimos, cujo traço principal estaria em terem sido escritos diretamente em *romance*, ou seja, numa língua vulgar — neste caso, o francês —, e não em latim.

Todos os romances referidos integram a chamada "matéria de Bretanha" — o ciclo de histórias em torno do rei Artur e os cavaleiros da Távola Redonda —, o que quer dizer que se organizam como um ciclo, ao lado de outros ciclos, nomeadamente o da "matéria de Troia", com o *Roman de Troie*, que aborda a antiga guerra até a morte de Ulisses; a "matéria de Tebas", com o *Roman de Thèbes*, baseado na *Tebaida* de Estácio e dedicado à história de Édipo, Etéocles e Polinices;[4] a "matéria de Roma", com o *Roman de Enéas*, inspirado na *Eneida* de Virgílio e tratando dos amores de

---

[2] Para uma informação geral sobre Chrétien de Troyes e suas obras, ver Carlos García Gual, *Historia del rey Arturo y de los nobles y errantes caballeros de la Tabla Redonda* (Madri, Alianza, 1984, pp. 69-108); e também, para um resumo, Carolina Gual da Silva, Cláudia Regina Bovo e Flávia Amaral, "Do verso à prosa: o potencial histórico dos romances de cavalaria (séculos XII-XIV)" (*História e Cultura*, v. 2, nº 3, 2013, pp. 417-24).

[3] No romance de Béroul o nome do herói aparece como Tristran; nos outros textos, incluindo as traduções, aparece como Tristan (em português, Tristão).

[4] Conforme Paul M. Clogan, o texto foi composto entre 1150 e 1155 por um clérigo normando, revelando "novas direções na narrativa cortês do século XII", e marcando "o ponto de inflexão, em termos de forma e de tom, na transição da *chanson de geste* para o *roman courtois*", constituindo "os três textos narrativos em francês antigo — *Roman de Thèbes*, *Roman d'Enéas* e *Roman de Troie* —, tradicionalmente referidos como *romans d'antiquité* [...] um gênero distinto, aparecido na metade do século XII no norte da França". Ver Paul M. Clogan, "New directions in twelfth-century courtly narrative: *Le roman de Thèbes*", *Mediaevistik*, v. 3, 1990, pp. 55-6.

Eneias por Lavínia e Dido;[5] existindo ainda a "matéria de Alexandre", de que temos o *Roman d'Alexandre*, dedicado à vida e aos feitos de Alexandre Magno.[6] Como se vê, já no momento em que surge, o romance medieval configura um espaço que, no mesmo século XII, tem os ciclos como critério de organização, tendo razão Nosrat ao afirmar que nesse momento inicial o romance deve ser entendido mais como uma prática que como uma forma literária, prática em que, contudo, ainda segundo ela, se podem identificar três "significados originários", a saber: "ele é um gênero tardio e vulgar que tem pretensão de novidade; goza de uma liberdade aparentemente absoluta; tira sua autoridade de nada mais que da ordenação de seu conteúdo".[7] No caso da matéria de Bretanha, diferentemente do que acontece nos outros ciclos, em que se retomam figuras e enredos do mundo antigo, acres-

---

[5] Para Adriana Punzi, o texto, que pode ser datado de 1160, revela, em sua releitura do modelo virgiliano, uma "atitude intrínseca ao *mettre en roman*, que, na dialética entre seleção e esquecimento, refunda sua novidade". Ver "Il *Roman d'Eneas* o la riscrittura dell'*epos*", *Francofonia*, nº 45, 2003, p. 49.

[6] O chamado *Romance de Alexandre* remonta à Antiguidade grega, sendo atribuído a Calístenes. São do século XII as primeiras versões para as línguas modernas, a partir do latim, dentre as quais três em francês. A primeira, atribuída a Albéric de Pisançon, de que se conservam apenas fragmentos, em versos octossilábicos, deve ter sido composta por volta de 1120, sendo traduzida para o alemão já em 1130. A segunda versão, também em francês, usa versos de dez sílabas, sendo contemporânea da terceira versão francesa conhecida, em dodecassílabos, desde então denominados "versos alexandrinos" (cf. Paul Meyer, *Alexandre le Grand dans la littérature française du Moyen Âge*, Paris, F. Vieweg, 1886). O texto continuou a apresentar diversas versões, em verso e em prosa, em diferentes línguas.

[7] Shahla Nosrat, *Origines indo-européennes*, *op. cit.*, p. 47. Sobre o ciclo arturiano em geral, ver Norris J. Lacy (org.), *Text and intertext in medieval Arthurian literature*, Nova York/Londres, Garland, 1996.

cente-se que, conforme Stanesco e Zink, o protagonista não mais é "o herói épico de antigamente, expressão ideal de sua linhagem, de seu povo", mas alguém "solitário e cortês", cujas "errâncias o levam através das 'florestas espessas', separado do mundo, em busca de prêmio pessoal e de glória".[8]

PRÉ-HISTÓRIA

Após os pouco mais de cem anos que nos separam dos primeiros estudos relativos à "lenda" de Tristão, pode-se afirmar com certeza sua origem celta, o que não quer dizer que, na forma como se transmitiu nos romances dos séculos XII e XIII, não tenha assumido matérias e feições francesas. O debate em torno do assunto tem em vista não mais que a percepção de quanto se deve atribuir aos diferentes elementos, a saber, os substratos de procedência celta — nomeadamente picto, címrico e irlandês — e a elaboração em língua e ambiente franceses.[9]

Gaston Paris e Joseph Bédier elencaram os elementos celtas da "lenda". O primeiro defende uma posição hoje tida por extremada e "romântica", apresentada pela primeira vez em artigo publicado na *Revue de Paris*, com data de 1894: sob a capa francesa, teríamos acesso pleno a um patrimônio celta, os indícios disso estando tanto no tema do adultério, quanto na habilidade de Isolda e de sua mãe no preparo de poções mágicas, no cão treinado para caçar sem ladrar,

[8] Michel Stanesco e Michel Zink, *Histoire européenne du roman médiéval*, Paris, PUF, 1992, p. 7.

[9] Sobre a questão, ver Francesco Benozzo, "Tristano e Isotta: cent'-anni di studi sulle origini della leggenda" (*Francofonia*, n° 37, 1997), em que me baseio para esta exposição.

no uso de tranças pelos cavaleiros, na prática das decapita-ções etc.

Esse ponto de vista foi seguido, ainda que de forma mitigada, por Bédier, que, na sua edição do poema da autoria de Thomas d'Angleterre, publicada em Paris, em 1905, sustenta que "o caráter e o espírito da lenda não se podem dizer senão franceses", mesmo se admitindo nela três "estágios", os mais antigos naturalmente celtas: a) um primeiro seria picto, testemunhado pela presença, na tríade galesa do *Mabinogion*, de um Drystan ab Tallwch, amante de Essylt, mulher de March, "tal nome sendo o correspondente galês do picto Drostan mab Talore, chefe histórico que reinou no século VIII"; b) o segundo estágio seria címrico, em que, conservando o nome de Tristão, os galeses o puseram em relação com o rei March da Cornualha, personagem que teria realmente existido e cuja memória se conserva na *Vida de São Paulo Aureliano*; c) enfim, a forma final da lenda, conhecida nos poemas dos séculos XII e XIII, se deveria a um povo que falava tanto o bretão como o francês. Aos estágios mais antigos pertenceriam dados como as orelhas de cavalo do rei Marco e a cena em que Tristão, com uma flecha dada por Isolda, atinge a cabeça de um dos inimigos que aparece numa janela, negando Bédier, contudo, que o preparo de filtros, o cão que caça sem latir ou cavaleiros com tranças possam ser tidos como elementos celtas.[10]

A partir dessas incursões, um longo debate se desenrolou sobre quais seriam os dados de origem diversa sedimentados nos romances franceses, a remissão mais remota sendo ao poema persa intitulado *Vis e Râmîn*, datado no século XI, mas cujo enredo parece muito mais arcaico (podendo remontar ao primeiro século a.C.), uma história de adultério envolvendo o rei da Pérsia Moabad, sua esposa Vis e seu ir-

---

[10] Cf. Francesco Benozzo, "Tristano e Isotta", *op. cit.*, pp. 108-9.

mão mais novo Râmîn — equivalentes, portanto, do rei Marco, Isolda e Tristão, respectivamente —, havendo ainda outros elementos que permitiriam aproximar os dois enredos. Essa aproximação foi proposta, já em 1872, por H. Ethé, em artigo intitulado "Verwandte persische und okzidentalische Sagenstoffe" [Tema lendário persa e ocidental relacionado], sendo retomada, em 1974, por Pierre Gallais, no livro *Genèse du roman occidental: essais sur Tristan et Yseut et son modèle persan* [Gênese do romance ocidental: ensaio sobre Tristão e Isolda e seu modelo persa], voltando a ser abordada, de modo detalhado, em 2012, na tese de Shahla Nosrat já mencionada. Assim, seria possível remontar a uma tradição indo-europeia, difícil, contudo, de ser determinada em termos de transmissão, por mais que a hipótese possa parecer atraente.

Mais eloquentes parecem os esforços de buscar dados arqueológicos e onomásticos que possam ser relacionados com os romances. Assim, dentre outros, André de Mandach, em artigo publicado em 1972, além de afirmar ter encontrado na Cornualha nomes de lugares presentes no poema de Béroul (Lantïen, Tintagel, Saint Samson), propõe identificar com Tristão a personagem cujo túmulo se encontra ainda hoje próximo ao castelo de Lantïen, em cuja lápide se lê DRUSTANUS CUNOWORIS FILIUS — esse patronímico, ainda conforme Mandach, podendo referir-se a um rei da Dumnonia (ou seja, Devon e Cornualha em conjunto) que viveu em fins do quinto século, a inscrição relativa a seu filho Drustanu sendo datada de meados do sexto. Acrescente-se que na mesma lápide se encontra referida uma certa DOMINA CLUSILLA, que o mesmo Mandach relaciona com Isolda, tendo em vista que "Cluainsilla [pronunciado como *closilla*] é um topônimo irlandês situado a sete milhas da colina de Tara [o local exato de onde provinha Isolda, enquanto filha do rei supremo da Irlanda], composto de CLUAIN, 'colina', e SILLA, 'dourada'"

— o que poderia ser uma remissão aos cabelos louros da rainha, dado com frequência realçado nos textos.[11]

Mais recentemente, Heinz arrolou todos os indícios textuais e históricos em favor da admissão de uma antiga tradição britânica relativa a Tristão, considerando: a) a ocorrência de formas dos nomes dos principais caracteres, especialmente no norte da Grã-Bretanha, entre o quinto e o nono século; b) os locais geográficos em que se passam as ações; c) os motivos explorados, em especial o modo aparentemente amoral como o adultério é tratado no poema de Béroul;[12] d) as referências feitas pelos autores do continente a fontes britânicas.[13]

O CICLO DE TRISTÃO

Mesmo que, como se supõe, a matéria de Tristão possa ter origem própria, esteve desde os primeiros registros literários relacionada com o ciclo arturiano, embora o romance de Tristão e Isolda configure, ele próprio, um autêntico ciclo, que inclui, ainda nos séculos XII e XIII, tanto obras em francês (em verso e prosa) como traduções para o alemão, o sueco e, ao que parece, o holandês.

Do *corpus* francês, é provável que o primeiro documento seja o *Tristran* de Béroul (que é a versão que aqui se traduz), pelo menos no que se refere à sua primeira parte (vv.

[11] Ver Francesco Benozzo, "Tristano e Isotta", *op. cit.*, pp. 108-9 e 119-21.

[12] Sabine Heinz, "Textual and historical evidence for an early British Tristan tradition", *Proceedings of the Harvard Celtic Colloquium*, v. 28, 2008, pp. 113-5.

[13] Resumo aqui os argumentos de Sabine Heinz, em "Textual and historical evidence", *op. cit.*, pp. 117-20.

2-2.754), que se acredita ter sido composta entre 1150 e 1170, a segunda parte, datada entre 1180 e 1190, devendo ser posterior ao *Tristan* de Thomas d'Angleterre (escrito provavelmente em 1173).[14]

Conhecemos outros poemas franceses, de alguns não mais que fragmentos, todos datáveis no último quarto do século XII ou, no máximo, no primeiro quarto do século seguinte: a) o que se intitula *Les folies Tristan* [As loucuras de Tristão], conservado em dois manuscritos — de Berna e de Oxford —, nos quais se relata a visita de Tristão à corte, disfarçado de louco, para ver Isolda, não sendo ele reconhecido pelo rei Marco e por mais ninguém senão ela; b) o chamado "fragmento Carlisle", publicado apenas em 1992, que registra o que se acredita ser uma das partes não conservadas do poema de Thomas, envolvendo a travessia marítima de Tristão e Isolda, a chegada à Cornualha, o casamento com Mar-

---

[14] O reconhecimento dessas duas partes (vv. 2-2.754 e 2.755-4.485, com uma passagem de transição, vv. 2.755-3.027) não é consensual, mas baseia-se em algumas diferenças de linguagem e estilo, justificando algumas inconsistências: por exemplo, um dos três barões que perseguem os protagonistas, pelo que se entende, é morto por Governal durante a estada deles na floresta de Morrois, mas, agora nomeados, os três barões reaparecem a partir do episódio do juramento de Isolda, dois deles sendo mortos por Tristão no último trecho conservado — sobre a questão, considerando os estudos de Alfred Ewert, ver Jacques C. Kooijman, "A propos du 'Tristan de Beroul' et du Tristan en prose" (*Romanische Forschungen*, v. 91, nºs 1-2, 1979, pp. 96-7). Thomas B. W. Reid, em "The 'Tristran' of Beroul: One author or two?" (*The Modern Language Review*, v. 60, nº 3, 1965, p. 358), conclui, a partir dos dados linguísticos, a favor da hipótese de uma dupla autoria, o segundo autor sendo responsável pela segunda parte do poema e também por algumas interpolações na primeira, a saber: a) o episódio das orelhas de cavalo do rei Marco e a morte do anão (vv. 1.303-50); b) a morte, por Governal, de um dos três inimigos de Tristão (vv. 1.656-750); c) talvez as duas passagens contendo o nome *Berox* (vv. 1.265-70 e 1.789-90), o que implicaria que Béroul deveria ser considerado autor da segunda e não da primeira parte.

co e a trama da primeira noite, em que a ama Brengain entra no leito do rei no lugar de sua senhora, para que o noivo não perceba que a recém-casada não era virgem;[15] d) o poema intitulado *Tristan rossignol* [Tristão, o rouxinol], em que o herói imita vários pássaros para comunicar-se com Isolda; e) o poema que leva o título de *Tristan menestrel* [Tristão menestrel], mais um dos disfarces do protagonista, que assim vai até a corte do rei Marco, depois de distinguir-se em torneios contra os mais importantes cavaleiros do rei Artur; e) finalmente, a canção (*lai*) de Marie de France intitulada *Chèvrefeuille*, focada no exílio de Tristão e no sofrimento dos amantes.[16] Enfim, do primeiro quarto do século XIII é o chamado *Tristan en prose* [Tristão em prosa], atribuído a Luce du Gal, um texto longo e complexo, apresentado como tradução de um relato em latim, em que as aventuras do herói se mesclam às dos cavaleiros da Távola Redonda, o qual se conserva em muitos manuscritos que trazem muitas diferenças entre si.[17] Acrescente-se que, no correr do tempo, a história de Tristão e Isolda continuou a apresentar-se em novas

[15] Michael Benskin *et al.*, "Un nouveau fragment du *Tristan* de Thomas", *Romania*, v. 113, nºs 451-2, pp. 289-319, 1992.

[16] Todos os textos até aqui referidos estão editados e traduzidos para o inglês em Norris J. Lacy (org.), *Early French Tristan poems*, 2 vols., Cambridge, D. S. Brewer, 1998.

[17] Um apanhado analítico de uma parte dos manuscritos é feito por Eilert Løseth, em *Analyse critique du Roman de Tristan en prose française*, Paris, Émile Bouillon, 1890. A primeira edição da obra atribuída a Luce du Gal começou a ser feita apenas a partir de 1963. Inicialmente Renée L. Curtis publicou três volumes (*Le roman de Tristan en prose*, vols. 1-3, Cambridge, D. S. Brewer, 1963-1985); em seguida, Philippe Ménard e seus colaboradores publicaram outros nove volumes (*Le roman de Tristan en prose*, vols. 1-9, Genebra, Droz, 1987-1997). Mesmo abrangendo já doze volumes densos, a obra não se encontra totalmente editada; a continuação está a cargo de Richard Trachsler.

Introdução

versões em francês, a última delas, a mais conhecida, deven-do-se a Joseph Bédier (de 1900), que, para compor em pro-sa essa espécie de texto hoje em dia legível, se baseou em epi-sódios presentes nos diversos documentos medievais, dando sempre preferência, quando possível, a Béroul.[18]

Mas já contemporaneamente aos primeiros romances franceses encontramos a primeira versão da história de Tris-tão em outra língua, o alemão, no poema chamado *Tristant*, de Eilhart von Oberg, que se acredita tem como ponto de par-tida ou o *Tristran* de Béroul ou a mesma fonte de que este se serviu. Do início do século seguinte são uma segunda versão alemã, da autoria de Gottfried von Strassburg (*Tristan*), que parece que traduz o *Tristan* de Thomas, e uma tradução pa-ra o sueco, da lavra de Frei Robert, com o título *Tristams sa-ga ok Isöndar*, havendo ainda um fragmento de 158 versos de uma tradução para o holandês, datado de cerca de 1250 e conservado na Biblioteca Nacional da Áustria, em Viena. Nos séculos seguintes as traduções ou retomadas da história de Tristão e Isolda, em verso e prosa, são numerosas, tendo sido conservadas versões em inglês, italiano, espanhol, tche-co e bielorusso, sendo de destacar fragmento também em ga-lego-português, do século XIV, conservado em não mais que dois fólios de pergaminho.[20]

---

[18] Sobre as várias versões em francês e sua relação, ver Maurice Del-bouille, "Le premier *Roman de Tristan*", *Cahiers de Civilisation Médiéva-le*, n° 19, pp. 273-86, e n° 20, pp. 419-35, 1962. Para uma visão geral das retomadas, ver Laurence Harf-Lancner, "Tristan détristanisé" (*Nou-velle Revue du XVIe Siècle*, v. 2, pp. 5-22, 1984), que leva em considera-ção as retomadas do *Tristão em prosa* até o *Nouveau Tristan* de Jean Mau-gin, de 1554; sobre a versão de Pierre Sala, escrita entre 1525-1529, ver Pierre Servet, "Le *Tristan* de Pierre Sala: entre roman chevaleresque et nou-velle", *Études Françaises*, v. 32, n° 1, pp. 56-69, 1996.

BÉROUL

É consenso entre os estudiosos que é de Béroul, pelo menos em parte, o primeiro *roman* sobre os amores de Tristão e Isolda. É bem verdade que ele se refere a uma história (*estoire*) anterior, que outros escritores não conhecem bem ("Não sabem bem como é a história,/ Berox a guarda em sua

[19] A propósito, ver Luciano Rossi, *A literatura novelística na Idade Média portuguesa* (Lisboa, Instituto de Cultura Portuguesa, 1979, pp. 46-52 e 113-4), que transcreve (de acordo com a edição de J. L. Pensado, publicada em Santiago de Compostela, em 1962) a breve cena em que se encontram presentes Glingain, Isolda, Dinás e Brengain, o primeiro comunicando à rainha que Tristão está vivo. Por ser o único testemunho da presença da matéria de Tristão em nossa língua, apresento aqui o texto: "Por estas nouas que disso Glingaym ffoi a rreyna tam confortada ca bem crija ela que llo nom diría se nom fosse uerdade; mays la fazenda de Dom Tristam era em outra guisa ca el dissera aa rreyna. Et a rreyna sse confortou muyto, que logo foy guarida et tornada em ssua beldade toda, et defendeu a Glingaym que nom dissesse aquelas nouas a ninhum, ca nom queria os de Cornualla o soubessem que era uiuo; ca poys ela era çertã de ssa uida, que ela guisaría todauia de o yr ueer et uiuer con ele para toda uia. Assy foy aquela ora a poridade tam encuberta que o nom soube outro fora a rreyna et Dinaux et Brangem; aqueles tres o souberom et nom mays, ca todo los outros cuydarom que era morto todauia. Em esta parte diz o conto que poys se Don Lanzarote partira da donzela que lle trouxera as letras das nouas de Dom Tristam, que sse começou a yr depus o caualeyro da Says Mal Tallada, ca muyto lle tardaua de o alcaçar". Trata-se, sem dúvida, de tradução do *Tristan en prose*, em que a história desse cavaleiro se encontra envolta pelas de outros cavaleiros da Távola Redonda (neste trecho está presente Lancelot, Don Lanzarote), e, tendo em vista certos traços linguísticos, deve ela remontar ao século XIII (cf. Gradín et Martínez, "El fragmento gallego del *Livro de Tristan*: nuevas aportaciones sobre la *collatio*", *Romania*, v. 122, nºs 487-488, 2004, p. 396). Para outros comentários, ver Gradín, "The *matière de Bretagne* in Galicia from the XIIth to the XVth century", in David Hook (org.), *The Arthur of the Iberians: The Arthur legend in the Spanish and Portuguese worlds*, Cardiff, University of Wales Press, 2015, especialmente a parte 6: "The translations of the prose cycles: The *Livro de Tristan*".

Introdução

memória", vv. 1.267-8) — essa *estoire* não necessariamente sendo um *roman*, embora não se deixe dúvidas de que se trata de um texto escrito:

> No bosque o tempo que estiveram
> Outros não há que assim sofreram,
> Nem — como, pois, na história é dito,
> Onde Berox o viu escrito —
> Ninguém assim tanto se amou
> Nem sofredor tanto o pagou.
>
> (vv. 1.787-92)

Como o leitor constatará, o romance de Béroul, no que se conservou, começa *in medias res*, com o encontro dos amantes sob o pinho, espionados pelo rei. Controlando cuidadosamente o que dizem — melhor, o que desejam que o rei ouça e entenda —, logram os protagonistas que as dúvidas sobre a conduta de Isolda se dissolvam, não só ela sendo calorosamente inocentada pelo marido, que se arrepende com amargura de ter duvidado, como também Tristão termina reconciliado com o tio. Tudo leva a crer que este é o desfecho de um primeiro ciclo da trama, em que se narrariam os amores de Isolda e Tristão, a denúncia dos dois ao rei, a armadilha urdida pelo anão Frocin, que faz com que o rei se oculte no pinheiro para presenciar o encontro dos amantes, e a forma como Isolda se safa de tal perigo (por perceber na água da fonte o reflexo do marido sobre a árvore), alertando também Tristão.

Assim, pode-se com quase inteira certeza postular que, como acontece também em outras versões, a técnica narrativa de Béroul teria como base uma organização episódica com a seguinte estrutura: fato-denúncia-castigo-remissão. O ponto de partida de cada episódio — a se julgar pelos dois cujo início se conservou — é o descuido dos amantes, ao deixarem que sua paixão seja percebida. Como afirma o próprio narrador:

> Ah, Deus! quem pode um amor ter
> Um ano ou dois sem dá-lo a ver?
> Amor não dá para ocultar
> Pois sempre pisca um p'ra seu par,
> Sempre estarão os dois falando
> Sozinhos ou com gente olhando.
> Por nada podem esperar,
> Muitos encontros a buscar.
>
> (vv. 573-80)

É então que entra em ação algum dos intrigantes, seja o anão Frocin, sejam os três barões que atuam sempre contra a rainha e Tristão (os três *félons*), seja algum outro informante, os quais não só alertam o rei, como sugerem armadilhas capazes de surpreender os amantes, o que, no que se conservou do poema, encontramos no episódio da prova da flor de farinha. Surpreendidos, Isolda e Tristão passam por dificuldades, até que, com astúcia (conforme as palavras do eremita Ogrin, sempre um pouco e bem mentindo), logram reconciliar-se com o rei. Aos entrechos de reconciliação pertencem, no que se conservou, a cena sob o pinho e a justificação (*escondit*) de Isolda, entrechos que têm função paralela como conclusão de dois ciclos de episódios.

O que temos do poema de Béroul inclui, portanto:

a) O fim do que provavelmente seria o primeiro ciclo, com o rei reconciliando-se com a mulher e o sobrinho — a parte que intitulei "O encontro sob o pinho" (vv. 1-568);

b) Todo o segundo ciclo, quando se constata de forma evidente o adultério, com a prisão dos amantes, condenados à fogueira de modo sumário ("A prova da flor de farinha", vv. 569-826), episódio seguido pela fuga de Tristão ("O sal-

Introdução   19

to de Tristão", vv. 827-1.044) e, posteriormente, de Isolda ("A sorte de Isolda", vv. 1.045-274), a vida oculta de ambos, na companhia de Governal, na floresta de Morrois ("A floresta de Morrois", vv. 1.275-773), o episódio antológico em que Tristão e Isolda, adormecidos, são surpreendidos pelo rei Marco ("A luva, o anel e a espada", vv. 1.774-2.130), a reabilitação de Isolda, entregue por Tristão ao rei, que a recebe de bom grado e em festa ("A reabilitação de Isolda", vv. 2.131-3.010), e, enfim, a justificação da rainha ("O juramento de Isolda", vv. 3.011-4.266);

c) O início do que parece ser um terceiro ciclo ("O fim dos três barões", vv. 4.267-485), com novo descuido dos amantes (conforme exclama o narrador: "Deus! como a franca [Isolda] não se liga/ Aos pulhas com suas intrigas./ Por Perinis, que a atendia,/ Mandou dizer que, no outro dia,/ Pela manhã Tristão viesse:/ A São Lubin o rei, pois, desce." — vv. 4.345-50), a armadilha tramada pelos *félons* e percebida por Isolda, que faz com que Tristão atinja, dos três, o que se oculta na janela do quarto para espioná-los.[20]

---

[20] Alfred Ewert (*The Romance of Tristan by Beroul*, Oxford, Blackwell, 1970, pp. 57-261) divide o texto, em seus comentários, em partes em geral maiores, da seguinte forma e com os seguintes títulos: a) o encontro e suas consequências (vv. 2-580); b) a flor de farinha, os amantes surpreendidos (vv. 581-1.270); c) a fuga, a floresta de Morrois (vv. 1.271-2.132); d) o fim do sortilégio, Isolda entregue a Marco (vv. 2.133-3.010); e) o julgamento na Blanche Lande (vv. 3.011-4.266); f) a vingança (vv. 4.267-485). Elisabeth Bik ("Les interventions d'auteur dans le *Tristan* de Béroul", *Neophilologus*, v. 52, 1972, p. 33), salientando que cada episódio começa com um exórdio, divide-os assim: a) o encontro espionado (vv. 1-572); b) a flor de farinha (vv. 573-826); c) o salto da capela (vv. 827-1.064); d) os leprosos e a morte do anão (vv. 1.065-350); e) a floresta de Morrois: Husdent, o abrigo de folhagem, o eremita Ogrin (vv. 1.351-2.764); f) o encontro diante do Vau Aventuroso (vv. 2.765-3.027); g) o julgamento de Deus (vv. 3.028-4.266); h) a morte dos malvados (vv. 4.267-485).

Pela própria extensão (1.255 versos) já se percebe como "O juramento de Isolda" é uma espécie de clímax do poema tal qual o recebemos, o episódio inicial ("O encontro sob o pinho") e o final ("O fim dos três barões") apresentando paralelismos curiosos, mesmo que possa se dever ao acaso que só parte do texto se tenha conservado: nos dois casos, Isolda se encontra com Tristão às escondidas do rei; nos dois casos, há um espião (no primeiro, o próprio rei, no segundo, o *félon* Godoíne); nos dois casos o curso previsto para a ação é desviado por Isolda perceber a presença do espião e orientar seu discurso de modo a contornar o impasse.[21]

Anote-se, enfim, que Huchet levanta a sedutora hipótese de que o romance de Béroul, ao contrário do que em geral se supõe, não fosse tão mais longo do que aquilo que dele se conservou, uma vez que os acontecimentos anteriores à primeira cena são habilmente recuperados no correr da narrativa, em especial na carta escrita pelo eremita Ogrin, a qual os protagonistas enviam ao rei Marco: "talvez o romance de Béroul não tenha sido jamais completo, talvez não evocasse o começo da '*estoire*'"; assim, "o resumo contido na carta [*bref*] teria a função de lembrar episódios estranhos, pertencentes a uma outra tradição, oral ou escrita, a dos contadores [*conteors*], que 'não sabem bem como é a história' ['*ne savent mie bien l'estoire*']".[22]

---

[21] Cf. Barbara N. Sargent-Baur, "Accidental symmetry: The first and last episodes of Béroul's *Roman de Tristan*", *Neophilologos*, v. 88, 2004, pp. 335-51.

[22] Jean-Charles Huchet, "Les masques du clerc (Le *Tristan* de Béroul)", *Médiévales*, n° 5, 1983, p. 113.

ROMANCES

Recordemos as declarações de Nosrat a propósito do romance, um gênero reconhecidamente difícil de caracterizar — cujo caráter transformacional foi destacado por Kristeva e Bakhtin:[23] nos séculos XII e XIII ele é, menos que uma forma literária codificada, uma prática discursiva carregada de novidade e liberdade, cuja autoridade se encontra na ordenação de seu conteúdo. O que há de importante nesse modo de pôr a questão sobre a forma (primeira) do romance medieval está em deslocá-la das discussões comuns sobre os gêneros literários, que buscam arrolar características temáticas, temporais e formais — a principal delas a oposição verso e prosa —, para o âmbito do discurso.

A cena do juramento de Isolda parece dar a ver bem o registro de linguagem buscado e explorado intencionalmente pelo romance. Depois de fazer com que Tristão se apresente no local determinado para a cerimônia travestido de leproso e de ter feito que a transportasse, ao atravessar um charco, montada em seus ombros, "perna de cá, perna de lá" (v. 3.940), a rainha escolhe cuidadosamente as palavras, quando lhe cabe jurar, sobre as relíquias de todos os santos da Cornualha, se é ou não fiel ao rei, seu marido. Buscando aparentemente ser a mais explícita possível, a fim de que não restassem dúvidas, ela declara:

> Se me tem Deus e Santo Hilário,
> Relíquias tais e o santuário,
> Todas que aqui agora estão,
> Todas que pelo mundo vão,

---

[23] Julia Kristeva, *O texto do romance*, Lisboa, Horizonte, 1984; e Mikhail Bakhtin, *Questões de literatura e de estética*, São Paulo, Fundunesp/Hucitec, 1988.

Nunca entre as coxas me entrou homem,
Só o leproso que mesmo ontem
Me carregou além do charco,
E meu marido: este, o rei Marco.

(vv. 4.201-7)

Nas versões em que a justificação (*escondit*) da rainha acontece, o que ressalta é essa plurivalência de significados intencionalmente criada, a qual propicia entendimentos também plurivalentes, todos legítimos: para o rei e a multidão, que não sabem que Tristão é o leproso, Isolda não poderia ter-se declarado fiel ao marido de modo mais incisivo e notável, indo mesmo além do que dela se exigia (cf. vv. 4.221-2: "Jurou mais que o que lhe pediram/ E mais que os pulhas lhe exigiram!"); para Isolda, Tristão e Andrez, que sabiam do estratagema, para os santos, sobre cujas relíquias ela jura, para Deus, que recebe o juramento, e, principalmente, para o leitor, a rainha falou a mais absoluta verdade, pois sabem estes que ela de fato teve entre suas coxas só dois homens: Tristão e o rei (observe-se que, como de fato aconteceu, exatamente nesta ordem, pois, quando se tornou esposa de Marco, já era amante de Tristão). Assim, mesmo que, na versão de Gottfried von Strassburg, Tristão não se disfarce de leproso, mas de mendigo, e Isolda não fale de ter tido os dois homens — esse mendigo e o rei — entre as coxas, mas de eles a terem tido entre os braços, o efeito principal está na forma como o leitor (e os santos e Deus!) se surpreendem com o significado inesperadamente exato das palavras da rainha. Não se trata de avaliá-las em termos de verdade ou mentira, mas dos efeitos que se buscam. Nem lógica nem dialética, portanto, mas retórica.[24]

---

[24] Nada é gratuito nessa cena: o fato de que a rainha não queira sujar os vestidos e que, por isso, cavalgue sobre Tristão é analisado por Mo-

Introdução

23

Dessa perspectiva, parece que se pode entender que a figura que melhor se aplica ao romance de Béroul (e até a todo o ciclo de Tristão dos séculos XII e XIII) é a mesma que Selden propõe para o romance antigo (grego e latino), a saber, a silepse, o que "distingue essas narrativas — formal, temática e intertextualmente — de outras ficções que conhecemos", e se manifesta, como assinala Molinié, nos entrechos dúbios, como as mortes aparentes e os travestimentos.[25] Entretanto, ainda conforme Selden, é justamente a dominância

nica Wright ("Dress for success: Béroul's *Tristan* and the restoration of status through clothes", *Arthuriana*, v. 18, n° 2, 2008, pp. 6-7) nestes termos: "O que considero destacável no tratamento que dá Béroul ao casal é que os amantes contornam sucessivamente as implicações legais de seu caso, preservando tanto a aparência de justiça quando a integridade de seu caso de uma maneira deliciosa e inteiramente material. Mais ainda, é imprescindível que Isolda não suje a beleza das roupas que veste para fazer o juramento, pois seu traje novamente adquirido a restaura como um verdadeiro modelo de beleza cortês. Já que sua pureza está em julgamento, ela deve permanecer impecável na aparência, como jura ser em essência". Ainda sobre Isolda enquanto protagonista do romance, ver Jean-Louis Benoit, "Le personnage d'Iseut dans le *Tristan* de Béroul: charme et complexité" (*Studia Romanica Posnaniensia*, v. 36, 2009, pp. 155-64). Sobre a prática do juramento judiciário, ver Bruno Lemesle, "Le serment promis: le serment judiciaire à partir de quelques documents angevins des XI et XII siècles" (*Crime, Histoire & Sociétés*, v. 6, n° 2, 2002, pp. 5-28). Sobre o sentido plurivalente intencionalmente buscado por Isolda, ver Robin Girard, "Simulation and dissimulation in the *Folie Tristan* d'Oxford" (*Neophilologus*, v. 99, 2015, pp. 539-52). Sobre a insegurança com relação à linguagem em geral, ver Huchet, "Les masques du clerc", *op. cit.*, p. 101: "No *Tristão* de Béroul, nada é menos seguro que a linguagem; cada personagem usa e abusa dela para dissimular a verdade".

[25] Cf. Georges Molinié, *Du roman grec au roman baroque* (Toulouse, Université de Toulouse, 1982), *apud* Daniel L. Selden, "Genre of genre", in James Tatum (org.), *The search for the ancient novel*, Baltimore, The Johns Hopkins University Press, 1994, p. 49. Tratei disso em Brandão, *A invenção do romance: narrativa e mimese no romance grego*, Brasília, Editora UnB, 2005, pp. 207-9.

desse tropo que "impede a definição de um gênero, em quaisquer dos entendimentos clássicos do termo", já que a silepse "sempre excede a lei e, por satisfazer um sentido, um código, uma lógica ao mesmo tempo que uma outra, constitui paródia e verdadeira derrocada da possibilidade de gênero".[26]

Syllepsis nomeia, desde pelo menos Dionísio Trácio, a figura de linguagem constituída pela apreensão de algo em conjunto, literalmente, a *com-preensão* de algo, um discurso que responde mais ao pensamento que à gramática, associando uma única vez o sentido próprio (ou primitivo) ao figurado (ou estendido), superpondo sentidos que tornam aleatória sua interpretação e pondo em relevo, consequentemente, o recebedor. Seu recurso principal é o dizer não dizendo, ou seja, trata-se de uma figura de omissão que rompe as fronteiras entre a parte e o todo, a espécie e o gênero, a matéria e o objeto, o singular e o plural, o determinado e o indeterminado, o concreto e o abstrato, o nome próprio e o comum — e, fazendo isso, para usar a bela e concisa definição de Mattoso Câmara Jr., tem como consequência provocar "uma concordância *inesperada*".[27]

Essa concordância inesperada é o que parece estar de fato em jogo em Béroul, em todos os sentidos da expressão. Tomando a jura de Isolda de diferentes angulações, fica claro que, do ponto de vista do leitor, ela faz inesperadamente concordar as figuras do leproso e de Tristão, de modo a, do ponto do vista das personagens, fazer também inesperadamente com que se ponham de acordo tanto os que a detratam quanto os que a defendem, a ponto de tornar inesperadamente

[26] Selden, "Genre of genre", *op. cit.*, p. 51.

[27] J. Mattoso Câmara Jr., *Dicionário de filologia e gramática*, Rio de Janeiro, Jozon, s/d., p. 350: a definição se refere à silepse enquanto fenômeno gramatical, não retórico; parece-me, contudo, ir direto ao que, nos dois níveis, a torna valiosa: a capacidade de romper com o esperado.

Introdução

possível um discurso em que se procede a um acordo dos contrários, linguagem acessível a poucos dos mortais, mas recebida concordantemente por Deus e seus santos. Afinal, é na boca de um homem de Deus, o eremita Ogrin, que se põe este expressivo conselho, que a rainha segue no *escondit*:

> Tristão, rainha, ora escutai,
> Um pouco só considerai:
> Vergonha e mal para encobrir
> Preciso é um pouco e bem mentir.
>
> (vv. 2.351-4)

Não se trata, como se vê, de propugnar algum tipo de validade da simples mentira, mas de saber como mentir belamente, tendo em vista as circunstâncias e os efeitos buscados, ou seja, a finalidade daquilo que se diz ("*Por honte oster et mal covrir/ Doit on un poi par bel mentir*"). Ora, o que os protagonistas afirmam incessantemente não é que não se amaram ou continuam a se amar, mas que não se amaram nem se amam "*en vilanie*" (em vilania), nem por "*desroi*" (desrazão) ou "*puterie*" (putaria). Assim, sem negar que se amam, também não declaram qual é o seu amor, deixando a questão indecidida. Como comenta Huchet,

> [...] é verdade que os amantes, como diz Isolda, se amaram de "*bone foi*" [boa fé] (v. 1.382) e de "*bone amor*" [bom amor] (v. 2.327), sem "*vilanie*", portanto. No limite, esses versos desenvolvem e ilustram o princípio de escrita [da carta] definido pelo eremita [...]. Qual é, aos olhos desse representante da moral e de Deus, o "mal" e a "vergonha" a serem encobertos com o escrito senão a "*asenblee*" [a união] sexual? [...] O escrito do eremita [...] se aproveita da confusão entre verdade e mentira, da clivagem inultrapassável entre as *dictiones* e as *res* [as

palavras e as coisas], mas ele prefere a mentira à verdade. A partir de então, a escritura não tem mais a função de fixar a verdade sexual, mas de calá-la, deixando proliferar as palavras, de a inter-ditar, de dizê-la entre as palavras, ao modo da denegação ou da restrição.[28]

É esse jogo que a silepse permite, pois, omitindo alguma coisa, travestindo outras, fazendo confluir o que se tem à disposição, a fala envereda por um discurso de meias verdades que, ao fim e ao cabo, termina por dizer verdade e meia — aquele excesso que faz com que Isolda termine jurando mais do que pediram e torna sua jura em tudo admirável:

> Deus! — dizem uns — que jura honrada!
> Como jurou dignificada!
>
> (vv. 4.219-20)

ADULTÉRIO

Caso perguntemos qual o tema do ciclo de Tristão, a resposta só poderá ser uma: o adultério. Pelos séculos afora, de um modo ou de outro, isso desconcertou boa parte dos leitores e dos críticos.[29] E não só porque as personagens de bom

---

[28] Huchet, "Les masques du clerc", *op. cit.*, pp. 107-8.

[29] A esse propósito, veja-se a leitura talvez um tanto radical, mas nem por isso despropositada, de Barbara N. Sargent-Baur, que nega que haja qualquer intento, no poema, de transmitir algum tipo de mensagem moral: "No longo fragmento que nos chegou, vemos amantes que cometem o adultério tão frequentemente quanto possível, que mentem regularmente e com virtuosismo, que fazem pouco das normas sociais, que são movidos pela sede de vingança, que se alegram ao ver alguns de seus adversários caírem num lamaçal e ao saber que outros foram decapitados, que se mostram prontos a explorar até um eremita inofensivo e ingênuo,

caráter favoreçem os adúlteros, como tomam seu partido os santos e Deus. Isso, em especial, que Deus pudesse ter aceito o juramento ambivalente de Isolda, escandalizava já Gottfried von Strassburg, o qual, em sua tradução para o alemão, depois de narrar fielmente a cena, na forma mitigada e cortês, acrescentou a observação de que, no seu modo de entender, ela é sacrílega, nestes termos:

> Assim se fez bem manifesto
> E todo mundo achou por certo
> Que nosso glorioso Cristo
> Fácil se dobra, pelo visto:
> Ele se curva, ele se põe
> Como cada qual o dispõe,
> Tão curvo e tanto o que se queira,
> Faz ele o que se lhe requeira;
> Atende a todo coração,
> Seja à verdade ou à ilusão;
> É isso sério, é brincadeira?
> Ele assim é, como alguém queira.[30]

que colaboram para enganar Deus tanto quanto os homens. [...] Béroul jamais lhes atribui arrependimento verdadeiro, muito menos um sentimento de pecado. A consciência de ambos está tranquila. [...] Segundo ele [Tristão], sua falta não é de ordem moral, mas social..." ("La dimension morale dans le *Roman de Tristran* de Béroul", *Cahiers de Civilization Médiévale*, v. 31, 1988, pp. 54-5).

[30] Gottfried von Strassburg, *Tristan*, vv. 15.737-48: "*dâ wart wol goffenbaeret/ und al der werlt bewaeret,/ daz der vil tugenthafte Krist/ wintschaffen alse en ermel ist:/ er füeget unde suochet an,/ dâ manz an in gesuochen kan,/ alse gefüege und alse wol,/ als er von allem rehte sol./ erst allen herzen bereit/ ze durnehte und ze trügeheit./ ist ez ernest, ist es spil,/ er ist ie, swie sô man wil*". Edição de Marold; comentários em Jean Frappier, "Structure et sens du *Tristan*: version commune, version courtoise (suite et fin)", *Cahiers de Civilisation Médiévale*, nº 24, 1963, p. 453.

Mais importante, contudo, é que, em Béroul, o narrador também se põe declaradamente a favor dos protagonistas e, conduzido por ele, também o leitor.[31] Os que não se cansam de denunciar a infidelidade da rainha e exigir que o rei puna os amantes são considerados *félons*, isto é, "bandidos", "canalhas", "pulhas" (como traduzi o termo em diferentes passagens),[32] em resumo, são eles os vilões da história,[33] não por mentirem, já que dizem a verdade, mas porque

[31] Sobre as intervenções do narrador, ver Elizabeth Bik, "Les interventions d'auteur dans le *Tristan* de Béroul" (*op. cit.*, pp. 36-40): as intervenções de Béroul expressam indignação, satisfação, piedade, prazer maligno de ver sofrer uma personagem antipática e "guiam as emoções de seu público, particularmente no que concerne à atitude deste com relação às personagens simpáticas da narrativa e para criar uma certa tensão, isto é, ele quer provocar *temor*" — admitindo-se, contudo, que há também intervenções jocosas, como esta, sobre os *félons* que caem na lama: "Só com martírio e muita dor/ Sair puderam, com horror,/ Do lamaçal. E qual seu ganho?/ É precisarem de um bom banho!" (vv. 3.859-62). Sobre o público de Béroul, ver Peter Noble, "Beroul's 'somewhat softened feminine view'?" (*Modern Language Review*, v. 75, n° 4, 1980, pp. 751-2); para uma interpretação teológica, que, em parte, mitiga o incômodo do adultério, Jacques Ribard, "Pour une interprétation théologique du *Tristan* de Béroul" (*Cahiers de Civilisation Médiévale*, n°s 110-111, pp. 235-42, 1985). Finalmente, uma leitura refinada da questão encontra-se em Norris J. Lacy, "Irony and distance in Béroul *Tristan*" (*The French Review*, v. 45, n° 3, 1971, p. 22), em que o autor declara: "Béroul conduz-nos a ver o casal com um grau de desprendimento que torna a condenação ou aprovação irrelevante", obtendo esse efeito justamente pelo uso de ironia e ambiguidade (assim, a propósito da descoberta, pelo rei, dos amantes que dormem na floresta, ele comenta, à p. 24: "a cena inteira é construída ironicamente, mesmo sem considerar o que um crítico freudiano poderia ter como a última das ironias — o uso de uma espada nua para indicar a inocência" do par adúltero).

[32] Ernest Muret, em *Le roman de Tristan par Béroul* (Paris, Firmin Didot, 1903, p. 183), dá para o termo *félon* os sentidos de "pérfido", "perverso", "furioso", "cruel".

[33] Sobre os sentidos de *vilain* no poema, ver Jean-Charles Payen, "Le

não está em causa alguma questão gnosiológica, mas ética, envolvendo a intenção de quem fala — e falam eles por inveja e maldade. Para compreender o que torna isso possível, recordemos as circunstâncias iniciais que desencadeiam as ações cíclicas do *roman de Tristan*, reconstituídas a partir de diferentes textos, sendo de notar que nem do *roman* de Béroul, nem do de Thomas o início se conservou, figurando em parte apenas no fragmento Carlisle e, na sua inteireza, nas versões em alemão e sueco, bem como no *Tristão em prosa*.

Tristão é sobrinho do rei Marco, da Cornualha, e tem como seu primeiro grande feito, que o consagra como o melhor dos cavaleiros, o de ter matado um gigante irlandês, de nome Morholt, tio de Isolda, o qual exigia dos cornualhos algum tipo de tributo (em algumas versões, em vidas humanas). Tendo sido ferido na luta contra Morholt, Tristão é curado por Isolda, que domina essa arte. De regresso à Cornualha, como o rei Marco pretendesse casar-se, o próprio Tristão é encarregado de buscar-lhe a noiva, isto é, Isolda. As circunstâncias que fazem com que o rei queira contrair núpcias com essa princesa variam de texto para texto, mas, nesta nova aventura, Tristão tem de, na Irlanda, vencer um dragão, sendo de novo tratado por Isolda. A mãe da princesa, que é hábil em preparar poções mágicas, dá à dama de companhia da noiva, Brengain, um filtro (o *lovendrinc* ou *lovendrant*), para que seja servido, no dia do casamento, aos nubentes, a propriedade dessa bebida sendo gerar no casal que a tomasse em conjunto um amor incontornável. Durante a viagem, em alto mar, Tristão e Isolda sentindo sede, Brengain

peuple dans les romans français de 'Tristan'" (*Cahiers de Civilisation Médiévale*, n° 91, pp. 187-98, 1980): segundo o autor, o termo é usado tanto para designar o morador de uma vila, o povo, quanto no sentido pejorativo de malvado, bandido.

confunde-se e serve-lhes inadvertidamente o filtro. São os dois então fulminados por paixão incontrolável, satisfeita carnalmente no próprio navio. Chegados à Cornualha, o casamento tem lugar, restando o problema de como ocultar ao rei que sua noiva não era mais virgem. Como primeiro de uma série de estratagemas, Isolda faz que Brengain, vestida com as suas roupas de rainha, entre no leito (Tristão havia apagado as luzes), sendo com ela que Marco tem relações sexuais. Logo em seguida a ama deixa o leito e Isolda toma o seu lugar, sem que o marido perceba nada da estratégia. Assim se torna ela esposa do rei Marco, mantendo as relações com Tristão (conforme afirma Béroul nos vv. 593-4, "Vezes sem fim os viram pois/ Do rei no leito e nus os dois").

O que o adultério tem de atraente enquanto matéria literária é a situação de indecidibilidade, pois quem o comete experimenta um estatuto ambivalente: Isolda não detesta o marido nem a vida na corte apenas porque ama Tristão. De fato, ela alimenta bons sentimentos com relação a ambos, amando um com o amor que se deve ao marido — recordando-se que, então e sobretudo entre reis, os casamentos se fazem por conveniência, o amor conjugal expressando-se como um sentimento respeitoso — e dedicando ao outro, a Tristão, o amor apropriado a um amante.

Logo no início do que se conservou do poema de Béroul, na cena sob o pinho, encontra-se a primeira das hábeis declarações silépticas de Isolda, que, representando estar irritada com Tristão por ter-lhe solicitado o encontro, afirma:

> Tristão, ouvi p'ra que saibais:
> Não mais venhais a mi'a procura.
> Pensa meu rei que, por loucura,
> Senhor Tristão, eu vos amei.
> Mas Deus leal me atesta, sei:
> Por certo meu corpo flagela,

Se, fora a quem eu fui donzela,
O meu amor dei algum dia!

(vv. 18-25)

Como se vê, estamos diante do mesmo registro discursivo do juramento, ou seja, dizer uma verdade que vale verdade e meia, levando a uma concordância inesperada, com os sentidos dependendo de quem ouve. Os três envolvidos, a rainha, que fala, Tristão e o rei, que ouvem, recebem cada qual a seu modo a declaração, que pretende também neste caso ser radical, ou seja, ninguém teve o amor de Isolda sequer um dia a não ser aquele que a teve donzela (*S'onques fors cil qui m'ot pucele,/ Out m'amistié encor nul jor!*), entendendo os dois homens envolvidos, cada qual de sua parte, que foram eles que a desvirginaram. Como ressalta Girard,

> [...] a jura permanece perfeitamente verdadeira do ponto de vista de sua recepção: Tristão entende-a corretamente como prova de fidelidade e amor imortal, ainda que ilícito, por ele; o rei Marco, em virtude da substituição [de Isolda por Brengain] e da prova aparentemente incontestável do sangue, interpreta-a erroneamente como referente a ele.[34]

A habilidade desse recurso fica, contudo, mais evidente se tivermos em conta que se trata, no fundo, de uma autêntica declaração de amor que ela faz aos dois homens que a ouvem, essa declaração sendo duplamente verdadeira, o entendimento do rei não se podendo dizer errôneo: a Marco ela dedica um amor de esposa — que, em princípio, enquanto sacramental, deveria prescindir de desejo sexual —, a Tris-

---

[34] Girard, "Simulation and dissimulation in the *Folie Tristan* d'Oxford", *op. cit.*, p. 542.

tão, um amor de amante — baseado não numa "afeição conjugal", mas num "apaixonado desejo sexual".[35] Do mesmo modo, como ressalta Marchello-Nizia, também na cena do juramento Isolda opta por uma verdade radical, escolhendo de fato "a impudência mais extrema: confessando que o leproso penetrou entre suas coxas, confessa ela, ao mesmo tempo, diante de todos, seu adultério",[36] o que, todavia, é entendido de modo variado pelos ouvintes (incluindo o leitor). Acredito que isso ilustra bem como o romance, em sua primeira formatação, exercita uma espécie de livre experimentação de sentidos concomitantemente plurivalentes, sendo isso, ao que parece, uma fonte de prazer para os recebedores.

Com relação à matéria de Tristão não se poderia dizer que o adultério fosse um tema marginal e apenas isso; ele não só produz a narrativa, mas molda o gênero de discurso a ela apropriado.[37] Em primeiro lugar, pelo próprio fato de que não se trata mais, como na *Odisseia* ou nos romances antigos, de amor no casamento, mas sim do amor no adultério, a condição do adúltero tendo esse caráter ambivalente, pois não está em causa romper o casamento, mas antes conservá-lo por todos os meios, uma vez que seu rompimento implicaria na própria dissolução do adultério e, em consequência, da narrativa. Esse tema é amplamente explorado no *Tristão*

[35] Cf. Tracy Adams, "Love and charisma in the *Tristan et Iseut* of Béroul" (*Philological Quarterly*, v. 82, nº 1, 2003, pp. 3-5), em especial a sentença de Graciano (que cita Sêneca): "um homem sábio jura amar sua esposa não com afeição, mas com bom senso".

[36] Christiane Marchello-Nizia, "De l'art du parjure: les 'sements ambigus' dans les premiers romans français", *Argumentation*, v. 1, 1987, p. 402.

[37] Sobre a abordagem do tema do adultério no romance em geral, em especial o do século XIX, defendendo-se o papel prototípico do *Tristão* de Béroul, ver Abdoulaye Ndiaye, "Le roman de l'adultère: du mythe littéraire au palimpseste", *Voix Plurielles*, v. 10, nº 2, 2013, pp. 244-56.

em prosa, podendo-se dizer que é o que fornece o mote para sua inserção no ciclo arturiano, mais que as aventuras do protagonista, que o fazem par dos cavaleiros errantes da Távola Redonda, pois o adultério de Isolda corre paralelo, dentre outros, ao adultério da rainha Ginèvre (Ginebra, na tradição em língua portuguesa), esposa de Artur, com o melhor dos cavaleiros do rei, Lancelot. Como Tristão e Lancelot são os mais excelentes cavaleiros que já existiram — ao lado do jovem Galaad, introduzido na narrativa só mais tarde, com a missão especial de, em vista de sua pureza (inclusive sexual), ser o único capaz de conquistar o Graal — e como ambos, Tristão e Lancelot, são amantes das esposas dos reis a cuja mesnada (*mesnie*) pertencem, o paralelismo é perfeito, o vínculo entre os dois fios narrativos sendo dado pelo tema do adultério.[38]

Acrescente-se que no *Tristão em prosa* o adultério é tematizado desde os entrechos inaugurais, que remontam à época em que José de Arimateia leva o cálice da última ceia de Cristo para a Grã-Bretanha e tem início o lento processo de conversão dos reis britânicos ao cristianismo. Nesses primeiros tempos, conta-se que o rei Gonosor, da Irlanda, deu suas duas filhas em casamento: a mais velha, Gloriande, a Apolo, rei de Léonois; a caçula, Gemie, que era bela mas malvada, a Cicorades, rei da Cornualha. Esta rainha da Cornualha (como será Isolda), filha do rei da Irlanda (como era Isolda),

> [...] caiu de amores por um cavaleiro; o rei, temendo comprometer sua honra, mandou fechá-la numa torre; ela fê-lo saber que é impossível manter uma mulher pre-

---

[38] Sobre o assunto, ver J. M. Stary, "Adultery as symptom of political crisis in two Arthurian romances", *Parergon*, v. 9, nº 1, 1991, pp. 63-73.

sa se ela não quer. De fato, durante o sono do rei, Gemie desce da torre usando de uma corda; seu amante recebe-a nos braços. Mas o rei acorda, percebe tudo e, furioso, joga pela janela as damas de companhia da rainha, as quais eram cúmplices da fuga de Gemie; o amante foge. De manhã, o rei mostra a seus homens a rainha, que ficara ao pé da torre; confiando no amor do marido, não quis fugir e o rei prende-a de novo. Os encontros dos amantes, mesmo assim, recomeçam e a rainha é surpreendida de novo pelo marido, que fingia dormir, numa noite em que ela se preparava para descer de novo pela janela. O rei ameaça matá-la se ela não o ajudar a capturar o cavaleiro. Ela faz que consente, passa-lhe seu vestido e o faz descer pela corda, que ela corta: o rei quebra o pescoço. Os amantes fogem para a casa dos pais do cavaleiro, que os acolhem no castelo de Norgalois. (13-14, 16)

Pode-se dizer que, com um desenvolvimento próprio, essa narrativa inaugural constitui um duplo e uma sorte de antecipação dos eventos relativos ao rei Marco, a Isolda e a Tristão, estando baseada em fingimentos e até no travestismo do rei. Mas igualmente importante é o que se conta sobre a irmã de Gemie, Gloriande, casada com Apolo, rei de Léonois:

A outra irmã, Gloriande, mostra-se fiel e sábia. Uma mulher de Léonois é surpreendida em delito de flagrante adultério; consultada por seu esposo, o rei Apolo, a rainha declara que essa mulher, depois de tal crime, merece ser queimada. Seu conselho é seguido e a honra de haver estabelecido pela primeira vez essa pena para o adultério cabe a Gloriande; mas as damas a odeiam por causa disso e, na cidade de Albina, Arcana, a mãe da pri-

Introdução 35

meira vítima, resolve vingar-se. Escreve ela uma carta falsa, disfarça-se de mensageira e segue o rei num dia em que estava ele caçando; quando este retorna, à tarde, completamente só, apresenta-se a ele e diz-lhe, sem revelar que o conhece, que traz uma carta, da parte da rainha, para um homem. Ela finge não querer mostrar de modo algum a carta ao rei, que não consegue isso senão depois de ter ameaçado Arcana de morte. A carta é endereçada a um belo cavaleiro, chamado Amante. O rei corta a cabeça da suposta mensageira e volta para casa decidido a mostrar a carta a seus barões, fazendo com que a rainha morra, se concordarem eles com isso. No castelo, ele consulta um cavaleiro da Gália, seu amigo íntimo; este tenta demovê-lo, mas não o consegue senão pela metade. Depois ele parte para a França, para assistir à coroação do rei Clodoveu (a Gália tornara-se cristã graças a São Remígio). Quando estavam à mesa, o rei Apolo, vendo junto de si sua mulher, seu filho e seu labrador, sorri, sonhador. Clodoveu pergunta-lhe a causa: — Eu pensava, diz Apolo, que eu trouxe aqui meu amigo, meu inimigo e meu bobo da corte. Se tivesse também meu servo, seria absolutamente como o sábio que veio às núpcias do imperador. Então explica: — O inimigo é minha mulher; o amigo, meu cão; e o bobo, o menino. Riem disso, mas a rainha fica desolada com essas palavras malevolentes; de qualquer modo, é ela muito boa para pensar em vingar-se. Clodoveu conduz a conversa para a nova penalidade instituída para o adultério, por conselho de Gloriande. O rei da Gália introduziu essa penalidade em seus estados, onde ela continua em uso na época de Artur. Este matou, na ilha de Paris, Frolle, príncipe da Alemanha, que, tendo conquistado a França, tinha abolido esse costume para salvar uma mulher que amava; depois Artur deu a França a Lancelot do Lago e a mulher a Brandelis. O filho de Clodoveu apaixona-se por Gloriande; desesperado com sua resistência, surpreende Apolo e sua mulher na floresta, quando eles estão de partida; fere mortalmente o rei e faz com que seja levado a um castelo; mas lá, quando se apresenta a Gloriande para cortejá-la, ela o joga pela janela. [...] Uma mulher conta-lhe tudo o que se passara. Clodoveu manda queimar seu filho. (13, 17)[39]

O caráter fundador desses relatos com relação à temática do romance fica claro quando, na sequência, o narrador continua dizendo que, "após muitas gerações, Félix foi o rei da Cornualha", sendo o pai tanto do rei Marco, quanto de Heliabel, a mãe de Tristão. Mais que isso, nas duas narrativas fundadoras em torno do tema do adultério percebe-se como este se coaduna com formas silépticas de discurso, que parecem ser o recurso por excelência para que as damas (já que o que está em causa é sempre o adultério feminino) possam achar modos de escapar do rigor do costume instituído por sugestão de uma delas, a rainha Gloriande, ela própria, todavia, envolta, ainda que falsa ou dubiamente, pela mesma suspeita de adultério.

Temporalidades

"A luva, o anel e a espada", entrecho em que se narra como Marco surpreende a esposa e o sobrinho dormindo na choça da floresta de Morrois, fecha a primeira parte da narrativa, fazendo com que a *estoire* não termine neste ponto, quando seria legítimo e até obrigatório que o rei matasse su-

---

[39] Os dois trechos são citados na forma abreviada de Løseth, *Analyse critique du Roman de Tristan*, op. cit.

Introdução

mariamente os amantes. Como mostra Bloch, a legislação medieval francesa é clara no sentido de que, surpreendidos os adúlteros juntos e sozinhos no leito, cabe ao marido traído não só o direito, como o dever de matá-los, do que tem consciência Marco, quando diz a si mesmo, ao sair da cidade para surpreendê-los:

> Sai da cidade, muito irado,
> E diz: melhor ser enforcado
> Que não ter deles sua vingança,
> Dos que o aviltam à abastança.
>
> (vv. 1.953-6)

Que a lei respalde esse tipo de vingança, a par de outros aspectos, pode parecer estranho ao leitor de hoje.[40] Todavia, nisso, como em quase tudo, o romance de Béroul retrata instituições e práticas da época em que foi escrito, incluindo o flagrante delito no episódio da flor de farinha, as penas que Marco impõe aos adúlteros, a requisição do duelo judiciário por Tristão, a justificação de Isolda etc. Como resume Wind, tendo como ponto de partida o estudo de Jonin, publicado em fins dos anos 1950,[41] mas ainda válido em sua maior parte:

> Tristão tendo sido surpreendido em flagrante delito, Marco tem o direito, conforme as práticas da época, de mandar executá-lo sem um processo formal. A mesma pena espera Isolda, pois é direito do marido ultrajado mandar matar a mulher adúltera. Marco, nos diz Jo-

[40] R. Howard Bloch, "Tristan, the myth of the State and the language of the self", *Yale French Studies*, v. 51, 1974, pp. 62-5.

[41] Pierre Jonin, *Les personnages féminins dans les romans français de Tristan*, Aix-en-Provence, Université d'Aix-en-Provence, 1958.

nin, não extrapola, portanto, suas atribuições matrimoniais e reais mandando prender os culpados (a *ligatio*) e fazendo com que se espalhe a notícia do adultério: *li cri live par la cité* ["pela cidade se proclama", v. 827]. [...] Por outro lado, Tristão e Isolda, ao reivindicarem, ele, um duelo judiciário e, ela, uma *deresne* ou *escondit* [justificação], apelam a práticas conhecidas desde o século X e geralmente estendidas até o século XII. Marco, não os atendendo, exerce também seu direito, pois o flagrante delito dá lugar a um procedimento de urgência. [...] Mesmo a sofística verbal de Isolda [na justificação] pode ser, nos diz Jonin, de origem legal, é o *juramentum dolosum*, que existiu tanto no direito laico, quanto no direito canônico. Isolda escapa assim da rigidez do juramento tradicional. Todavia, ela pronuncia termos consagrados que se encontram no direito normando: *"or ecoutez"* (*hoc audias*) e *"si m'ait Deus"* (*si me Deus adjuvet*). Ela jura por Santo Hilário. Isolda aumenta, por outro lado, a solenidade da cerimônia, apelando para a garantia de Artur e seus barões. E nisso ainda Jonin vê a aplicação da *plevine* ou *fideijussion*, instituição característica da época. [...] O episódio da entrega de Isolda aos leprosos tem como característica, de fato, um realismo forte. Jonin encontrou todas as particularidades que o poeta cita nas descrições dos leprosários e dos leprosos errantes. O fato de entregar um culpado aos leprosos parece repousar numa realidade.[42]

---

[42] Em Bartina Wind, "Les versions françaises du *Tristan* et les influences contemporaines" (*Neophilologus*, v. 45, 1961, p. 282). Há outros estudos com esse viés de promover aproximações entre o poema e as instituições, práticas e mesmo personalidades da época. Com relação a um dos três barões malvados, ver Philip E. Bennett, "The literary source of Béroul's Godoïne" (*Medium Aevum*, v. 42, n° 2, 1973, pp. 133-40). Sobre

Todas essas observações continuam válidas, mesmo que, em alguns casos, devam ser nuançadas. Assim, sobre a forma como o rei condena Tristão sem julgamento, Löfstedt, em trabalho recente, chama a atenção para o fato de que, por ser ele, Tristão, um dos homens de Marco, não poderia ser condenado sem um processo, já que, se matar o amante da esposa se entende como algo da esfera privada, matar um dos cavaleiros do rei é questão de ordem pública.[43] Acrescente-se que o flagrante de adultério parece difícil de ser comprovado, pois seria preciso encontrar os amantes na companhia um do outro, *nud et nud* ("nu e nua")[44] — o que, de fato, não acontece nem no episódio da flor de farinha, nem no da floresta de Morrois. Além disso, nem tudo remete a referências conhecidas: condenar os adúlteros à fogueira, por exemplo, já apontava Jonin, não parece ser uma pena prevista (ao contrário do que se afirma também no *Tristão em prosa*, atribuindo-se a instituição desse costume à rainha Gloriande). Em suma, como seria de esperar, o mundo do romance de Béroul é o mundo em que ele e seu público vivem — e não poderia ser de outro modo! —, o que não quer dizer que simplesmente se reproduzam os *realia*, sobretudo porque se concorda que o poeta vive numa época de crise, ele próprio parecendo ser um de seus agentes, na medida em que sua obra inclui crítica aos costumes.[45]

---

os procedimentos legais relativos ao crime de adultério, ver Bernard Ribémont, "Le *Tristan* de Béroul entre procédure et chevalerie" (*Studia Romanica Posnaniensia*, v. 42-43, pp. 17-38, 2015, pp. 31-2).

[43] Leena Löfstedt, "Le procès de Tristan chez Béroul", *Neuphilologische Mitteilungen*, v. 89, n° 3, 1988, pp. 385-6.

[44] Ribémont, "Le *Tristan* de Béroul entre procédure et chevalerie", *op. cit.*, pp. 31-2.

[45] Nessa linha, Adams ("Love and charisma in the *Tristan et Iseut* of Béroul", *op. cit.*, p. 4 *et passim*) acredita que há no poema uma crítica

Assim, se pode ser verdade que uma das cenas mais cruas do romance, a entrega de Isolda a leprosos, corresponda a alguma prática da época, a forma como Ivan a justifica, para convencer o rei Marco de que esse seria um castigo muito mais severo que a fogueira, tendo sem dúvida o efeito diegético de fazer crescer a tensão e o terror, decerto contém também um libelo contra tal procedimento:

> [...] — Isso é o que penso,
> A ti direi, sucinto e bem.
> Vede que somos aqui cem:
> Isolda dá-nos em comum,
> Pois fim pior não há nenhum.
> Senhor, em nós há tanto ardor!
> Dama nenhuma tal vigor
> Um dia só no sexo atura!
> E a veste adere à carne impura!
> Contigo em honra ela vivia,
> Com peles, roupas, alegria:
> Bons vinhos experimentava,
> Em chão de mármore andava;
> Se, pois, a dais a nós, leprosos,
> Terá só lares pavorosos,
> Nossas vasilhas usará,
> Conosco sempre dormirá.
> Senhor, sem ter finas toalhas,
> Terá só restos e migalhas,
> Dadas a nós, portas afora.
> Pelo Senhor que no alto mora,
> Quando ela vir a nossa corte,
> Tudo terá que a desconforte

ao casamento enquanto instituição, por não comportar o amor apaixonado, reduzindo-se ele a "uma pedra angular da política".

Introdução 41

E quererá morrer somente.
Saberá, pois, essa serpente,
Quão mal agiu e quão malvada:
Desejará mais ser queimada!

(vv. 1.190-216)

Mesmo que esse deva ser um entrecho tradicional, uma vez que é com relação a ele que Béroul critica outros poetas, os quais afirmam que Tristão teria matado os leprosos para salvar Isolda ("Não sabem bem como é a história,/ Berox a guarda em sua memória,/ Muito é Tristão bravo e cortês/ P'ra alguém matar desse jaez", vv. 1.267-70), a ênfase que se põe no caráter sexual do castigo, já que Isolda seria tida em comum pela centena de leprosos consumidos por ardor libidinoso (*Yseut nos done, s'ert comune*), aponta para o absurdo de que o rei trate a esposa assim.

O modo habilidoso como Béroul usa o que poderia ser uma cena tradicional da *estoire* fica mais claro quando se considera como o tema reverbera no episódio da justificação. Como já referi, Isolda faz com que Tristão compareça à solenidade disfarçado justamente de leproso, toda a primeira parte da cena, correspondente ao dia anterior ao juramento, sendo por ele dominada de um modo burlesco e mesmo cruel. Nesse contexto, em conversa com o rei Marco, ao expor a origem de sua doença, o leproso/Tristão, afirma que

Quando mi'a vida era sadia,
Cortês amiga me atendia:
Por ela tenho eu estas chagas

(vv. 3.761-3)

esclarecendo em seguida, a nova pergunta do rei, como é que a amante pôde transmitir-lhe a doença:

Bom rei, o esposo era leproso,
A ela unia-me gozoso,
Da conjunção veio-me o mal...

(vv. 3.771-3)

Ora, considerando que o leproso/Tristão declara ainda a semelhança dessa amante com Isolda ("Mais bela que ela há só uma tal/ [...] Isolda, a bela", vv. 3.773-4), o que se sugere é que o marido leproso seria o próprio rei Marco, já que Isolda, desde o início, é tida sexualmente em comunhão (*comune*) pelos dois homens envolvidos no diálogo.[46] A isso se

---

[46] Para o sentido de *comune, communauté* ("comunidade", "comunhão") e *relations sexuelles*, ver Muret, *Roman de Tristan, op. cit.*, p. 161. Jean-Claude Muller, em "Structure et sentiment: regards anthropologiques sur la légende de Tristan et Iseut" (*L'Homme*, n°s 175-176, 2005, pp. 280-2), chama a atenção para o fato de que Marco ser o tio materno de Tristão torna a relação de ambos com Isolda um "incesto de segundo tipo" (definição que ele toma de Françoise Héritier), considerando o seguinte: "o incesto de primeiro tipo seria o encontro de dois humores semelhantes e consanguíneos — *cosanguinis* quer dizer 'mesmo sangue' — como entre mãe e filho, pai e filha, irmão e irmã ou primo e prima — o limite e a extensão variando segundo as sociedades e as épocas. O incesto de segundo tipo seria o encontro de um desses humores — com mais frequência o esperma (ou as secreções vaginais das mulheres, que se nomeiam às vezes de esperma feminino) —, passado a duas pessoas consanguíneas por intermédio de uma terceira pessoa. No nosso caso, é o encontro de um humor comum ao tio e ao sobrinho, pelo intermédio de Isolda". Lembra ele ainda que, Tristão tendo sido adotado pelo tio, depois da morte dos pais, Isolda, de um ponto de vista formal, é sua madrasta. Para uma análise do ponto de vista político, Katharina H. Rosenfield, *A história e o conceito na literatura medieval* (São Paulo, Brasiliense, 1986, pp. 98 e 112): "a função mais elevada do reino [a justiça] é assim abandonada ao abjeto leproso [Yvain] — perverso, lúbrico, odioso — que se torna, deste modo, o duplo do rei Marcos"; "os três anos de lepra de que Tristão fala a Marcos (v. 2.732) designam os três anos do filtro [...]. A 'lepra' que ataca o rei e o reino [...] corrói sob a forma de uma palavra a-social (as calúnias dos traidores, as insinuações do leproso Yvain, etc.)".

segue que, ao declarar Isolda, com todo despudor, que tivera entre as coxas tanto o rei, seu marido, quanto o leproso, ela como que garante que se tenha realizado o castigo que Marco, enquanto representante da justiça e da ordem, mandara impingir-lhe, dando-a aos lazarentos. Finalmente, que a justificação de Isolda se tenha realizado junto a um pântano e que a assistência se veja às voltas com tão grande quantidade de lama (os três *félons*, paladinos da moral, terminando em especial emporcalhados), sugere um mundo em que práticas e palavras como que mimetizam corpos em lenta decomposição.[47] É pela forma habilidosa como Béroul sabe trabalhar os dados da *estoire* tradicional, para provocar o leitor, que Ribémont afirma que seu *Tristan* constitui, de fato, "um conto filosófico", de que "o coração, o núcleo ativo [...] está numa reflexão complexa sobre a falta, o pecado, o perdão e a regulação jurídica de um conflito gerado pela falta",[48] num tempo de passagens.

Assim, quando Marco surpreende os amantes na floresta, constatando que estão vestidos e separados um do outro pela espada de Tristão,[49] revê os planos e apazigua a fúria, raciocinando nestes termos:

> — Deus! — diz o rei — que pode ser?
> A vida deles pude ver!

[47] Sobre essa relação, ver Adam Miyashiro, "Disease and deceit in Béroul's *Roman de Tristan*", *Neophilologus*, v. 89, pp. 509-25, 2005.

[48] Ribémont, "Le *Tristan* de Béroul entre procédure et chevalerie", *op. cit.*, pp. 26 e 36, respectivamente.

[49] Sobre a origem do motivo da espada que separa os amantes, ver Mary Brockington, "The separating sword in the *Tristan* romances", *The Modern Language Review*, v. 91, nº 2, 1996, pp. 281-300.

Deus! Não sei mais como atuar,
Se os vou matar, se os vou deixar!
No bosque há muito tempo estão
E se creria — quem diz não? —,
Caso se amassem com loucura,
Que vestes já ninguém procura
E espada não os separaria,
Sua união outra seria!
Matá-los vim, encorajado,
Não os tocarei, não fico irado.
De louco amor não têm intento.
Nada farei. Dormem isentos:
Sendo por mim estropiados,
Farei eu, sim, grande pecado;
Se eu o tirar do sono seu
E ele me mata ou mato-o eu,
Seria má situação.
Darei, pois, tal demonstração,
P'ra que, tão logo eles acordem,
Saibam deixei-lhes tudo em ordem
Depois que dormindo os achei
E de piedade me fartei:
Que não os quero assim matar —
Ninguém no império o vai ousar.

(vv. 2.001-26)

Depois de toda a rigidez e publicidade com que tratou o adultério da esposa nos primeiros episódios, o rei, que agora se dirige à floresta sozinho, opta pela delicadeza, poupando os amantes e deixando, como indícios de que os surpreendera, sua luva, seu anel e sua espada. Como assevera Brockington, é "absolutamente crucial para o enredo" que "os símbolos escolhidos sejam bivalentes, implicando numa mensagem para o rei e o leitor, e exatamente o oposto para Tristão e Isolda",[50] os quais acreditam que Marco não os poupara, mas apenas partira em busca de auxílio para prendê-los de modo mais espetacular, sob a vista de muitos. Essa plurivalência, explorada não só aqui, é sintoma de uma encruzilhada entre diferentes experiências de vida social: de um lado, aquela cuja manifestação mais clara é a organização feudal, ou seja, "um Estado em que não há distinção entre atos privados e públicos, um Estado em que adultério, o feito secreto por excelência, se torna automaticamente matéria de políticas públicas",[51] que é o que exigem constantemente os três barões, uma multidão participando de cenas como a condenação dos heróis e o juramento de Isolda;[52] de outro, uma forma de organização social nova, centrada na figura e no poder solitários do rei, em que, de si para si, é possível a Marco poupar os amantes, contra os conselhos e as ameaças de seus barões.

Poderíamos ver nisso a passagem de uma cultura da vergonha, como é a feudal, baseada em laços de reciprocidade garantidos por palavras e símbolos codificados e publicizados, a uma cultura da culpa, em que palavras e símbolos, de acordo com as intenções, se desdobram em sentidos sobrepostos. O que a cena da descoberta dos amantes na floresta de Morrois, pelo rei, tem de mais significativo seria essa também descoberta da interioridade e da subjetividade próprias de uma cultura da culpa. Como ressalta Frappier, não tem sentido perguntar se, afinal, a rainha (ou alguma das outras personagens) é de alguma forma culpada — ainda que o adul-

[50] Mary Brockington, "Discovery in the Morrois: Antecedents and analogues", *The Modern Language Review*, v. 93, n° 1, 1998, p. 7.

[51] Bloch, "Tristan, the myth of the State and the language of the self", *op. cit.*, p. 69.

[52] Sobre o tema, ver Payen, "Le peuple dans les romans français de 'Tristan'", *op. cit.*

tério seja objetivo —, pois "tudo se passa entre Deus e a consciência de Isolda".[53]

TRADUÇÃO

A tradução que aqui se apresenta ao leitor poderia ser definida como mimética (já afirmava Sorel: "ora, a primeira imitação é a tradução").[54] Com isso quero dizer que, não sendo literal, também não envereda pelos caminhos da transcriação. O mimetismo que acredito a marque está em seguir, verso a verso, o texto francês, conservando algo de sua forma — dísticos rimados de versos de oito sílabas — e, como em Béroul nem sempre o acento na quarta sílaba é respeitado, as rimas sendo algumas vezes imperfeitas, na tradução também pequenas imperfeições formais são praticadas.

Mantive, em geral, a flutuação que apresenta o texto francês com relação ao uso, na segunda pessoa, da forma simples (tu) e da forma cerimoniosa (vós), com alternâncias inclusive no interior de uma mesma fala das personagens, o que, em termos de pragmática, em nada perturba a compreensão.

Traduzi com bastante liberdade termos técnicos para os medievalistas, sem me preocupar em vertê-los sempre do mesmo modo, mas deixando-me levar pelas necessidades rímicas e métricas. Assim, *mesnie*, de que há o arcaísmo português "mesnada", usado aqui apenas duas vezes (vv. 3.442 e 3.509), foi traduzido também por "corte" (v. 2.238), "companhia" (v. 2.349), "escolta" (v. 2.387), "grei" (v. 3.381),

[53] Frappier, "Structure et sens du *Tristan*", *op. cit.*, p. 450.

[54] Charles Sorel, *La bibliothèque françoise*, Paris, Compagnie des Libraires du Palais, 1667, p. 217.

"séquito" (v. 4.187), e seu sinônimo *barnage*, por "corte" (vv. 2.555 e 3.405), "cortejo" (v. 3.395), "comitiva" (v. 3.881) e "companhia" (v. 4.108).[55] Por outro lado, alguns termos tiveram tradução bastante literal, mimetizando os correlatos franceses: assim, *prooise* por "proeza" e, o que pode causar alguma estranheza ao leitor, que não esperaria encontrar num poema uma palavra que lhe parece de baixo calão, *puterie* por "putaria".[56]

Os nomes próprios podem apresentar bastante variação — de um dos três *félons*, por exemplo, o nome aparece em nada menos que seis variantes, a saber, Danalain, Denaalain, Dinoalain, Donoalen, Donoalent, Donalan, bem como o cão de Tristão se chama Husdanz, Husdent, Husdan, Husdens. Minha opção foi, em princípio, conservar todos como estão no texto francês, excetuando quando há formas consagradas em português (Tristão, Isolda, Artur, Santo Estêvão, Catão etc.), ou quando os aportuguesei em favor da produção de rimas (é o caso de Guenelão), algumas vezes procedendo a não mais que adaptação gráfica (Dinás, Godoíne) ou fonética (Ivan). O nome do eremita Ogrin permaneceu como em francês, mas considerei sua pronúncia aportuguesada, em benefício das rimas com "assim" e "fim".

Com relação aos topônimos mantive a forma que apresentam no texto, sem atualizações (assim, Dureame/Durelme

---

[55] Sobre o significado destes termos, ver Cláudia Regina Bovo, "Os caminhos da sociabilidade feudal: a espiritualização das relações de parentesco no *Tristan* de Béroul (séc. XII)", *Territórios e Fronteiras*, v. 3, nº 1, 2010, pp. 11-5.

[56] Sobre o significado do segundo termo, Muret (*Le roman de Tristan*, *op. cit.*, p. 221) dá para *puterie* os sentidos de *débauche*, *impudicité*, o que o termo português "putaria" parece cobrir bem, cf. o *Dicionário Houaiss da língua portuguesa*, s. v., "comportamento contrário ao pudor, à decência [...] depravação de costumes, devassidão, libertinagem, imoralidade".

Jacyntho Lins Brandão

e não Durham; Nicole e não Lincoln; Cahares e não Carhaix; Isneldone e não Stirling; Horlanda, de Horlande, e não Kinsale; Costentin e não Cotentin), exceto quando aportuguesá--los produzia rimas (Dinão, Tudela, Cahares, Lancian) ou havia formas correntes em português (Renebors, atual Regensburg, foi traduzida por Ratisbona; Niques, por Niceia; Baudas, por Bagdá; o mesmo com relação a Bretanha, Castela, Cornualha, Escócia, Irlanda). Frise e o mar de Frise (*la mer de Frise*) são mantidos tais quais, sendo discutível a que locais correspondem.[57] De dois topônimos procedi à tradução dos termos que os compõem: Vau Aventuroso (*Vau Aventuros*) e Mau Passo (*Mal Pas*).

A fim de tornar a leitura mais agradável, o texto foi dividido em partes, às quais se atribuíram títulos, mesmo que, no manuscrito, ele se apresente sem nenhuma interrupção. Os episódios, contudo, são facilmente discerníveis, cada parte comportando um desenvolvimento completo da intriga.

* * *

Este trabalho começou a ser feito como contribuição para grupo dedicado ao estudo do romance, da Antiguidade aos dias atuais, liderado por Pedro Dolabela Chagas (UFPR), Andréa Sihiral Werkema (UERJ), Fabíola Padilha (UFES) e Juliana Gambogi (UFMG). Foi o diálogo produtivo que os colóquios periódicos têm proporcionado que me levou a concentrar-me nesta primeira forma do romance medieval, à qual havia antes dedicado não mais que uma atenção difusa, na

---

[57] Cf. Andrew Breeze, "Beroul's Frise and la mer de Frise", *French Studies Bulletin*, v. 108, 2008. Sabine Heinz ("Textual and historical evidence for an early British Tristan tradition", *op. cit.*, p. 102) considera que, assim como Morrois e Loenoi, Frise é uma das terras dos reis escoceses de Edimburgo.

qualidade de mero intermediário entre o romance antigo e o moderno.

Cumpre registrar meus agradecimentos à Universidade Federal de Minas Gerais, em especial a sua Faculdade de Letras, pelas condições materiais e intelectuais que propiciam o desenvolvimento de atividades como a que resultou na escrita deste livro. Do mesmo modo, ao apoio do CNPq, por meio da concessão de Bolsa de Produtividade em Pesquisa e taxa de bancada, a qual me permitiu a aquisição do material bibliográfico necessário, agora incorporado ao acervo da UFMG.

Meus colegas da Faculdade de Letras e da Faculdade de Filosofia e Ciências Humanas, professores e alunos, com sua pujança intelectual, conformam o ambiente mais propício para a reflexão e o envolvimento em novos projetos. Em especial, cabe menção saudosa a Marcelo Pimenta Marques, arrebatado ao Hades de modo tão prematuro, com o qual, ao longo dos anos, pude colaborar intensamente, aprendendo especialmente o que é ser professor, em todas as dimensões dessa vocação.

O primeiro leitor do livro foi Rafael Guimarães Silva, que teve o cuidado generoso de sugerir mais de uma centena de argutas modificações, as quais aperfeiçoaram, em vários aspectos, os versos da tradução. Adotei inúmeras delas, sobretudo as que faziam com que minha opção inicial pudesse reverter numa maior literalidade, tendo em vista as palavras de Béroul. São estudantes assim, tão colaborativos e inteligentes, que incitam que a docência se alie a projetos que extrapolam a sala de aula, por duas razões: pela instigação com que sua juventude nos contamina; pela esperança de que nosso trabalho encontre leitores tão refinados.

Agradeço ainda a leitura muito atenta e as sugestões sempre pertinentes de Alberto Martins, que, como editor exemplar, acolheu o texto e cuidou de sua publicação.

Magda, Bernardo, Fernando e Pedro (Pedro sempre na memória e no coração!) — mais a nova geração, João Pedro, Francisco, Lucas e Estela —, de um modo e de outro, sempre acompanham o que faço, o que faço tendo sempre sua marca.

Página do manuscrito de *Le roman de Tristran*, do século XII, conservado na Biblioteca Nacional da França. O trecho traz os versos 281 a 351.

O romance de Tristão[1]

O início e o fim do poema se perderam. É provável que o nascimento de Tristão, filho de uma irmã do rei Marco, da Cornualha, fosse ao menos referido. De igual modo, o leitor deveria ser informado da vitória de Tristão contra Morholt, um gigante irlandês, tio de Isolda, princesa da Irlanda, o qual impunha um tipo de corveia anual aos habitantes da Cornualha, que deviam entregar-lhe seus filhos. Na luta, Tristão foi ferido e curado por Isolda, ocasião em que a conheceu.

No passo seguinte da trama, o rei Marco desejando casar-se, Tristão é encarregado, pelo tio, de ir à Irlanda buscar Isolda, quando enfrenta um dragão, sendo de novo tratado pela princesa. A mãe de Isolda dá a Brengain, ama de sua filha, um filtro com o poder de tornar perdidamente apaixonado o casal que dele provasse, esse *lovendrinc* devendo ser ministrado aos noivos na noite de núpcias. Por um engano, Brengain o dá a Tristão e Isolda durante a travessia marítima, o que faz com que, caindo em louca paixão um pelo outro, se tornem desde então amantes.

Chegando eles à Cornualha, logo se realiza o casamento. A fim de que o rei não percebesse que sua noiva já não era virgem, é Brengain quem sobe ao leito de núpcias na primeira noite, sendo substituída por Isolda tão logo o casamento se consuma. Assim, Isolda se torna esposa de Marco e amante de Tristão. O romance se desdobra em vários episódios, o primeiro deles o encontro dos amantes sob um pinheiro, no jardim do palácio, o rei tendo-se escondido na árvore, aconselhado pelo anão Frocin, a fim de poder constatar a traição de sua mulher com o sobrinho. Isolda, contudo, ao chegar, percebe o marido sobre a árvore e alerta Tristão. É neste ponto que tem início o poema de Béroul.

---

[1] *Le roman de Tristran*, texto editado por Ernest Muret, e atualizado com base em Norris J. Lacy. (N. do T.)

....   1
Que nul senblant de rien en face
Com ele aprisme son ami,
Oiez com el l'a devanci:
— Sire Tristan, por Deu le roi,   5
Si grant pechié avez de moi,
Qui me mandez a itel ore!
Or fait senblant con s'ele plore.
— .... mie
.... mes en vie.   10
.... ceste asenblee
.... s'espee
....
....
Conme   15
Par Deu, qui l'air fist et la mer
Ne me mandez nule foiz mais.
Je vos di bien, Tristan, a fais:
Certes, je n'i vendroie mie.
Li rois pense que par folie,   20
Sire Tristan, vos aie amé;
Mais Dex plevis ma loiauté,
Qui sor mon cors mete flaele
S'onques fors cil qui m'ot pucele,
Out m'amistié encor nul jor!   25

O encontro sob o pinho

....
Que cara assim de nada faça,
Ao chegar ela a seu amigo,
Como o alertou então vos digo:
— Senhor Tristão, por Deus, o rei,
Valor nenhum p'ra vós terei
Que me chamais a esta hora?
Ora ela faz cara que chora:
— .... nada
.... mais na vida.
.... este encontro
.... sua espada
....
....
Como ....
Por Deus, que fez o ar e o mar,
Não me chameis vós nunca mais!
Tristão, ouvi p'ra que saibais:
Não mais venhais a mi'a procura.
Pensa meu rei que, por loucura,
Senhor Tristão, eu vos amei.
Que Deus leal me atesta, sei:
Por certo meu corpo flagela,
Se, fora a quem eu fui donzela,
O meu amor dei algum dia!

Se li felon de cest'enor,
Por qui jadis vos conbatistes
O le Morhout, quant l'oceïstes,
Li font a croire, ce me senble,
Que nos amors jostent ensenble,   30
Sire, vos n'en avez talent;
Ne je, par Deu omnipotent,
N'ai corage de drüerie
Qui tort a nule vilanie.
Mex voudroie que je fuse arse,   35
Aval le vent la poudre esparse,
Jor que je vive que amor
Aie o home qu'o mon seignor;
Et, Dex! si ne m'en croit il pas.
Je puis dire: de haut si bas!   40
Sire, molt dist voir Salemon:
Qui de forches traient larron,
Ja pus nes amera nul jor.
Se li felon de cest'enor
....   45
....
....
.... aise .... parole
.... a nos deüsent il celer.
Molt vos estut mal endurer   50
De la plaie que vos preïstes
En la batalle que feïstes
O mon oncle. Je vos gari;
Se vos m'en erïez ami,
N'ert pas mervelle, par ma foi!   55
Et il ont fait entendre au roi
Que vous m'amez d'amor vilaine.
Si voient il Deu et son reigne!
Ja nul verroient en la face.

Se os que só veem patifaria
(Por quem um dia combatestes
E o Morhout só, sem mais, vencestes)
Fazem-no crer — ao que parece —
Que grande amor a vós eu desse,
Senhor, se deve a vós somente!
Pois eu, por Deus onipotente,
Me entrego não a simpatias
Que, más, provoquem vilanias.
Mais bem fosse eu toda queimada
E a cinza ao vento espalhada,
Que, enquanto viva, meu amor
A outro dê que a meu senhor.
E se, por Deus! ele não crê,
Possa eu dizer: no chão me vês!
Senhor, veraz diz Salomão:
Da forca quem tira ladrão
Amor não tem sequer um dia.
Se os que só veem patifaria
....
....
....
.... ocasião .... palavra,
.... deviam a nós esconder.
Muito tivestes de sofrer
Com a lesão que recebestes
Na luta em que vós combatestes
Contra meu tio — e eu vos curei.
Se apreço um dia então vos dei,
Que de espantar? Tão natural!
Dizem ao rei, com intento mau,
Que a mim amais co'amor vilão.
Se Deus e o céu veem sua ação,
Nenhum verá jamais sua face.

O encontro sob o pinho

Tristan, gardez en nule place   60
Ne me mandez por nule chose:
Je ne seroie pas tant ose
Que je i osase venir.
Trop demor ci, n'en quier mentir.
S'or en savoit li rois un mot,   65
Mon cors seret desmenbré tot,
Et si seroit a molt grant tort;
Bien sai qu'il me dorroit la mort.
Tristan, certes, li rois ne set
Que por lui pas vos aie ameit: 70
Por ce qu'eres du parenté
Vos avoie je en cherté.
Je quidai jadis que ma mere
Amast molt les parenz mon pere,
Et disoit ce, que la mollier   75
N'en avroit ja son seignor chier
Qui les parenz n'en amereit.
Certes, bien sai que voir diset.
Sire, molt t'ai por lui amé
Et j'en ai tot perdu son gré.   80
— Certes, et il n'en ....
Por qoi seroit tot suen li ....
Si home li ont fait acroire
De nos tel chose qui n'est voire.
— Sire Tristan, que volez dire?   85
Molt est cortois li roi, mi sire:
Ja nu pensast nul jor par lui
Qu'en cest pensé fuson andui.
Mais l'en puet home desveier
Faire le mal et bien laisier.   90
Si a l'on fait de mon seignor.
Tristan, vois m'en, trop i demor.
— Dame, por amor Deu, merci!

Tristão, não mais isto se passe,
Por coisa alguma me chameis,
Pois tão ousada não serei
A ponto que eu ousasse vir.
Já demorei, não vou mentir.
Se ao rei palavra alguém dirá
O corpo meu desmembrará
E algo será de muito errado:
A morte sei será meu fado.
Tristão, não sabe o rei decerto:
Por ele só vos tenho perto;
Por serdes dele bom parente
Gostei de vós eu tão somente.
Sempre mi'a mãe à parentela
Vi de meu pai querer sem trela.
Isto dizia: uma mulher
A seu marido não bem quer
Se seus parentes não amar:
Era veraz no seu falar.
Por ele amei-te assim, senhor,
Perdi por isso seu favor.
— Decerto, e ele não ....
Por que seria seu ....?
Se alguém assim de nós lhe traz
Uma tal coisa não veraz.
— Senhor Tristão, que me dizeis?
Muito cortês é, sim, meu rei:
De si p'ra si não pensaria
Que assim convosco o trairia.
Podem porém o desviar,
Fazer o mal e o bem deixar:
É o que se fez a meu marido.
Ide, Tristão, tempo cumprido!
— Dama, por'mor de Deus e graça!

O encontro sob o pinho

Mandai toi, et or es ici:
Entent un poi a ma proiere.   95
Ja t'ai je tant tenue chiere!
Qant out oï parler sa drue,
Sout que s'estoit aperceüe.
Deu en rent graces et merci,
Or set que bien istront de ci.   100
— Ahi! Iseut, fille de roi,
Franche, cortoise, bone foi,
Par plusors foiz vos ai mandee,
Puis que chanbre me fu veee;
Ne puis ne poi a vos parler.   105
Dame, or vos vuel merci crïer,
Qu'il vos menbre de cest chaitif
Qui a traval e a duel vif;
Qar j'ai tel duel c'onques le roi
Out mal pensé de vos vers moi   110
Qu'il n'i a el fors que je meure.
Fort m'est a cuer que je ....
Dame, granz ....
....
....   115
.... ne fai
.... mon corage
.... qu'il fust si sage
Qu'il n'en creüst pas losengier
Moi desor lui a esloignier.   120
Li fel covert Corneualeis
Or en sont lié et font gabois.
Or voi je bien, si con je quit,
Qu'il ne voudroient que o lui
Eüst home de son linage.   125
Molt m'a pené son mariage.
Dex! porquoi est li rois si fol?

Chamei-te, vieste a esta praça,
Escuta um pouco a prece minha,
Pois tanto a ti querida eu tinha!
Quando falar ouviu sua amiga,
Soube saber ela da intriga;
Por isso graças deu a Deus,
Iriam bem os pactos seus:
— Isolda — ó céus! —, filha de rei,
Nobre, cortês, franca vos sei,
Tanto chamei-vos, inculpado,
Pois vosso quarto me é vedado:
Não pude ou posso a vós falar.
Dama, mercê peço me dar:
Que lembreis vós deste cativo
Que em tanta dor e penas vivo.
Tanto me dói que o rei um dia
Julgou-vos mal por minha via,
Que só me resta a mim morrer.
De coração eu muito ....
Senhora, grande ....
....
....
.... não faz
.... coragem minha
.... que muito saber tinha
Para não crer em tal mentira
De quem a mim dele retira.
Os homens vis da Cornualha
Unem-se e zombam, os canalhas!
Eu vejo bem, claro isso sei,
Não querem não que junto ao rei
De sua linhagem haja alguém.
P'ra suas bodas sofri bem:
Deus! mas o rei, por que é tão louco?

O encontro sob o pinho

Ainz me lairoie par le col
Pendre a un arbre qu'en ma vie
O vos preïse drüerie.   130
Il ne me lait sol escondire.
Por ses felons vers moi s'aïre,
Trop par fait mal qu'il les en croit:
Deceü l'ont, gote ne voit!
Molt les vi ja taisant et muz,   135
Qant li Morhot fu ça venuz,
Ou nen i out uns d'eus tot sous
Qui osast prendre ses adous.
Molt vi mon oncle iluec pensis:
Mex vosist estre mort que vis.   140
Por s'onor croistre m'en armai,
Conbati m'en, si l'en chaçai.
Ne deüst pas mis oncles chiers
De moi croire ses losengiers —
Sovent en ai mon cuer irié.   145
Pensë il que n'en ait pechié?
Certes, oïl, n'i faudra mie.
Por Deu, le fiz Sainte Marie,
Dame, ore li dites errant
Qu'il face faire un feu ardant;   150
Et je m'en entrerai el ré.
Se ja un poil en ai bruslé
De la haire qu'avrai vestu,
Si me laist tot ardoir u feu.
Qar je sai bien n'a de sa cort   155
Qui a batalle o moi s'en tort.
Dame, por vostre grant franchise,
Donc ne vos en est pitié prise?
Dame, je vos en cri merci:
Tenez moi bien a mon ami.   160
Qant je vinc ça a lui par mer,

Eu me enforcar seria pouco,
Atado a tronco, se algum dia
Paixão por vós cultivaria!
Justificar-me ele não deixa,
Com seus bandidos de mim queixa.
Faz muito mal por neles crer,
Tanto o enganam, nada vê!
Vi cada qual calado, mudo,
Quando o Morhot vinha com tudo;
Deles nenhum com quem contar
P'ra com valor armas pegar.
Meu tio entregue à sua sorte
Mais preferia achar a morte.
Por sua honra é que me armei,
Bati tal monstro, o rechacei.
Mas não devia o caro tio
Crer nesses charlatões sem brio —
Quanto tive eu meu imo irado!
Pensa ele que não é pecado?
Certo que sim: mais, menos dia.
Por Deus, o filho de Maria,
Dama, dizei-lhe já, vos rogo,
Que ele prepare ardente fogo,
Pois na fogueira quero entrar:
Se um fio apenas se queimar
Da camisa que então vestir,
Deixai-me ao fogo sucumbir!
Pois nesta corte, sei eu bem,
P'ra me enfrentar não há ninguém.
Sendo tão nobre, mi'a senhora,
Não tendes dó de mim agora?
Senhora minha, a vós eu peço,
Dizei ao rei quanto mereço.
Quando cheguei, vindo do mar,

O encontro sob o pinho

Com a seignor i vol torner.
— Par foi, sire, grant tort avez,
Qui de tel chose a moi parlez
Que de vos le mete a raison   165
Et de s'ire face pardon.
Je ne vuel pas encor morir,
Ne moi du tot en tot perir!
Il vos mescroit de moi forment,
Et j'en tendrai le parlement?   170
Dont seroie je trop hardie.
Par foi, Tristran, n'en ferai mie,
Ne vos nu me devez requerre.
Tote sui sole en ceste terre.
Il vos a fait chanbres veer   175
Por moi: s'il or m'en ot parler,
Bien me porroit tenir por fole.
Par foi, ja n'en dirai parole.
Et si vos dirai une rien,
Si vuel que vos le saciés bien: 180
Se il vos pardounot, beau sire,
Par Deu, son mautalent et s'ire,
J'en seroie joiose et lie.
S'or savoit ceste chevauchie,
Cel sai je bien que ja resort,   185
Tristran, n'avreie contre la mort.
Vois m'en, imais ne prendrai some.
Grant poor ai quë aucun home
Ne vos ait ci veü venir.
S'un mot en puet li rois oïr   190
Que nos fuson ça assemblé,
Il me feroit ardoir en ré.
Ne seret pas mervelle grant.
Mis cors trenble, poor ai grant.
De la poor qui or me prent,   195

Como a um senhor o vim buscar.
— Pois sim, Senhor, errado estais
De me pedir isso sem mais,
Que de vós algo eu já lhe diga
E disso a vós o perdão siga.
Não quero, pois, inda morrer,
Nem de algum modo me perder.
Ele de vós tanto suspeita:
Seja o que eu diga não enjeita?
Donde seria eu tão ousada?
Por Deus! Tristão, não farei nada.
Ao pedir isso sois quem erra!
Vivo eu tão só por esta terra!
Os aposentos vos vedou
Por mim. Falar-lhe se ora vou,
Bem ter por louca me podia.
Por Deus, palavra eu não diria!
E se uma coisa eu vos direi,
É para a terdes, sim, por lei:
Se ele perdoa, bom senhor,
Por Deus, cessando seu rancor,
Feliz ficava eu, sem receio.
Mas, se descobre este passeio,
Já sei que algum recurso forte,
Tristão, não tenho contra a morte.
Vou-me, não p'ra dormir embora,
Temor me tem que alguém agora
Aqui vos tenha visto vir.
Se disto o rei palavra ouvir,
Que aqui, p'ra vê-lo, pus meus pés,
Fará queimar-me como ré,
O que estranhez não fará grande.
Tremor me tem e pavor grande!
Pelo pavor que ora me toma

O encontro sob o pinho

Vois m'en, trop sui ci longuement.
Iseut s'en torne, il la rapele:
— Dame, por Deu, qui en pucele
Prist por le pueple umanité,
Conseilliez moi, par charité.   200
Bien sai, n'i osez mais remaindre.
Fors a vos ne sai a qui plaindre.
Bien sai que molt me het li rois.
Engagiez est tot mon hernois.
Car le me faites delivrer: 205
Si m'en fuirai, n'i os ester.
Bien sai que j'ai si grant prooise,
Par tote terre ou sol adoise,
Bien sai que u monde n'a cort,
S'i vois, li sires ne m'avot;   210
Et se onques point du suen oi,
Yseut, par cest mien chief le bloi,
Nel se voudroit avoir pensé
Mes oncles, ainz un an passé,
Por si grant d'or com il est toz.   215
Ne vos en qier mentir deus moz.
Yseut, por Deu, de moi pensez,
Envers mon oste m'aquitez.
— Par Deu, Tristan, molt me mervel
Qui me donez itel consel.   220
Vos m'alez porchaçant mon mal.
Icest consel n'est pas loial.
Vos savez bien la mescreance,
Ou soit savoir ou set enfance.
Par Deu, li sire glorios,   225
Qui forma ciel et terre et nos,
Se il en ot un mot parler
Que vos gages face aquiter,
Trop par seroit aperte chose.

Eu já me vou, tempo se assoma!
Isolda vai, mas ele apela:
— Dama, por Deus, que nu'a donzela
Tomou a nossa humanidade,
Aconselhai, por caridade!
Sei que ficar já não ousais,
Mas, fora vós, não tenho mais.
Bem sei que o rei muito me odeia
E minhas armas não franqueia.
Se mas tivesse devolvido,
Teria eu já daqui partido.
Bem sei que vão minhas proezas
Por toda a terra com certeza:
Bem sei que corte alguma há
Que não me acolha aonde eu vá.
Se nada, pois, que é dele tenho,
Isolda, digo com empenho,
Não quererá tê-lo pensado
Meu tio, um ano só passado,
Por todo peso seu em ouro.
Tudo vos digo sem desdouro,
Isolda — Deus! — pensai em mim
E a meu tutor pagai assim.
— Por Deus, Tristão, muito me espanta
Que me peçais clemência tanta!
E só fazeis buscar meu mal:
Súplica tal não é leal.
Sabeis vós bem que uma suspeita
Veraz ou louca não se enjeita.
Por Deus, senhor nosso, que após
A terra e o céu formou a nós,
Se uma palavra ele então ouve,
Que vossa jura a mim aprouve,
Parecerá indício certo.

O encontro sob o pinho   67

Certes, je ne sui pas si osse   230
Ne nel vos di por averté,
Ce saciés vos de vérité.
Atant s'en est Iseut tornee,
Tristran l'a plorant salüee.
Sor le perron de marbre bis   235
Tristran s'apuie, ce m'est vis;
Demente soi a lui tot sol:
— Ha, Dex! beau sire Saint Evrol,
Je ne pensai faire tel perte,
Ne foïr m'en a tel poverte!   240
N'en merré armes ne cheval,
Ne compaignon fors Governal.
Ha, Dex! D'ome desatorné,
Petit fait om de lui cherté!
Qant je serai en autre terre,   245
S'oi chevalier parler de guerre,
Ge n'en oserai mot soner:
Hom nu n'a nul leu de parler.
Or m'estovra sofrir fortune.
Trop m'avra fait mal et rancune!   250
Beaus oncles, poi me deconnut
Qui de ta femme me mescrut:
Onques n'oi talent de tel rage.
Petit savroit a mon corage.
....   255
....
....
Li rois qui sus en l'arbre estoit
Out l'asenblee bien veüe
Et la raison tote entendue.   260
De la pitié q'au cor li prist,
Qu'il ne plorast ne s'en tenist
Por nul avoir: molt a grant duel.

Mas tão tenaz não sou, decerto,
Nem digo tal por avareza,
Isso saibais, vos dou certeza.
Isolda foi-se então embora,
Tristão, adeus lhe dando, chora.
Sobre o marmóreo bloco veio
Tristão ficar, segundo creio;
Lamenta a si, desdobra o rol:
— Ah, Deus! senhor meu, Santo Evrol,
Jamais pensei nesta aspereza,
Nem em fugir em tal pobreza!
Cavalo e armas não consigo,
Só Governal por meu amigo!
Ah, Deus! um homem desvalido
Já de ninguém é mais querido!
Quando estiver em outra terra,
Se um outro ouvir falar de guerra,
Não ousarei palavra dar:
Sem armas quem pode falar?
Agora cabe-me este fado
Que mal me traz e muito enfado!
Podes pensar, meu caro tio,
Que a mulher tua te desvio?
Não me apetece tal ação,
Não sabes de meu coração.
....
....
....
O rei que estava sobre o arbusto
Da reunião seguiu o curso
E lhe escutou todo o discurso.
Seu coração de dó se encheu,
E a que chorasse do mal seu
Pouco faltou: muito era o fel.

O encontro sob o pinho

Molt het le nain de Tintaguel.
— Las, fait li rois, or ai veü   265
Que li nains m'a trop deceü.
En cest arbre me fist monter,
Il ne me pout plus ahonter;
De mon nevo me fist entendre
Mençonge porqoi ferai pendre.   270
Por ce me fist metre en aïr,
De ma mollier faire haïr.
Ge l'en crui et si fis que fous.
Li gerredon l'en sera sous:
Se je le puis as poinz tenir,   275
Par feu ferai son cors fenir.
Par moi avra plus dure fin
Que ne fist faire Costentin
A Segoçon, qu'il escolla
Qant o sa feme le trova.   280
Il l'avoit coroné a Rome
Et la servoient maint prodomme.
Il la tint chiere et honora:
En lié mesfist, puis en plora.
Tristran s'en ert pieça alez.   285
Li rois de l'arbre est devalez.
En son cuer dit or croit sa feme
Et mescroit les barons du reigne
Que li faisoient chose acroire
Qu'il set bien que ce n'est pas voire   290
Et qu'il a prové a mençonge.
Or ne laira qu'au nain ne donge
O s'espee si sa merite:
Par lui n'iert mais traïson dite.
Ne jamais jor ne mescroira   295
Tristran d'Iseut, ainz lor laira
La chambre tot a lor voloir.

Odiou o anão de Tintaguel:
— Ah! — diz o rei — claro ficou
Que aquele anão bem me enganou.
Sobre este pau me fez estar
Só p'ra poder me envergonhar.
De meu sobrinho me contou
Mentiras só. Matá-lo vou
Por me infundir maus sentimentos
A mi'a mulher tão odientos.
Nele eu bem cri, fiz-me de louco,
Retribuir-lhe vou não pouco;
Se nele ponho a mão agora
Queimo-lhe o corpo sem demora.
De mim terá duro destino,
Que nem o que deu Constantino
A Segoçon, pois que o castrou
Quando a mulher com ele achou.
Em Roma a coroado tinha
E de homens bons era rainha.
Muito ele a quis e muito honrou:
E a castigou, depois chorou.
Tristão havia já partido
E o rei, do arbusto já descido,
De coração na mulher cria
E nos barões ele descria,
Os que o faziam algo crer
Que veraz via ele não ser
E só mentira se provar.
Não deixará de ao anão dar
O que merece, com a espada,
P'ra que jamais não traia nada.
Nem doravante inculpará
Tristão e Isolda, e deixará
Aos dois o quarto franqueado:

O encontro sob o pinho

— Or puis je bien enfin savoir:
Se feüst voir, ceste asenblee
Ne feüst pas issi finee.   300
S'il s'amasent de fol'amor,
Ci avoient asez leisor:
Bien les veïsse entrebaisier.
Ges ai oï si gramoier,
Or sai je bien n'en ont corage.   305
Porqoi cro je si fort outrage?
Ce poise moi, si m'en repent.
Molt est fous qui croit tote gent.
Bien deüse ainz avoir prové
De ces deus genz la verité   310
Que je eüse fol espoir.
Buen virent aprimier cest soir.
Au parlement ai tant apris,
Jamais jor n'en serai pensis.
Par matinet sera paiez   315
Tristran o moi, s'avra congiez
D'estre a ma chanbre a son plesir.
Or est remès li suen fuïr
Qu'il voloit faire le matin.
Oiez du nain boçu Frocin.   320
Fors estoit, si gardoit en l'er,
Vit Orïent et Lucifer.
Des estoiles le cors savoit.
Les set planestres devisoit.
Il savoit bien que ert a estre.   325
Qant il oiet un enfant nestre,
Les poinz contot toz de sa vie.
Li nains Frocins, plains de voisdie,
Molt se penout de cel deçoivre
Qui de l'ame le feroit soivre.   330
As estoiles choisist l'asente,

— Enfim estou bem informado!
Verdade fosse, essa conversa
Seria, sim, muito diversa.
Se cultivassem louco amor
Teriam tempo a seu dispor:
Visto os teria a se beijar,
Mas os ouvi só lamentar!
Disso sei bem não têm coragem.
Por que é que eu cri em tal ultraje?
Tenho pesar e me arrependo:
Louco é quem vai em todos crendo.
Devia eu antes ter testado
O que dos dois era falado,
Em vez de ter intento louco.
Hoje ganharam não foi pouco:
Tanto me aprouve sua conversa
Que esta aflição se me dispersa.
Bem de manhã, conciliarei
Tristão comigo e o deixarei
Estar na câmara o que queira.
Ele partir, à hora primeira,
Seja adiado, fique aqui.
Do anão Frocin, corcunda, ouvi:
Ficava fora, o céu olhava,
Via Orião e a Estrela d'Alva.
Dos astros seu curso sabia,
Sete planetas ele ouvia.
Sabe o futuro bem prever:
Quando escutava alguém nascer,
Contava seu destino todo.
O anão Frocin, cheio de engodo,
Muito penou para saber
Quem é que o faria morrer.
Olhou dos astros a ascensão,

O encontro sob o pinho

De mautalent rogist et enfle,
Bien set li rois fort le menace,
Ne laira pas qu'il nu desface.
Molt est li nains nerci et pales,   335
Molt tost s'en vet fuiant vers Gales.
Li rois vait molt le nain querant,
Nu peut trover, s'en a duel grant.
Yseut est en sa chambre entree.
Brengain la vit descoloree.   340
Bien sout que ele avoit oï
Tel rien dont out le cuer marri,
Qui si muoit et palisoit.

....

Ele respont: — Bele magistre,   345
Bien doi estre pensive et tristre.
Brengain, ne vos vel pas mentir:
Ne sai qui hui nos vout traïr,
Mais li rois Marc estoit en l'arbre
Ou li perrons estoit de marbre.   350
Je vi son ombre en la fontaine.
Dex me fist parler premeraine.
Onques de ce que je i quis
N'i out mot dit, ce vos plevis,
Mais mervellos complaignement   355
Et mervellos gemissement.
Gel blasmé que il me mandot,
Et il autretant me priout
Que l'acordase a mon seignor
Qui, a grant tort, ert a error   360
Vers lui de moi; et je li dis
Que grant folie avoit requis,
Que je a lui mais ne vendroie
Ne ja au roi ne parleroie.
Ne sai que je plus racontasse: 365

Com ódio inflou-lhe o coração:
Previu do rei grande ameaça,
Não vai poupá-lo até que o faça.
Sombrio e pálido este anão
P'ra Gales vai, fugindo então.
Mesmo que muito o procurando,
O rei não o acha, mal ficando.
Isolda em sua alcova entrou.
Brengain sem cor logo a notou.
Bem soube que ela tinha ouvido
Algo que a tinha consumido,
Que a perturbou, pálida a pôs.
....
Ela responde: — Ó feliz ama,
Bem triste está, sim, vossa dama!
Brengain, a vós não vou mentir,
Alguém estava a nos trair:
Estava o rei no alto da árvore,
Bem onde está o bloco de mármore.
Vi sua sombra na ribeira,
Deus me fez falar, eu primeira.
Do que buscava achar ali,
Palavra alguma, digo a ti:
Prodigiosos meus lamentos,
Prodigiosos sofrimentos!
Reclamei que ele me chamasse,
Ele pediu-me, em tal impasse,
Que o acordasse a meu senhor,
Que enganos só fica a supor,
Por mim, sobre ele — e eu lhe disse
Que coisa tal não me pedisse,
Que a ele então não mais viria,
Tampouco ao rei eu falaria.
Mais não sei eu que vos contar:

O encontro sob o pinho

Complainz i out une grant masse;
Onques li rois ne s'aperçut
Ne mon estre ne desconut.
Partie me sui du tripot.
Qant l'ot Brengain, molt s'en esjot: 370
— Iseut, ma dame, grant merci
Nos a Dex fait, qui ne menti,
Qant il vos a fait desevrer
Du parlement sanz plus outrer,
Que li rois n'a chose veüe   375
Qui ne puise estr'en bien tenue.
Granz miracles vos a fait Dex.
Il est verais peres et tex
Qu'il n'a cure de faire mal
A ceus qui sont buen et loial.   380
Tristran ravoit tot raconté
A son mestre com out ouvré.
Qant conter l'ot, Deu l'en mercie
Que plus n'i out fait o s'amie.
Ne pout son nain trover li rois.   385
Dex! tant ert a Tristran sordois!
A sa chambre li rois en vient.
Iseut le voit, qui mot le crient:
— Sire, por Deu, dont venez vos?
Avez besoin, qui venez sous?   390
— Roïne, ainz vien a vos parler
Et une chose demander;
Si ne me celez pas le voir,
Car la verté en vuel savoir.
— Sire, onques jor ne vos menti.   395
Se la mort doi recevoir ci,
S'en dirai je le voir du tot.
Ja n'i avra menti un mot.
— Dame, veïs puis mon nevo?

Lamentos houve até chegar!
O rei de nada contas deu,
Nem mi'a tenção reconheceu.
Escapei bem de tal ardil.
Brengain contente aquilo ouviu:
— Senhora Isolda, grande graça
A nós fez Deus, que não trapaça,
Quando vos fez assim partir
Da reunião sem vos ferir
E nada o rei vos tendo ouvido
Que por bem não possa ser tido.
Grande milagre vos fez Deus.
Ele em verdade é bom pai teu,
Que jamais cuida em fazer mal
A quem é bom e assim leal.
Tristão também tudo contou
A seu tutor, como escapou.
Quando isso ouviu, a Deus deu graça
Que tudo assim mal não lhes faça.
Não pôde o rei achar o anão.
(Deus! que perigo p'ra Tristão!)
A sua alcova o rei já vem,
Isolda o vê, medo ela tem:
— Senhor, por Deus, vindes vós donde?
Por que razão, o que isso esconde?
— Rainha, vim p'ra vos falar,
Pois algo tenho a perguntar;
Não me escondais o verdadeiro,
Que quero tudo por inteiro.
— Senhor, jamais eu vos menti:
E ainda que eu morresse aqui,
Toda a verdade a vós diria.
Palavra alguma eu mentiria.
— O meu sobrinho, dama, vistes?

O encontro sob o pinho

— Sire, le voir vos en desvo.   400
Ne croiras pas que voir en die,
Mais jel dirai sanz tricherie:
Gel vi et puis parlaï a lui;
O ton nevo soz cel pin fui.
Or m'en oci, roi, si tu veus!   405
Certes, gel vi. Ce est grant deus;
Qar tu penses que j'aim Tristran
Par puterie et par anjen;
Si ai tel duel que moi n'en chaut
Se tu me fais prendre un mal saut.   410
Sire, merci a ceste foiz!
Je t'ai voir dit: si ne m'en croiz,
Einz croiz parole fausse et vaine,
Ma bone foi me fera saine.
Tristran tes niès vint soz cel pin   415
Qui est laienz en ce jardin;
Si me manda qu'alasse a lui.
Ne me dist rien, mais je li dui
Anor faire non trop frarine
Par lui sui je de vos roïne.   420
Certes, ne fusent li cuvert
Qui vos dïent ce qui ja n'iert,
Volantiers li feïse anor.
Sire, jos tien por mon seignor,
Et il est votre niés, ç'oi dire.   425
Por vos l'ai je tant amé, sire,
Mais li felon, li losengier,
Quil vuelent de cort esloignier
Te font acroire la mençonge.
Tristan s'en vet: Dex lor en donge   430
Male vergoigne recevoir!
A ton nevo parlai ersoir:
Mot se complaint com angoisos,

— Senhor, direi o que pedistes.
Não crerás que digo a verdade,
Mas falo a ti sem falsidade:
Vi sim, falei com teu sobrinho,
Indo encontrá-lo sob o pinho.
Se queres, mata-me, meu rei!
Sim, que eu o vi. E pagarei,
Pois pensas que eu amo Tristão
Por putaria e enganação.
Tão mal estou, que tanto faz:
Faze comigo o que te apraz.
Senhor, piedade desta vez!
Fui-te veraz, se não me crês,
Mas em palavra falsa e vã,
A boa fé me fará sã.
Veio Tristão até este pinho
De teu jardim, o teu sobrinho,
Que o encontrasse me pediu:
Não disse nada; e não me viu
Severa mais do que convinha:
Por ele eu sou vossa rainha!
Claro! não fossem os infames
Com suas calúnias aos enxames,
Honras lhe tínheis a propor.
Tenho-vos, rei, por meu senhor,
E ouço sobrinho ele ser vosso!
Por vós é que o amo quanto posso.
Mas os canalhas, invejosos,
Por exilá-lo desejosos,
Te fazem crer nessa trapaça.
Parte Tristão. Que Deus os faça
Muita vergonha ter, mesquinhos!
Ontem falei a teu sobrinho:
Mesmo que triste suplicasse,

O encontro sob o pinho

Sire, que l'acordasse a vos,
Ge li dis ce, qu'il s'en alast,   435
Nule foiz mais ne me mandast;
Car je a lui mais ne vendroie
Ne ja a vos n'en parleroie.
Sire, de rien ne m'en creirez:
Il n'i ot plus. Se vos volez,   440
Ocïez moi; mais c'iert a tort.
Tristran s'en vet por le descort,
Bien sai que outre la mer passe.
Dist moi que l'ostel l'aquitasse;
Nel vol de rien nule aquiter,   445
Ne longuement a lui parler.
Sire, or t'ai dit le voir sanz falle:
Si je te ment, le chief me talle.
Ce sachiez, sire, sanz doutance,
Je li feïse l'aquitance,   450
Se je osase, volentiers;
Ne sol quatre besanz entiers
Ne li vol metre en s'aumosniere,
Por ta mesnie noveliere.
Povre s'en vet, Dex le conduie!   455
Par grant pechié li donez fuie:
Il n'ira ja en cel païs,
Dex ne li soit verais amis.
Li rois sout bien qu'el ot voir dit,
Les paroles totes oït.   460
Acole la, cent foiz la beise,
El plore, il dit qu'ele se tese:
Ja nes mescrera mais nul jor
Por dit de nul losengeor;
Allent et viengent a lor buens.   465
Li avoirs Tristran ert mes suens
Et li suens avoir ert Tristrans.

Senhor, que convosco o acordasse,
Isto lhe disse, que partisse
E encontros mais não me pedisse,
Pois até ele eu não viria
Nem dele a vós eu falaria.
Senhor, se nada me crereis,
Nada mais há. E, se quereis,
A mim matai. Mas fareis mal.
Tristão se vai tocado a pau,
Sei que ele parte p'ra ultramar,
Pediu-me p'ra o penhor lhe dar.
Eu nada quis-lhe devolver
Nem mais com ele me entreter.
Senhor, tudo eu disse sem falha:
Se minto a ti, meu crânio talha!
Sabei, senhor, tende certeza,
Teria eu pago tal despesa
Se ousasse, de um modo certeiro;
Nem quatro besantes inteiros
Quis em sua bolsa pôr, somente,
Por medo dos maledicentes.
Pobre ele vai, Deus o conduz!
Peca assim quem à fuga o induz.
Por onde quer que ele então vá,
Deus por amigo ele terá.
Sabia o rei que era verdade,
Pois tudo ouvira, sem alarde.
Abraça-a bem, cem vezes beija,
Ela então chora, ele a corteja:
Nela jamais, diz, descrerá,
E a detrator fé não dará;
Vão ora os dois e vêm de bem:
Eles os bens de Tristão têm
E de Tristão são os bens seus.

O encontro sob o pinho

N'en crerra mais Corneualans.
Or dit li rois a la roïne
Conme le felon main Frocine   470
Out anoncié le parlement
Et com el pin plus hautement
Le fist monter por eus voier
A lor asenblement le soir.
— Sire, estïez vos donc el pin?   475
— Oïl, dame, par Saint Martin.
Onques n'i ot parole dite
Ge n'oïse, grant ne petite!
Qant j'oï a Tristran retraire
La batalle que li fis faire,   480
Pitié en oi, petit falli
Que de l'arbre je ne chaï.
Et qant je l'i oï retraire
Le mal q'en mer li estut traire
De la serpent dont le garistes   485
Et les grans biens que li feïstes,
Et qant il vos requist quitance
De ses gages, si oi pesance
(Ne li vosistes aquiter
Ne l'un de vos l'autre abiter),   490
Pitié m'en prist a l'arbre sus.
Souef m'en ris, si n'en fis plus.
— Sire, ce m'est molt buen forment.
Or savez bien certainement
Molt avion bele loisor: 495
Se il m'amast de fole amor,
Asez en veïsiez senblant.
Ainz, par ma foi, ne tant ne qant
Ne veïstes qu'il m'aprismat
Ne mespreïst ne me baisast.   500
Bien senble ce chose certaine:

Em cornualho não mais creu.
O rei diz à rainha então
Como Frocine, o mau anão,
P'ra informar foi-lhe à procura
E do pinheiro àquela altura
O fez subir só para ver
A reunião acontecer.
— Senhor, estáveis sobre o pinho?
— Estava eu sim, por São Martinho!
Palavra não houve uma apenas
Que não ouvi, grande ou pequena!
Ao ouvir, pois, Tristão contar
A batalha que o fiz lutar,
Me apiedei, pouco faltou
P'ra que do arbusto ao chão me vou.
E quando ouvi como contou,
No mar, o mal que suportou
Da cobra, e então como o curastes,
E os grandes bens que lhe outorgastes.
Quando pediu-vos quitação
De seu penhor — que depressão! —,
Conceder tal não lhe acordastes
Nem um ao outro vos tocastes,
Pena tomou-me arbusto acima,
Suave ri, mantive o clima.
— Senhor, me alegro fortemente.
Ora sabeis bem certamente,
Tempo tivemos a dispor:
Se ele me amasse em louco amor,
Teríeis vós apercebido.
Mas sei bem que em nenhum sentido
Vistes que assim se aproximasse
E me ultrajasse e me beijasse.
Isso está fora de questão:

O encontro sob o pinho

Ne m'amot pas d'amor vilaine.
Sire, s'or ne nos veïsiez,
Certes ne nos en creïssiez.
— Par Deu, je non, li rois respont.   505
Brengain (que Dex anor te donst!),
Por mon nevo va a l'ostel,
Et se il dit ou un ou el
Ou n'i velle venir por toi,
Di je li mant qu'il vienge a moi.   510
Brengain li dit: — Sire, il me het:
Si est a grant tort, Dex le set.
Dit par moi est meslez o vos.
La mort me veut tot a estros.
G'irai; por vos le laisera   515
Bien tost que ne me tochera.
Sire, por Deu, acordez m'i,
Qant il sera venu ici.
Oiez que dit la tricherresse!
Molt fist que bone lecherresse;   520
Lores gaboit a escïent
Et se plaignoit de mal talent.
— Rois, por li vois, ce dist Brengain.
Acordez m'i, si ferez bien.
Li rois respont: — G'i metrai paine.   525
Va tost poroc et ça l'amaine.
Yseut s'en rist, et li rois plus.
Brengain s'en ist les sauz par l'us.
Tristan estoit a la paroi:
Bien les oiet parler au roi.   530
Brengain a par les braz saisie,
Acole la, Deu en mercie:
....
D'estre o Yseut a son plaisir.
Brengain mist Tristran a raison: 535

Não me ama, pois, de amor vilão.
Senhor, se não tivésseis visto,
Certo é que não creríeis nisto.
— Por Deus, eu não! — lhe respondeu.
Brengain (que a ti honre o bom Deus!),
Vai procurar o meu sobrinho.
Se isto ou aquilo diz sozinho
Ou não quiser vir cá contigo,
Diz que lhe mando estar comigo.
Brengain diz: — Ele me detesta:
Está errado, Deus o atesta.
Diz que por mim brigais, os dois,
A morte me deseja, pois.
Irei. Por vós respeitará
E em mim tocar não ousará.
Senhor, por Deus, vos peço a graça
Que paz comigo ele aqui faça.
Ouvi o que diz essa ardilosa!
Bem representa, a curiosa:
Histórias conta, e mais inventa
E ressentida ela lamenta:
— Rei, vou buscá-lo — Brengain diz —,
Nos congraçai, sede o juiz!
O rei responde: — Eu tentarei.
Vai já buscá-lo. Aguardarei.
Isolda ri, e o rei ri mais,
Brengain alegre aos saltos sai.
Tristão junto à parede estava
E o que falavam escutava.
Nos braços a Brengain colheu
E a seu bom Deus agradeceu:
....
De estar com Isolda a seu prazer.
Brengain Tristão põe todo ao par:

O encontro sob o pinho

— Sire, laienz en sa maison,
A li rois grant raison tenue
De toi et de ta chiere drue.
Pardoné t'a son mautalent,
Or het ceus que te vont meslant.   540
Proïe m'a que vienge a toi;
Ge ai dit que ire as vers moi.
Fai grant senblant de toi proier,
N'i venir mie de legier.
Se li rois fait de moi proiere,   545
Fai par semblant mauvese chiere.
Tristran l'acole, si la beise.
Liez est que ore ra son esse.
A la chanbre painte s'en vont,
La ou li rois et Yseut sont.   550
Tristran est en la chanbre entrez.
— Niés, fait li rois, avant venez.
Ton mautalent quite a Brengain
Et je te pardorrai le mien.
— Oncle, chiers sire, or m'entendez: 555
Legirement vos desfendez
Vers moi, qui ce m'avez mis sure
Dont li mien cor el ventre pleure:
Dannez seroie et el honie.
Si grant desroi, tel felonie,   560
Ainz nu pensames, Dex le set.
Or savez bien que cil vos het
Qui te fait croire tel mervelle:
D'or en avant meux te conselle.
Ne portë ire a la roïne,   565
N'a moi qui sui de vostre orine.
— Non ferai je, beaus niès, par foi.
Acordez est Tristran au roi.

— Senhor, lá dentro de seu lar,
O rei tratou — e bem falante! —
De ti, de tua cara amante.
De ti o desgosto ele deixou,
Os que te atacam renegou.
Pediu-me então que o procurasse,
Disse eu temer que me pegasses.
De que implorei-te faz o rosto
E que lá vais a contragosto.
Se o rei por mim a ti implora,
Faz-te raivoso já na hora.
Tristão abraça e, sim, a beija,
Feliz por ter o que deseja.
À alcova pintada eles vão,
Lá onde o rei e Isolda estão.
Tristão na alcova já entrou:
— Vinde — o rei diz —, aqui estou.
Contra Brengain a ira esquece
E meu perdão és quem merece.
— Meu caro tio, ora escutai:
Com que avidez vos desculpais
Comigo, sendo mau embora,
Por isso é que meu peito chora:
Danado estou, ela ultrajada.
Tal perdição, ação malvada
Não intentamos, Deus bem sabe.
Ora sabeis que ódio a vós cabe
Por quem vos fez mal nisso crer:
E doravante ama o saber.
Não vos ireis contra a rainha
E mim, pois sois da estirpe minha.
— Não o farei, sobrinho, juro!
Tristão e o rei se avêm seguros.

O encontro sob o pinho

Li rois li a doné congié
D'estre a la chambre: es le vos lié. 570
Tristran vait a la chambre et vient;
Nule cure li rois n'en tient.
Ha, Dex! qui puet amor tenir
Un an ou deus sanz descovrir?
Car amors ne se puet celer: 575
Sovent cline l'un vers son per,
Sovent vienent a parlement,
Et a celé et voiant gent:
Par tot ne püent aise atendre
Maint parlement lor estuet prendre. 580
A la cort avoit trois barons,
Ainz ne veïstes plus felons.
Par soirement s'estoient pris
Que, si li rois de son païs
N'en faisot son nevo partir, 585
Il nu voudroient mais soufrir:
A lor chasteaus sus s'en trairoient
Et au roi Marc gerre feroient.
Qar, en un gardin, souz une ente,
Virent l'autrier Yseut la gente 590
Ovoc Tristan en tel endroit
Que nus hom consentir ne doit;
Et plusors fois les ont veüz

88

A prova da flor de farinha

O rei com dom o agraciou
De estar na alcova: isso o alegrou.
Tristão na alcova vai e vem,
Nenhum cuidado o rei mais tem.
Ah, Deus! quem pode um amor ter
Um ano ou dois sem dá-lo a ver?
Amor não dá para ocultar
Pois sempre pisca um p'ra seu par,
Sempre estarão os dois falando
Sozinhos ou com gente olhando.
Por nada podem esperar,
Muitos encontros a buscar.
Na corte havia três barões,
Tais que não vistes mais vilões.
Em juramento cada um diz
Que, caso o rei de seu país
Não exilasse o seu sobrinho,
Deixá-lo-iam, sim, sozinho:
A seus castelos, pois, iriam
E a Marco, o rei, atacariam.
Pois, num jardim, sob um enxerto,
Viram Isolda em desacerto
Junto a Tristão, nesse lugar,
O que ninguém quer tolerar.
Vezes sem fim os viram, pois,

El lit roi Marc gesir toz nus;
Qar, qant li rois en vet el bois,   595
Et Tristan dit: — Sire, g'en vois.
Puis se remaint, entre en la chanbre,
Iluec grant piece sont ensenble.
— Nos li diromes nos meïsmes.
Alon au ro et si li dime,   600
Ou il nos aint ou il nos hast,
Nos volon son nevo en chast!
Tuit ensenble ont ce consel pris,
Li roi Marc ont a raison mis.
A une part on le roi trait.   605
— Sire, font il, malement vet.
Tes niés s'entraiment et Yseut,
Savoir le puet qui c'onques veut;
Et nos nu volon mais sofrir.
Li rois entent, fist un sospir,   610
Son chief abesse vers la terre,
Ne set qu'il die, sovent erre.
— Rois, ce dient li troi felon,
Par foi, mais nu consentiron;
Qar bien savon de verité   615
Que tu consenz lor cruauté,
Et tu sez bien ceste mervelle.
Qu'en feras tu? Or t'en conselle!
Se ton nevo n'ostes de cort,
Si que jamais ne retort,   620
Ne nos tenron a vos jamez,
Si ne vos tendron nule pez.
De nos voisins feron partir
De cort, que nel poon soufrir.
Or t'aron tost cest geu parti: 625
Tote ta volenté nos di.
— Seignor, vos estes mi fael.

Do rei no leito e nus os dois.
Quando à floresta vai-se o rei
Diz-lhe Tristão: — Senhor, sairei.
Mas ele fica, adentra o quarto,
Junto com ela se faz farto.
— Pois somos nós que lhe diremos.
Vamos ao rei, lhe falaremos,
Ame-nos ele ou abomine,
Mas seu sobrinho ele elimine!
Tal decisão juntos tomaram,
Para o rei Marco a apresentaram.
À parte ao rei, de igual p'ra igual:
— Senhor — disseram —, tal vai mal.
O teu sobrinho ama a rainha,
Isso bem vê quem se avizinha;
E nós não vamos tolerar!
Escuta o rei, a suspirar,
Abaixa a fronte para a terra,
Dizer não sabe, cá e lá erra.
— Rei — lhe disseram os três safados —,
Consentir mais não será dado.
Sabemos, pois, que é verdade
Que tu consentes tal maldade
E sabes bem de tais vergonhas.
Que farás tu? Que intento ponhas!
Se teu sobrinho desta corte
Tu não expulsas até a morte,
Não nos terás quem bem te faz,
A ti já não daremos paz.
Partir faremos os vizinhos
Da corte, pois não são mesquinhos.
Ora o que queres a nós dize:
Que tua vontade nos avises!
— Senhores, sois de mim vassalos.

A prova da flor de farinha

Si m'aït Dex, molt me mervel
Que mes niés ma vergonde ait quise;
Mais servi m'a d'estrange guise.   630
Conseliez m'en, gel vos requier.
Vos me devez bien consellier,
Que servise perdre ne vuel.
Vos savez bien, n'ai son d'orguel.
— Sire, or mandez le nain devin: 635
Certes, il set de maint latin,
Si en soit ja li consel pris.
Mandez le nain, puis soit asis.
Et il i est molt tost venuz;
Dehez ait il conme boçuz!   640
Li un des barons l'en acole.
Li rois li mostre sa parole.
Ha! or oiez quel traïson
Et con faite seducion
A dit au roi cil nain Frocin!   645
Dehé aient tuit cil devin!
Qui porpensa tel felonie
Con fist cist nain, qui Dex maudie?
— Di ton nevo q'au roi Artur,
A Carduel, qui est clos de mur,   650
Covient qu'il alle par matin.
Un brief escrit an parchemin
Port a Artur toz les galoz,
Bien seelé, a cire aclox.
Rois, Tristran gist devant ton lit.   655
Anevoies, en ceste nuit,
Sai que voudra a lui parler,
Por ceu que devra la aler.
Rois, de la chanbre is a prinsome.
Deu te jur et la loi de Rome,   660
Se Tristran l'aime folement,

Me ajude Deus, mas que abalo,
Que me envergonhe meu sobrinho
E sirva a mim por tal caminho!
Aconselhai-me, vo-lo peço,
De vós conselho bem mereço.
Não vou perder o vosso empenho,
Sabeis que orgulho mau não tenho.
— O anão vidente chamai sim:
Conhece bem o seu latim,
Conselhos dele ouvi atento.
Chamai o anão, tomai intento.
E logo veio, pressa abunda,
Maldito seja este corcunda!
Um dos barões logo o abraçou,
Com ele então o rei falou.
Ah! ora ouvi que traição,
Com que jaez de sedução
O anão Frocin fez seu caminho.
Desgraça alcance os adivinhos!
Quem suporá tal canalhice
Como a do anão, que Deus maldisse?
— Dize a Tristão que a Artur, o rei,
Em Carduel, forte por lei,
Vá logo cedo, à hora dita.
Em pergaminho, carta escrita
Leve p'ra Artur, em galopada,
Selada e com cera fechada.
Rei, Tristão dorme junto a ti.
Logo esta noite, bem ali,
Decerto co'ela vai falar,
Pois terá logo que a deixar.
Rei, sai nem bem o sol assoma.
Juro por Deus e a lei de Roma,
Se Tristão ama até a loucura,

A prova da flor de farinha

A lui vendra au parlement;
Et s'il i vient, et ge nul sai,
Se tu nu voiz, si me desfai.
Et tuit si homë autrement   665
Prové seront sanz soirement.
Rois, or m'en laisse covenir
Et a ma volenté sortir,
Et se li çole l'envoier
De si qu'a l'ore du cochier.   670
Li rois respont: — Amis, c'ert fait.
Departent soi; chascun s'en vait.
Molt fu li nain de grant voidie;
Molt par fist rede felonie.
Cil en entra chiés un pestor;   675
Quatre derees prist de flor,
Puis la lia a son gueron.
Qui pensast mais tel traïson?
La nuit, qant ot li rois mengié,
Par la sale furent couchié.   680
Tristran ala le roi couchier.
— Beau niés, fait-il, je vos requier.
Ma volenté faites, gel vuel.
Au roi Artur, jusq'a Carduel,
Vos convendra a chevauchier.   685
Cel brief li faites desploier.
Niés, de ma part le salüez,
O lui c'un jor ne sejornez.
Du mesage ot Tristan parler,
Au roi respont de lui porter: 690
— Rois, ge irai bien par matin.
— O vos, ainz que la nuit ait fin.
Tristran fu mis en grant esfroi.
Entre son lit et cel au roi
Avoit bien le lonc d'une lance.   695

Irá bem logo à sua procura.
E se ele o faz sem que eu o veja
Ou que tu saibas, me esquarteja!
E os homens dele, em suplemento,
Culpa terão, sem julgamento.
Rei, deixa agora eu bem cuidar
De tudo como me agradar.
Logo o encarrega de partir
De agora à hora de dormir.
O rei responde: — Amigo, feito!
Dizem-se adeus; vão-se a seu jeito.
Foi-se o anão, assim astuto,
Ardil tramou bastante bruto.
Comprou, na casa dum padeiro,
Farinha por quatro dinheiros,
E a pendurou no cinturão.
Quem pensará tal traição?
Depois de, à noite, o rei jantar,
No salão foram-se deitar.
Tristão co'o rei lá foi dormir:
— Sobrinho — diz — vou vos pedir,
O que desejo vos direi:
A Carduel, a Artur, o rei,
Ide por mim a cavalgar,
Para esta carta lhe entregar.
Saudai-o, pois, da minha parte,
Ficai o dia, agi destarte.
Da carta ouviu Tristão falar
E se dispôs ele a levar:
— Rei, de manhã, vou logo embora...
— Não, ide à noite, antes da aurora!
Tristão ficou muito sombrio.
Entre seu leito e o de seu tio
Havia o espaço duma lança.

A prova da flor de farinha

Trop out Tristran fole atenance:
En son cuer dist qu'il parleroit
A la roïne, s'il pooit,
Qant ses oncles ert endormiz.
Dex, quel pechié! trop ert hardiz! 700
Li nains la nuit en la chanbre ert.
Oiez conment cele nuit sert:
Entre deus liez la flor respant,
Que li pas allent paraisant,
Se l'un a l'autre la nuit vient: 705
La flor la forme des pas tient.
Tristran vit le nain besuchier
Et la faine esparpellier.
Porpensa soi que ce devoit,
Qar si servir pas ne soloit; 710
Puis dist: — Bien tost, a ceste place
Espandroit flor por nostre trace
Veer, se l'un a l'autre iroit.
Qui iroit or, que fous feroit;
Bien verra mais se or i vois. 715
Le jor devant, Tristran, el bois,
En la jambe nafrez estoit
D'un grant sengler; molt se doloit.
La plaie molt avoit saignié.
Deslïez ert, par son pechié. 720
Tristan ne dormoit pas, ce quit.
Et li rois live a mie nuit.
Fors de la chambre en est issuz.
O lui ala li nains boçuz.
Dedenz la chambre n'out clartez, 725
Cirge ne lanpë alumez.
Tristan se fu sus piez levez.
Dex! porqoi fist? Or escoutez!
Les piez a joinz, esme, si saut,

Ousou Tristão ver o que alcança:
No coração, diz, falaria
Com a rainha, se podia,
Quando seu tio adormecesse.
Deus, que pecado! que homem esse!
O anão na câmara já estava,
Ouvi como ele planejava:
Entre os dois leitos pôs farinha,
Que os rastros tem de quem caminha;
Se algum ao outro à noite vai,
Dos pés a forma o chão lhes trai.
Tristão o anão viu se empenhar,
Flor de farinha a esparramar.
Pensou que coisa ele fazia,
Já que de nada isso servia.
Disse: — Bem logo, de meu passo
Nesta farinha busca o traço
Ver, se um de nós ao outro for.
Quem ora iria, sem temor?
Tudo verá, se vou, e atesta.
No dia de antes, na floresta,
Tristão na perna foi ferido
Por javali, mui dolorido:
A chaga então muito sangrou
E o curativo ele arrancou.
Tristão insone estava, é certo.
A noite ao meio, o rei, desperto,
Na escuridão saiu, profunda,
Com ele foi o anão corcunda.
Na alcova treva só havia:
Nem vela ou lâmpada alumia.
Tristão se põe de pé — já vai...
Deus, por que o fez? Ora escutai:
Os pés juntou, mediu, saltou,

A prova da flor de farinha

El lit le roi chaï de haut.   730
Sa plaie escrive, forment saine;
Le sanc en ist, les dras ensaigne.
La plaie saigne: ne la sent,
Qar trop a son delit entent.
En plusors leus li sanc aüne.   735
Le nain defors est. A la lune,
Bien vit josté erent ensemble
Li dui amant. De joie en tremble,
E dist au roi: — Se nes puez prendre
Ensenble, va, si me fai pendre.   740
Iluec furent li troi felon
Par qui fu ceste traïson
Porpensee priveement.
Li rois s'en vient. Tristran l'entent,
Live du lit, tot esfroïz,   745
Errant s'en rest molt tost salliz.
Au tresallir que Tristran fait,
Li sans decent (malement vait!)
De la plaie sor la farine.
Ha, Dex! Qel duel que la roïne   750
N'avot les dras du lit ostez!
Ne fust la nuit nus d'eus provez.
Se ele s'en fust apensee,
Molt eüst bien s'anor tensee.
Molt grant miracle Deus i out,   755
Quis garanti, si con li plot.
Li ros a sa chanbre revient;
Li nain, que sa chandele tient,
Vient avoc lui. Tristran faisoit
Senblant conme se il dormoit;   760
Quar il ronfloit forment du nes.
Seus en la chambre fu remés,
Fors tant que a ses piés gesoit

E ao leito assim do rei pulou.
A chaga se abre, o sangue a cinge,
O sangue sai e o leito tinge.
A chaga sangra, ele não sente,
A seu prazer tão só presente,
Importa não que o sangue flua.
De fora o anão, à luz da lua,
Bem junto estarem constatou
Os dois amantes; se alegrou
E disse ao rei: — Se não podeis
Aos dois deter, que me enforqueis!
Estavam lá os três vilãos
Por quem foi esta traição
Tramada bem secretamente.
Retorna o rei. Tristão o sente,
Do leito se ergue, está em falta,
Logo de volta outra vez salta.
Ao movimento que ele fez
Desceu o sangue (triste vez!)
Da chaga por sobre a farinha.
Ah, Deus! Que pena que a rainha
O lençol não pôde esconder:
Nenhuma prova iriam ter!
Se isso ela então pensado houvesse,
Não há desonra que lhe viesse.
Milagre grande de Deus houve,
Que ambos salvou, como lhe aprouve.
O rei à alcova outra vez vem.
O anão, que sua candeia tem,
Com ele vem. Tristão fingia
Estar dormindo, nada via,
Pelo nariz alto roncava.
De todo só na alcova estava,
Fora que aos pés dele jazia

A prova da flor de farinha

Pirinis, qui ne s'esmovoit,
Et la roïne a son lit jut.   765
Sor la flor, chauz, li sanc parut.
Li rois choisi el lit le sanc:
Vermel en furent li drap blanc,
Et sor la flor en pert la trace
Du saut. Li rois Tristran menace.   770
Li troi baron sont en la chanbre,
Tristran par ire a son lit prenent.
Cuelli l'orent cil en haïne,
Por sa prooise, et la roïne.
Laidisent la, molt la menacent: 775
Ne lairont justise n'en facent.
Voient la janbe qui li saine:
— Trop par a ci veraie enseigne:
Provez estes, ce dist li rois.
Vostre escondit n'i vaut un pois.   780
Certes, Tristran, demain, ce quit,
Soiez certain d'estre destruit.
Il li crie: — Sire, merci!
Por Deu, qui pasion soufri,
Sire, de nos pitié vos prenge.   785
Li fel dient: — Sire, or te venge.
— Beaus oncles, de moi ne me chaut:
Bien sai, venuz sui a mon saut.
Ne fust por vos acorocier,
Cist plez fust ja venduz molt chier;   790
Ja, por lor eulz, ne le pensasent
Que ja de lor mains m'atochasent;
Mais envers vos n'en ai je rien.
O tort a mal ou tort a bien,
De moi ferez vostre plesir,   795
Et je sui prest de vos soufrir.
Sire, por Deu, de la roïne

Pirinis, que não se movia,
Mais, em seu leito, ela, a rainha:
E o sangue quente na farinha!
No leito, ao sangue o rei bem olha —
Brancos lençóis que o sangue molha —
E na farinha marcas vão
Do salto. O rei flagra Tristão.
Os três barões sobreavisados
Atam Tristão no leito, irados;
Contra ele ódio cada um tinha,
Pelas proezas e a rainha.
Logo a insultam co'ameaças,
Justiça exigem que se faça.
Veem na perna o sangue quente:
— Indício é vero e evidente:
Provado está — falou o rei —,
Negar não vos consentirei.
Logo, Tristão, ficamos quites,
Morto sereis, sem que o evites.
Gritou: — Clemência, Senhor meu!
Por Deus que na paixão sofreu,
Vossa piedade me afiança!
Dizem os maus: — Senhor, vingança!
— Bom tio, a mim não tenho em conta,
Bem sei que a queda me defronta.
Não fosse a vós tal coisa irar,
Esta sanção ia eu vingar;
Nem por seus olhos pensariam
Eles que a mão em mim poriam;
Contra vós sou quem nada tem:
Seja p'ra mal, seja p'ra bem,
Tratar-me-eis a bel-prazer,
E pronto estou para o sofrer.
Senhor, por Deus, mas da rainha

A prova da flor de farinha

Aiez pitié! (Tristran l'encline)
Quar il n'ahome en ta meson,
Se disoit ceste traïson   800
Que pris eüse drüerie
O la roïne par folie,
Ne m'en trovast en chanp, armé.
Sire, merci de li, por Dé!
Li troi qui a la chanbre sont   805
Tristran ont pris et lïé l'ont,
Et lïee ront la roïne.
Molt est torné a grant haïne.
Ja, se Tristran ice seüst
Que escondire nul leüst,   810
Mex se laisast vif depecier
Que lui ne lïé soufrist lïer.
Mais en Deu tant fort se fiot
Que bien savoit et bien quidoit,
S'a escondit peüst venir,   815
Nus n'en osast armes saisir
Encontre lui, lever ne prendre.
Bien se quidoit par chanp defendre;
Por ce ne vout envers le roi
Mesfaire soi por nul desroi;   820
Qar, s'il seüst ce que en fut
Et ce qui avenir lor dut,
Il les eüst tüez toz trois,
Ja ne les en gardast li rois.
Ha, Dex! Porqoi ne les ocist?   825
A mellor plait asez venist.

Tende piedade! — é falta minha —
Pois ninguém há na corte tua
Que de traição fale tão crua,
Como se fosse coisa impura
Com a rainha, por loucura,
E em campo, armado, não me vê.
Senhor, por Deus, dai-lhe mercê!
Os três que, pois, na alcova estão
Já bem o amarram, a Tristão,
Também amarram a rainha:
Seu ódio grande lhes avinha.
Isto se então Tristão soubesse,
Que defender-se não lhe dessem,
Mais se queria esquartejado
Que ver os dois bem amarrados.
Mas em Deus tão forte fiou,
Que bem sabia e confiou
Que, se defesa haver pudesse,
Ninguém, que em armas se pusesse,
Contra ele estar não ousaria:
Lutar em campo, sim, podia.
Diante do rei queria não
Proceder mal em desrazão.
Mas, se soubesse o que é que havia
E seu futuro o que traria,
Matado já teria os três,
Sem que os salvasse o rei de vez.
Ah, Deus! Por que não os matou?
Melhor juízo ele abortou.

A prova da flor de farinha

Li criz live par la cité
Qu'endui sont ensemble trové
Tristran et la roïne Iseut
Et que li rois destruire eus veut.   830
Pleurent li grant et li petit,
Sovent l'un d'eus a l'autre dit,
— A, las! Tant avon a plorer!
Ahi! Tristran, tant par es ber!
Qel damage qu'en traïson   835
Vos ont fait prendre cil gloton!
— Ha! Roïne franche, honoree,
En qel terre sera mais nee
Fille de roi qui ton cors valle?
— Ha! Nains, ç'a fait ta devinalle!   840
Ja ne voie Deu en la face,
Qui trovera le nain en place,
Qui nu ferra d'un glaive el cors!
— Ahi! Tristran, si grant dolors
Sera de vos, beaus chers amis,   845
Qant si seroiz a destroit mis!
Ha, las! Qel duel de vostre mort!
Qant le Morhout prist ja ci port
Qui ça venoit por nos enfanz,
Nos barons fist si tost taisanz   850
Que onques n'ot un si hardi

O salto de Tristão

Pela cidade se proclama
Que juntos e na mesma cama
Isolda acharam com Tristão
E que o rei quer sua destruição.
Choram o grande e o pequeno,
Diz um ao outro, a cada aceno:
— Que pena! Há muito que chorar!
Ai! Tristão, vós não tendes par!
Que dó que co'esta traição
Vos fez prender esse glutão.
— Rainha! franca e muito honrada,
A terra qual seria dada
Filha de rei que a ti equivalha?
— Ah! fez o anão parafernália!
De Deus então não veja a face
Quem, encontrando o anão rapace,
Seu corpo não fira co'a espada!
— Ah, Tristão! quanto lamentada
Tereis a sorte, caro amigo,
Quando destruir-vos o inimigo!
Que dó! Que dor a morte vossa!
Quando o Morhout à porta nossa
Vinha pegar nossas crianças,
Entre os barões se fez tardança:
Não houve um só tão corajoso

Qui s'en osast armer vers lui.
Vos empreïstes la batalle
Por nos trestoz de Cornoualle
Et oceïstes le Morhout.   855
Il vos navra d'un javelot,
Sire, dont tu deüs morir.
Ja ne devrion consentir
Que vostre cors fust ci destruit.
Live la noïse et li bruit;   860
Tuit en corent droit au palès.
Li rois fu molt fel et engrès;
N'i ot baron tant fort ne fier
Qui ost le roi mot araisnier
Qu'i li pardonast cil mesfait.   865
Or vient li jor, la nuit s'en vait.
Li rois commande espines querre
Et une fosse faire en terre.
Li rois, tranchanz, demaintenant
Par tot fait querre les sarmenz   870
Et assenbler o les espines
Aubes et noires o racines.
Ja estoit bien prime de jor.
Li banz crierent par l'enor
Que tuit en allent a la cort.   875
Cil qui plus puet plus tost acort.
Asenblé sont Corneualeis.
Grant fu la noise et li tabois:
N'i a celui ne face duel,
Fors que li nains de Tintajol.   880
Li rois lor a dit et monstré
Qu'il veut faire dedenz un ré
Ardoir son nevo et sa feme.
Tuit s'escrient la gent du reigne:
— Rois, trop feriez lai pechié,   885

Que ousasse ir contra esse tinhoso!
Empreendestes a batalha
Por todos nós da Cornualha:
Vós o Morhout assim vencestes!
Mas vos feriu um dardo deste
E, senhor, fostes quase à morte!
Consentir não vamos que a corte
O vosso corpo ora destrua!
Clamor eleva-se na rua
E todos correm logo ao paço.
De cruel mostra o rei seu traço:
Barão não há forte e tenaz
Que junto ao rei seja capaz
De lhe obter alguma graça.
O dia vem, a noite passa.
O rei espinhos ajuntar
Manda e uma cova bem cavar.
O rei tem tal arroubamento
Que a todos faz buscar sarmentos
E que a mistura se harmonize,
Alvos e negros, com as raízes.
De prima é já chegada a hora,
Grita o proclama, rua afora,
Que à corte todo mundo fosse:
E a cada um deles pressa trouxe.
Os cornualhos reunidos,
Grande era a queixa e os ruídos.
Dos que lamentam vasto é o rol,
Tirando o anão de Tintajol.
O rei lhes disse e declarou
Que antes já bem deliberou
Queimar a mulher e o sobrinho.
Ergue-se um grande burburinho:
— Rei, tal será grande pecado

O salto de Tristão

S'il n'estoient primes jugié.
Puis les destrui. Sire, merci!
Li rois par ire respondi,
— Par cel Seignor qui fist le mont,
Totes les choses qui i sont,   890
Por estre moi desherité
Ne lairoie nes arde en ré.
Se j'en sui araisnié jamais,
Laisiez m'en tot ester en pais.
Le feu conmande a alumer   895
Et son nevo a amener.
Ardoir le veut premierement.
Or vont por lui, li rois l'atent.
Lors l'en ameinent par les mains.
Par Deu, trop firent que vilains!   900
Tant ploroit, mais rien ne li monte,
Fors l'en ameinent a grant honte.
Yseut plore, par poi n'enrage:
— Tristran, fait ele, quel damage
Qu'a si grant honte estes lïez!   905
Qui m'oceïst, si garisiez,
Ce fust grant joie, beaus amis;
Encore en fust vengement pris.
Oez, seignors, de Damledé,
Comment il est plains de pité;   910
Ne vieat pas mort de pecheor.
Receü out le cri, le plor
Que faisoient la povre gent
Por ceus qui eirent a torment.
Sor la voie par ont il vont,   915
Une chapele a sor un mont,
U coin d'une roche est asise.
Sor mer ert faite, devers bise.
La part que l'en claime chancel

Se cada um já não for julgado.
Pena antes, não! Senhor, tua graça!
Em ira o rei só ameaça:
— Pelo Senhor que o mundo fez,
As coisas todas de uma vez,
Deserdado eu me torne embora,
Hei de queimá-lo, não demora.
Depois se acusado eu serei,
Dai-me ora paz, vos pedirei.
Mandou o fogo ora acender,
Logo o sobrinho então trazer:
Queimá-lo quer primeiramente.
Já vão buscá-lo. Não desmente.
Atado o trazem pelas mãos,
Por Deus! ferido, que vilãos!
Muito ele chora e nada ganha,
P'ra fora o levam em vergonha.
Isolda chora, em ira fita:
— Tristão — diz ela —, que desdita!
A tal desonra atado estais!
Tenha eu meu fim, se vos salvais:
Gozo eu teria, belo amigo,
E lhes daríeis o castigo.
Ouvi, senhores, do bom Deus,
Como são os indultos seus:
Matar não quer o pecador.
Recebeu tais gritos de dor
Que vinham dessa pobre gente
Pelos que sofrem pena ingente.
Onde seguiam, pela via,
Uma capela ao cume havia,
Na borda dum penhasco forte,
Sobre o mar feita, ao vento norte.
A parte que é coro chamada

O salto de Tristão

Fu asise sor un moncel; 920
Outre n'out rien fors la faloise.
Cil mont est plain de pierre atoise.
S'uns escureus de lui sausist,
Si fust il mort, ja n'en garist.
En la dube out une verrine, 925
Que un sainz i fist, porperine.
Tristran ses meneors apele:
— Seignors, vez ci une chapele:
Por Deu, quar m'i laisiez entrer.
Près est mes termes de finer: 930
Preerai Deu qu'il merci ait
De moi, qar trop li ai forfait.
Seignors, n'i a que ceste entree;
Et chascun voi tenir s'espee.
Vos savez bien ne pus issir, 935
Par vos m'en estuet revertir;
Et qant je Dé proié avrai,
A vos eisinc lors revendrai.
Or l'a l'un d'eus dit a son per:
— Bien le poon laisier aler. 940
Les lïans sachent, il entre enz.
Tristran ne vait pas comme lenz,
Triès l'autel vint a la fenestre,
A soi l'en traist a sa main destre.
Par l'overture s'en saut hors. 945
Mex veut sallir que ja ses cors
Soit ars, voiant tel aünee!
Seignors, une grant pierre lee
Out u mileu de cel rochier:
Tristran i saut molt de legier. 950
Li vens le fiert entre les dras.
Qu'il defent qu'il ne chie a tas.
Encor claiment Corneualan

Foi num outeiro alto encravada:
Além se vê só uma falésia,
Um monte só de pedra ardósia.
De lá se esquilo algum saltasse,
Morto estaria num só passe.
Rubro vitral na abside está,
Que um santo fez, como não há.
Tristão aos guardas seus apela:
— Senhores, eis uma capela.
Por Deus, deixai-me nela entrar,
Pois estou perto de finar.
A Deus piedade pedirei
De mim, porque muito eu pequei.
Senhores, só tem esta entrada,
Cada um de vós tem sua espada:
Sabeis que não posso fugir,
Por vós teria de aqui vir.
Tão logo a Deus tenha rezado,
A vós aqui terei voltado.
Um deles diz para o seu par:
— Podemos bem deixá-lo entrar.
Os laços tiram, entra então,
Não faz de lento o bom Tristão;
Pelo altar chega na janela,
Co'a mão direita empurra aquela:
Pela abertura salta fora.
Vale mais ir que o corpo agora
Queimado ter — e o povo vendo!
Senhores, grande pedra havendo
Que fora sai desse rochedo,
Pula Tristão nela sem medo.
Entra-lhe o vento em meio ao manto,
Não deixa que ele caia tanto.
Na Cornualha inda dirão

O salto de Tristão

Cele pierre le Saut Tristran.
La chapele ert plaine de pueple;   955
Tristran saut jus: l'araine ert moble:
Toz a genoz chiet en la glise.
Cil l'atendent defors l'iglise,
Mais por noient: Tristran s'en vet,
Bele merci Dex li a fait!   960
La riviere granz sauz s'en fuit.
Molt par ot bien le feu qui bruit:
N'a corage que il retort,
Ne puet plus corre que il cort.
Mais or oiez de Governal: 965
Espee çainte, sor cheval,
De la cité s'en est issuz.
Bien set, se il fust conseüz,
Li rois l'arsist por son seignor;
Fuiant s'en vait por la poor.   970
Molt ot li mestre Tristran chier,
Qant il son brant ne vout laisier,
Ançois le prist la ou estoit.
Avec le suen l'en aportoit.
Tristran son mestrë aperceut,   975
Ahucha le, bien le connut,
Et il i est venuz a hait;
Qant il le vit, grant joie en fait.
— Maistre, ja m'a Dex fait merci:
Eschapé sui, et or sui ci.   980
Ha, las! Dolent! Et moi qui chaut?
Qant n'ai Yseut, rien ne me vaut.
Dolent! Le saut que orainz fis,
Que dut ice que ne m'ocis?
Ce me peüst estre molt tart!   985
Eschapé sui! Yseut, l'en t'art!
Certes, por noient eschapai.

Que a pedra é o Salto de Tristão.
Há na capela u'a multidão:
Na areia lança-se Tristão,
Na argila o joelho ele maneja.
Esperam fora lá da igreja
Em vão: Tristão se foi de vez!
Um grande bem que Deus lhe fez!
A costa afora foi veloz,
Ouvia só que fogo atroz:
Voltar por bem já não podia
Nem correr mais do que corria.
De Governal agora falo:
Com sua espada e seu cavalo
Da vila então ele partiu,
Que o rei, decerto, logo viu,
O queimará por seu senhor:
Fugindo vai, preso em pavor.
A Tristão fez um grande bem,
A espada trouxe-lhe também.
Ele a pegou onde ela estava
E com a sua ele a portava.
Tristão seu mestre percebeu,
Chamou, ele o reconheceu,
Correu para ele bem depressa
E quando o viu, que festa essa!
— Mestre, me fez Deus grande graça,
Escapei, mais ninguém me caça.
Ah, que infeliz! O que me importa?
Pois sem Isolda tudo aborta!
Infeliz sou! que ao dar o salto
Não caí morto eu de tão alto!
Pode ser que já seja tarde!
Escapei eu! Isolda, ela arde!
Decerto em vão é que escapei,

En l'art por moi, por li morrai.
Dist Governal: — Por Deu, beau sire,
Confortez vos, n'acuelliez ire.   990
Veez ci un espés buison,
Clos a fossé tot environ.
Sire, meton nos la dedenz.
Par ci trespasse maintes genz:
Asez orras d'Iseut novele,   995
Et se en l'art, jamais en cele
Ne montez vos, se vos briement
N'en prenez enprés vengement!
Vos en avrez molt bone aïe.
Ja, par Jesu le fis Marie,   1.000
Ne gerrai mais dedenz maison
Tresque li troi felon larron
Par quoi'st destruite Yseut ta drue
En avront la mort receüe.
S'or estïez, beau sire, ocis,   1.005
Que vengement n'en fust ainz pris,
Jamais nul jor n'avroie joie.
Tristran respont: — Trop vos anoie,
Beau mestre n'ai point de m'espee.
— Si as, que je l'ai aportee.   1.010
Dist Tristran: — Maistre, donc est bien.
Or ne criem, fors Deu, imais rien.
— Encor ai je soz ma gonele
Tel rien qui vos ert bone et bele,
Un hauberjon fort et legier,   1.015
Qui vos porra avoir mestier.
— Dex! dist Tristran, bailliez le moi.
Par icel Deu en qui je croi,
Mex vuel estre tot depeciez,
Se je a tens i vien, au rez,   1.020
Ainz que getee i soit m'amie,

Por mim a queimam, morrerei!
Diz Governal: — Por Deus, Senhor,
Só confortai-vos dessa dor!
Vede este aqui espesso arbusto
E um fosso em volta dele justo.
Senhor, entremos nele urgente.
Por aqui passa muita gente,
Novas terás de Isolda, a bela,
E se a queimarem, vós em sela
Não mais monteis, se sem tardança
Não empenhais-vos em vingança!
E a vós apoio se daria.
Por Jesus, filho de Maria,
Em casa já ninguém me põe
Até que os três pulhas, ladrões,
Por quem Isolda foi destruída,
Não tenham paga merecida.
Se estiverdes, Senhor, morto,
Sem ter vingança por conforto,
Prazer já não terei de novo.
Tristão lhe diz: — É muito estorvo,
Bom mestre, mas não tenho espada.
— Aqui a tendes bem guardada!
Diz-lhe Tristão: — Agora bem,
Afora Deus, fio em ninguém.
— Tenho eu ainda sob a túnica,
Logo vereis quão bela e única,
Cota de malha forte e leve:
Servir-vos-á como se deve.
— Deus! — diz Tristão —, que bom que veio!
Por este Deus em que bem creio,
Melhor será me esquartejar
Se a tempo ao fogo eu não chegar,
Antes que lá joguem-me a amiga —

O salto de Tristão

Ceus qui la tienent nen ocie.
Governal dist: — Ne te haster.
Tel chose te puet Dex doner
Que te porras molt mex venger;   1.025
N'i avras pas tel destorbier
Com tu porroies or avoir.
N'i voi or point de ton pooir,
Quar vers toi est iriez li rois;
Avoc lui sont tuit li borjois   1.030
Et trestuit cil de la cité.
Sor lor eulz a toz conmandé
Que cil qui ainz te porra prendre,
S'il ne te prent, fera le pendre.
Chascun aime mex soi qu'autrui: 1.035
Se l'en levout sor toi le hui,
Tex te voudroit bien delivrer,
Ne l'oseret neis porpenser.
Plore Tristran, molt fait grant duel.
Ja por toz ceus de Tintajol,   1.040
S'en le deüst tot depecier,
Qu'il n'en tenist piece a sa per,
Ne laisast il qu'il n'i alast,
Se son mestre ne li veiast.

E os maus matar eu não consiga.
Governal diz: — Nada de pressa.
Deus uma coisa melhor que essa
Te pode dar p'ra mais vingar;
Nada terás a disturbar
Como ora pode acontecer.
Não vejo o que podes fazer,
Pois te prender viria o rei.
É que os burgueses co'ele sei
E, da cidade, toda a gente.
Ele ordenou solenemente:
Quem quer que a ti puder prender
E não prender, fará pender.
Mais que outro, a si um homem ama:
Se uma denúncia se derrama,
Mesmo quem queira te ajudar
Não ousará nisso pensar.
Chora Tristão, com grande ardor.
A Tintajol, contra o furor,
Mesmo que fosse esquartejado
E peça a peça bem cortado,
Não deixaria de invadir,
Não fosse o mestre a impedir.

O salto de Tristão

En la chambrë un mes acort   1.045
Qui dist Yseut qu'ele ne plort,
Que ses amis est eschapez.
— Dex, fait elë, en ait bien grez!
Or ne me chaut se il m'ocient
Ou il me lïent ou deslïent.   1.050
Si l'avoit fait lïer li rois,
Par le conmandement as trois,
Qu'il li out si les poinz estroiz
Li sanc li est par toz les doiz.
— Par Deu! fait el, se je mes jor...   1.055
Qant li felon losengeor
Qui garder durent mon ami
L'ont deperdu, la Deu merci,
Ne me devroit l'on mes proisier.
Bien sai que li nains losengier   1.060
Et li felons, li plain d'envie,
Par qui consel j'ere perie
En avront encor lor deserte.
Torner lor puise a male perte!
Seignor, au roi vient la novele   1.065
Qu'eschapez est par la chapele
Ses niés qui il devoit ardoir.
De mautalent en devint noir.
De duel ne set con se contienge.
Par ire rove qu'Yseut vienge.   1.070

118

A sorte de Isolda

Um mensageiro ao quarto acorre
Que diz a Isolda que não chore,
Que seu amigo já escapou.
— Deus! — ela diz — graças vos dou!
Nada me importa se me matam
Ou se a mim atam ou desatam.
Sim, a mandara atar o rei
À ordenação daqueles três,
Tão firme os punhos, de dar medo,
Que o sangue flui-lhe pelos dedos:
— Por Deus! — diz ela — se jamais...
Já que os canalhas desleais,
Que eram p'ra ter o amigo meu,
Não mais o têm, graças a Deus,
Não deverei eu ser poupada.
Sei bem que o anão, que vale nada,
Mais os vilões, cheios de inveja,
Que querem que eu perdida esteja,
Terão a sua recompensa:
Pior lhes venha que alguém pensa!
Senhores, vem ao rei o aviso:
Foi-se ele embora de improviso,
O seu sobrinho, sem queimar.
Irou-se até negro ficar,
Tal dor não há mais quem contenha:
Por ira diz que Isolda venha.

Yseut est de la sale issue.
La noise live par la rue.
Qant la dame lïee virent.
A laidor ert, molt s'esfroïerent.
Qui ot le duel qu'il font por li,   1.075
Com il crient a Deu merci!
— Ha! Roïne franche, honoree,
Qel duel ont mis en la contree
Par qui ceste novele est sorse!
Certes, en asez poi de borse   1.080
En porront metre le gaain.
Avoir en puisent mal mehain!
Amenee fu la roïne
Jusque au ré ardant d'espine.
Dinas, li sire de Dinan,   1.085
Qui a mervelle amoit Tristran,
Se lait choier au pié le roi:
— Sire, fait il, entent a moi.
Je t'ai servi molt longuement
Sanz vilanie, loiaument.   1.090
Ja n'auras home en tot cest reigne,
Povre orfelin ne vielle feme,
Qui, por vostre seneschaucie
Que j'ai eü tote ma vie,
Me donast une beauveisine.   1.095
Sire, merci de la roïne!
Vos la volez sanz jugement
Ardoir en feu: ce n'est pas gent,
Qar cest mesfait ne connoist pas.
Duel ert, se tu le suen cors ars.   1.100
Sire, Tristran est eschapez;
Les plains, les bois, les pas, les guez
Set forment bien, et molt est fiers.
Vos estes oncle et il tes niés:

Isolda deixa a sala sua,
O clamor cresce pela rua:
Quando assim presa vê sua dama,
Com muito espanto a turba clama.
Quem dera ouvísseis o que passa,
Como de Deus pedem a graça!
— Ah! que rainha franca e honrada!
Que dor na terra vai lançada
Pelos que dão-lhe uma tal pena!
Decerto em bolsa bem pequena
Poderão pôr o que ganharem!
Má sorte os faça só chorarem!
Levada foi, pois, a rainha
Ao fogo ardente na espinha.
Dinás, o senhor de Dinão,
Que amava muito o bom Tristão,
Se fez jogar aos pés do rei:
— Senhor — diz —, ouve o que direi:
Servi-te muito longamente,
Sem vilania, lealmente;
Não há no reino homem sequer,
Órfão algum, velha mulher,
Que, por ser eu teu senescal
A vida toda, e nada mau,
Me tenha dado u'a moedinha —
Senhor, tem pena da rainha!
Pois a quereis, sem julgamento,
No fogo pôr? Não é isento,
Pois não ter culpa ela, sim, teima.
Luto haverá se então a queimas.
Senhor, Tristão foi-se não mal,
Planície, bosques, trilhas, vaus
Tão bem conhece e é bravio,
Sobrinho é vosso e sois seu tio:

A sorte de Isolda

A vos ne mesferoit il mie.   1.105
Mais vos barons, en sa ballie
S'il les trovout nes vilonast,
Encor en ert ta terre en gast.
Sire, certes ne quier noier,
Qui avroit sol un escuier   1.110
Por moi destruit nee a feu mis,
Se iere roi de set païs,
Ses me metroit il en balence
Ainz que n'en fust prise venjance.
Pensez que, de si franche feme,   1.115
Qu'il amena de lointain reigne,
Que lui ne poist s'ele est destruite?
Ainz en avra encor grant luite.
Rois, rent la moi par la merite
Que servi t'ai tote ma vite.   1.120
Li troi par qui cest'ovre sort
Sont devenu taisant et sort;
Qar bien sevent Tristran s'en vet.
Molt grant dote ont qu'il nes aget.
Li rois prist par la main Dinas,   1.125
Par ire a juré Saint Thomas
Ne laira n'en face justise
Et qu'en ce fu ne soit la mise.
Dinas l'entent, molt a grant duel.
Ce poise li: ja par son vuel   1.130
Nen iert destruite la roïne.
En piez se live o chiere encline:
— Rois, je m'en vois jusqu'a Dinan.
Par cel seignor qui fist Adan,
Je ne la verroïë ardoir,   1.135
Por tot l'or ne por tot l'avoir
C'onques ourent li plus riche home
Que furent des le bruit de Rome.

122

A vós jamais mal vai fazer,
Mas os barões, em seu poder
Se os encontrasse e maltratasse,
Seria desta terra o impasse.
Senhor, digo certo primeiro:
Se houvesse só um escudeiro
Morto por mim ou então queimado,
E se tivesse ele o reinado,
Deixar iria sua abastança,
Até poder ter sua vingança.
Pensai, de tal franca mulher,
Longe ele foi p'ra lha trazer:
Pois se a matais, como labuta!
Haverá sim tão grande luta!
Rei, dá-ma a mim, por merecida,
Eu que servi-te toda a vida!
Os três que assim tramaram tudo
Fizeram feito um surdo-mudo,
Pois que Tristão se foi sabiam
E que os pegasse eles temiam.
Pega o rei, pela mão, Dinás
E irado diz, por São Tomás:
Não deixará de a justiçar
E na fogueira de a jogar.
Dinás o ouve em grande dor,
Isso o maltrata, como for,
Com ela morte não se encaixa,
De pé se põe, cabeça baixa:
— Rei, vou-me embora p'ra Dinão.
Por Deus, o que criou Adão,
No fogo não a quero ver,
Por ouro e o mais que possa ter
Quem, por ser rico, mais se assoma
Desde o fulgor que teve Roma.

A sorte de Isolda

Puis monte el destrier, si s'en torne,
Chiere encline, marriz et morne.   1.140
Iseut fu au feu amenee,
De gent fu tote avironee,
Que trestuit braient et tuit crient,
Les traïtors le roi maudïent.
L'eve li file aval le vis.   1.145
En un bliaut de paile bis
Estoit la dame estroit vestue
Et d'un fil d'or menu cosue.
Si chevel hurtent a ses piez,
D'un filet d'or les a trechiez.   1.150
Qui voit son cors et sa fachon,
Trop par avroit le cuer felon
Que n'en avroit de lié pitié.
Molt sont li braz estroit lïé!
Un malade out en Lancïen,   1.155
Par non fu apelé Iveïn;
A mervelle par fu mesfait.
Acoru fu voier cel plait,
Bien out o lui cent compaignons,
O lor puioz, o lor bastons: 1.160
Ainz ne veïstes tant si lait
Ne si boçu ne si desfait;
Chascun tenoit sa tartarie.
Crïent au roi a voiz serie:
— Sire, tu veus faire justise,   1.165
Ta feme ardoir en ceste gise.
Granz est; mais se je ainz rien soi,
Ceste justise durra poi.
Molt l'avra tost cil grant feu arse
Et la poudre cist venz esparse.   1.170
Cest feu charra: en ceste brese
Ceste justise ert tost remese.

Em seu corcel monta e se vai,
Cabeça baixa a dor lhe trai.
Isolda ao fogo foi trazida,
Por todo povo ela envolvida.
E todos gritam, com furores:
Maldito é o rei e os traidores.
Caem-lhe lágrimas do rosto,
Vestido em seda ela tem posto:
A dama em roupa vem vestida
Com fios d'ouro bem cosida;
Bastos cabelos aos pés chegam
E fios d'ouro as tranças pegam.
Quem vê seu corpo e sua figura
Só mui cruel e sem lisura
Dela não sente piedade:
Seus braços presos com maldade!
Tinha um doente em Lancian —
De nome chamava-se Ivan —
Co'o corpo tão desfigurado,
Correu, foi ver esse pecado.
Cem companheiros co'ele vão,
Levam chocalho mais bastão.
Nunca ninguém vistes tão feio,
Corcunda assim, partido ao meio.
Cada qual tem u'a taramela.
Gritam ao rei, sua voz apela:
— Queres, Senhor, fazer justiça,
Essa mulher queimar te atiça.
Castigo grande não será,
Pouco a justiça durará:
O fogo a leva num momento
E as cinzas lança ao léu o vento.
O fogo finda, a brasa resta,
Justiça, assim, não passa desta.

A sorte de Isolda

Mais, se vos croire me volez,
Tel justise de li ferez
Qu'ele vivroit, et sans valoir,   1.175
Et que voudroit mex mort avoir,
Et que nus n'en orroit parler
Qui plus ne t'en tenist por ber.
Rois, voudroies le faire issi?
Li rois l'entent, si respondi: 1.180
— Se tu m'enseignes cest, sanz falle,
Qu'ele vive et que ne valle,
Gré t'en savrai, ce saches bien,
Et se tu veus, si pren du mien.
Onques ne fu dit tel maniere,   1.185
Tant dolerose ne tant fire.
Qui orendroit tote la pire
Seüst, por Deu le roi, eslire,
Que il n'eüst m'amor tot tens.
Ivains respont: — Si com je pens   1.190
Je te dirai, asez briment.
Veez, j'ai ci compaignons cent.
Yseut nos done, s'ert comune.
Paior fin dame n'ot mais une.
Sire, en nos a si grant ardor!   1.195
Soz ciel n'a dame qui un jor
Peüst soufrir nostre convers.
Li drap nos sont au cors aers.
O toi soloit estre a honor,
O vair, o gris et o baudor;   1.200
Les buens vins i avoit apris
Es granz soliers de marbre bis.
Se la donez a nos meseaus,
Qant el verra nos bas bordeaus
Et eslira l'escouellier   1.205
Et l'estovra a nos coucher;

126

Mas se me crer vós bem quereis,
Um tal castigo lhe imporeis,
Que viverá, sem valor ter,
A desejar mais é morrer —
E quem, pois, disso ouvir falar
Mais não terá que respeitar.
Quereis, ó rei, fazê-lo assim?
O rei ouviu, respondeu sim:
— Se tu me ensinas tal sem falha,
Que, ela vivendo, nada valha,
Grato serei, saibas tu bem,
E dou-te o que é só meu também!
Jamais se disse outra maneira
Tão dolorosa nem tão fera.
Agora quem algo souber
Pior — por Deus, o rei! — fazer
Terá de mim apreço intenso.
Ivan responde: — Isto é o que penso,
A ti direi, sucinto e bem.
Vede que somos aqui cem:
Isolda dá-nos em comum,
Pois fim pior não há nenhum.
Senhor, em nós há tanto ardor!
Dama nenhuma tal vigor
Um dia só no sexo atura!
E a veste adere à carne impura!
Contigo em honra ela vivia,
Com peles, roupas, alegria:
Bons vinhos experimentava,
Em chão de mármore andava;
Se, pois, a dais a nós, leprosos,
Terá só lares pavorosos,
Nossas vasilhas usará,
Conosco sempre dormirá.

A sorte de Isolda

Sire, en leu de tes beaus mengiers,
Avra de pieces, de quartiers
Que l'en nos envoi'a ces hus.
Por cel seignor que maint lassus,   1.210
Qant or verra la nostre cort,
Adonc verra si desconfort.
Donc voudroit miex morir que vivre;
Donc savra bien Yseut la givre
Que malement aura ovré;   1.215
Mex voudroit estre arse en un ré.
Li rois l'entent, en piez estut,
Ne de grant pice ne se mut.
Bien entendi que dit Ivain,
Cort a Yseut, prist la la main.   1.220
Elle crie: — Sire, merci!
Ainz que m'i doignes, art moi ci.
Li rois le done, et cil la prent.
Des malades i ot bien cent,
Qui s'aünent tot entor li.   1.225
Qui ot le brait, qui ot le cri,
A tote gent en prent pitiez.
Que q'en ait duel, Yvains est liez,
Vait s'en Yseut, Yvains l'en meine
Tot droit aval, par sus l'araine.   1.230
Des autres meseaus li conplot
(N'i a celui n'ait son puiot)
Tot droit vont vers l'enbuschement
Ou ert Tristran, qui les atent.
A haute voiz Governal crie: 1.235
— Filz, que feras? Ves ci t'amie.
— Dex! dist Tristran, quel aventure!
Ahi! Yseut, bele figure,
Com deüstes por moi morir
Et je redui por vos perir,   1.240

Senhor, sem ter finas toalhas,
Terá só restos e migalhas,
Dadas a nós, portas afora.
Pelo Senhor que no alto mora,
Quando ela vir a nossa corte,
Tudo terá que a desconforte
E quererá morrer somente.
Saberá, pois, essa serpente,
Quão mal agiu e quão malvada:
Desejará mais ser queimada!
O rei escuta, em pé ficou,
Por muito tempo não mudou.
O que Ivan disse-lhe entendeu,
Correu a Isolda, a mão prendeu.
Ela gritou: — Senhor, tem pena!
Em vez de dar, queima-me apenas!
O rei a dá, e o outro a toma.
Cem, de doentes, é a soma
De quem se ajunta em volta dela.
Quem ouve como grita e apela,
Piedade ter, esta é a regra.
Caso um lamente, Yvan se alegra,
Isolda vai-se, Yvan a guia,
Desce direto, a areia é a via.
E, dos leprosos, esse bando —
Muleta cada qual levando —
Para a emboscada retos vão
Onde os aguarda e está Tristão.
Governal, logo, alto o instiga:
— Que farás, filho? Eis tua amiga!
— Deus! — diz Tristão — mas que aventura!
Ai, bela Isolda! Ai, que figura!
Como por mim íeis morrer,
Ora por vós vou perecer!

A sorte de Isolda

Tel gent vos tienent entre mains,
De ce soient il toz certains,
Se il n'os laisent en present,
Tel i ara ferai dolent.
Fiert le destrier, du buison saut,   1.245
A qant qu'il puet s'escrie en haut:
— Ivain, asez l'avez menee.
Laisiez la tost, qu'a cest'espee
Ne vos face le chief voler.
Ivain s'aqeut a desfubler.   1.250
En haut s'escrie: — Or as puioz!
Or i parra qui ert des noz.
Qui ces meseaus veïst soffler,
Oster chapes et desfubler!
Chascun li crolle sa potence,   1.255
Li uns menace et l'autre tence.
Tristran n'en vost rien atochier
Ne entester ne laidengier.
Governal est venuz au cri,
En sa main tient un vert jarri   1.260
Et fiert Yvain qui Yseut tient.
Li sans li chiet, au pié li vient.
Bien aïde a Tristran son mestre,
Yseut saisist par la main destre.
Li conteor dïent qu'Yvain   1.265
Firent nïer, qui sont vilain;
N'en sevent mie bien l'estoire,
Berox l'a mex en sen memoire,
Trop ert Tristran preuz et cortois
A ocirre gent de tes lois.   1.270
Tristran s'en voit a la roïne;
Lasent le plain, et la gaudine
S'en vet Tristan et Governal.
Yseut s'esjot: or ne sent mal.

Entre as mãos tem-vos essa gente
E a todos já direi somente
Que, se de pronto não a soltam,
A todos meus golpes se voltam.
Com seu corcel, do arbusto salta,
Grita o que pode, com voz alta:
— Já muito, Ivan, que foi levada!
Deixai-a já, senão mi'a espada
Fará voar vossa cabeça!
Ivan despir-se já começa.
Alto então grita: — Co'o bastão!
Ora vais ver quem estes são!
Quem os leprosos, a bufar,
Visse, suas capas a tirar!
Cada um maneja sua bengala,
Um ameaça, um pragas fala.
Tristão não quer neles tocar,
Nem atingir, nem machucar.
Aos gritos, surge Governal,
Na mão segura um verde pau
E fere Yvan, que Isolda tem:
O sangue corre, a seus pés vem.
Bem a seu mestre ele ajudou,
De Isolda a destra então pegou.
Diz quem tal conta que afogaram
O pobre Yvan, maus se mostraram;
Não sabem bem como é a história,
Berox a guarda em sua memória:
Muito é Tristão bravo e cortês
P'ra alguém matar desse jaez.
Tristão se vai com a rainha.
Deixa a campina e, na matinha,
Vão-se Tristão e Governal.
Isolda alegre: cessa o mal.

A sorte de Isolda

En la forest de Morrois sont,   1.275
La nuit jurent desor un mont.
Or est Tristran si a seür
Com s'il fust en chastel o mur.
En Tristran out molt bon archier,
Molt se sout bien de l'arc aidier.   1.280
Governal en ot un toloit
A un forestier quil tenoit
Et deus seetes enpenees,
Barbelees, ot l'en menees.
Tristran prist l'arc, par le bois vait,   1.285
Vit un chevrel, ancoche et trait,
El costé destre fiert forment.
Brait, saut en haut et jus decent.
Tristran l'a pris, atot s'en vient.
Sa loge fait: au brant qu'il tient   1.290
Les rains trenche, fait la fullie;
Yseut l'a bien espés jonchie.
Tristran s'asist o la roïne.
Governal sot de la cuisine,
De seche busche fait buen feu.   1.295
Molt avoient a faire qeu!
Il n'avoient ne lait ne sel
A cele foiz a lor ostel.
La roïne ert forment lassee

A floresta de Morrois

Ao bosque então, ao Morrois vão,
Num monte dormem, pelo chão.
Ora Tristão vê-se seguro
Como em castelo envolto em muro.
Era Tristão um bom arqueiro
E do arco tira auxílio useiro.
Roubou-lhe um arco Governal
A alguém do mato natural,
Mais duas setas emplumadas
P'ra ele levou, também farpadas.
Tristão vai logo à mata aberta,
Um cervo vê, aponta e acerta
O lado destro firmemente;
Salta ele e cai ruidosamente,
Tristão o pega em retirada.
Faz um abrigo: com a espada
Os ramos corta, um teto monta,
Folhas Isolda traz sem conta.
Tristão se assenta co'a rainha,
Governal, destro na cozinha,
De lenha seca o fogo acende.
Muito a fazer p'ra quem entende:
De leite e sal não tinham nada,
Aquela vez, em sua pousada.
Cansada sente-se a rainha

Por la poor qu'el ot passee;   1.300
Somel li prist, dormir se vot,
Sor son ami dormir se vot.
Seignors, eisi font longuement
En la forest parfondement.
Longuement sont en cel desert.   1.305
Oiez du nain com au roi sert.
Un consel sot li nains du roi,
Ne sot que il. Par grant desroi
Le descovri: il fist que beste,
Qar puis en prist li rois la teste.   1.310
Li nain ert ivres, li baron
Un jor le mistrent a raison
Que ce devoit que tant parloient,
Il et li rois, et conselloient.
— A celer bien un suen consel   1.315
Molt m'a trové toz jors feel.
Bien voi que le volez oïr,
Et je ne vuel ma foi mentir.
Mais je merrai les trois de vos
Devant le Gué Aventuros.   1.320
Et iluec a une aube espine,
Une fosse a soz la racine:
Mon chief porai dedenz boter
Et vos m'orrez defors parler.
Ce que dirai, c'ert del segroi   1.325
Dont je sui vers le roi par foi.
Li baron vienent a l'espine.
Devant eus vient li nains Frocine.
Li nains fu cort, la teste ot grose,
Delivrement out fait la fosse,   1.330
Jusq'as espaules l'i ont mis.
— Or escoutez, seignor marchis!
Espine, a vos, non a vasal:

Por tudo que passado tinha;
Sono a tomou, dormir se foi,
Sobre o amigo dormir foi.
Senhores, isso longamente
Fizeram lá, profundamente:
Vão longamente em tal deserto.
Do anão ouvi como é esperto:
Do rei segredo sabe o anão,
Só ele sabe. E em desrazão
O revelou, fez-se de besta,
O crânio pôs-lhe o rei nu'a cesta.
Ébrio ele estava e os barões
Lhe perguntaram que razões
Dava p'ra tanto se falarem,
Ele co'o rei, se aconselharem:
— Para guardar segredo seu
Sempre me teve por fiel.
Isso quereis, bem sei, ouvir,
Mas não me quero desmentir.
Os três de vós levar-vos ouso
Até ao Vau Aventuroso.
Existe lá branco espinheiro,
Sob a raiz, um fosso inteiro:
Dentro a cabeça vou botar,
De fora me ouvireis falar:
Segredo é, pois, o que direi,
Isso confiou a mim o rei.
Os barões vêm ao espinheiro,
Frocine na frente, primeiro.
Baixo era o anão, cabeça grande,
Por isso assim o fosso expande
E até as espáduas nele o põem:
— Ora escutai, nobres barões!
Arbusto, a vós, não a vassalo:

A floresta de Morrois   135

Marc a orelles de cheval.
Bien ont oï le nain parler.   1.335
S'en vint un jor, aprés disner,
Parlout a ses barons roi Marc,
En sa main tint d'aubourc un arc.
Atant i sont venu li troi
A qui li nains dist le secroi,   1.340
Au roi dïent priveement:
— Roi, nos savon ton celement.
Li rois s'en rist et dist: — Ce mal
Que j'ai orelles de cheval,
M'est avenu par ce devin: 1.345
Certes, ja ert fait de lui fin.
Traist l'espee, le chief en prent.
Molt en fu bel a mainte gent,
Qui haoient le nain Frocine
Por Tristran et por la roïne.   1.350
Seignors, molt avez bien oï
Conment Tristan avoit salli
Tot contreval, par le rochier,
Et Governal sor le destrier
S'en fu issuz, quar il cremoit   1.355
Qu'il fu ars, se Marc le tenoit.
Or sont ensenble en la forest.
Tristran de veneison les pest.
Longuement sont en cel boschage.
La ou la nuit ont herberjage,   1.360
Si s'en trestornent au matin.
En l'ermitage frere Ogrin
Vindrent un jor, par aventure.
Aspre vie meinent et dure:
Tant s'entraiment de bone amor,   1.365
L'un por l'autre ne sent dolor.
Li hermites Tristran connut;

Tem Marco orelhas de cavalo.
Ouviram bem o anão falar.
Um certo dia, após jantar,
Com os barões fala o rei Marco,
Tendo na mão labúrneo arco.
Chegaram lá os três, então,
A quem contara tudo o anão.
Dizem ao rei em separado:
— O que escondeis foi revelado.
O rei ri, diz: — Tal mal, vos falo,
Que eu tenha orelhas de cavalo,
Me imposto foi pelo adivinho:
Darei mau fim nele sozinho.
Corta-lhe o crânio com a espada,
O que alegrou do povo a cada
Que com o anão se abespinha,
Sim, por Tristão, pela rainha.
Senhores, pois ouvistes bem
Como Tristão saltou além
Pelo rochedo e não temeu,
E Governal sobre o corcel
Também se foi, pois bem temia
O fogo, se Marco o prendia.
Ora estão juntos na floresta,
Tristão co'a caça faz-lhes festa.
Muito ficaram nesse bosque,
A cada noite num quiosque,
P'ra trás deixado, de partida.
Do irmão Ogrin, à pura ermida
Chegaram já, por boa ventura.
Vida levavam muito dura,
Mas cultivavam tanto amor
Que nenhum mais sentia dor.
A Tristão olha o ermitão.

A floresta de Morrois

Sor sa potence apoié fu,
Aresne le, oiez comment:
— Sire Tristran, grant soirement   1.370
A l'en juré par Cornoualle,
Qui vous rendroit au roi, sans falle
Cent mars avroit a gerredon.
En ceste terre n'a baron
Au roi ne l'ait plevi en main,   1.375
Vos rendre a lui o mort ou sain.
Ogrins li dist molt bonement:
— Par foi! Tristran, qui se repent
Deu du pechié li fait pardon
Par foi et par confession.   1.380
Tristran li dit: — Sire, par foi,
Que ele m'aime en bone foi;
Vos n'entendez pas la raison:
Qu'ele m'aime, c'est par la poison.
Ge ne me pus de lié partir,   1.385
N'ele de moi, n'en quier mentir.
Ogrins li dist: — Et quel confort
Puet on doner a home mort?
Assez est mort qui longuement
Gist en pechié, s'il ne repent.   1.390
Doner ne puet nus penitance
A pecheor sanz repentance.
L'ermite Ogrins molt les sarmone,
Du repentir consel lor done.
Li hermites sovent lor dit   1.395
Les profecies de l'escrit,
Et molt lor amentoit sovent
L'ermite lor delungement.
A Tristran dist par grant desroi,
— Que feras tu? Conselle toi!   1.400
— Sire, j'am Yseut a mervelle,

Todo apoiado em seu bastão,
Falou-lhe — como foi, ouvi:
— Senhor Tristão, grã jura ali
Juraram, sim, na Cornualha:
Quem vos levar ao rei, sem falha,
Cem marcos tem de recompensa.
Barão não há que ora não pensa,
Ao rei beijado tendo a mão,
Levar-vos, pois, ou morto ou são.
Ogrin lhe diz e condescende:
— Por Deus! Tristão, quem se arrepende
De seu pecado tem perdão,
Por sua fé, sua confissão.
Tristão lhe diz: — Senhor, dou fé
Que ela só me ama em boa fé!
Não entendeis qual a razão
De ela me amar: foi a poção!
Não posso longe dela ir
E ela de mim, não vou mentir.
Ogrin lhe diz: — E qual conforto
Se pode dar a um homem morto?
Bem morto está quem muito ofende,
Em falta jaz, não se arrepende,
Pois penitência não se dá,
Se contrição no homem não há.
Este eremita, com sermões,
Arrepender-se lhes propõe.
Este eremita lhes apura
As profecias da Escritura.
Recorda aos dois, todo momento,
Este eremita o afastamento.
A Tristão diz em desrazão:
— Que farás tu? Qual decisão?
— Senhor, eu amo Isolda tanto,

A floresta de Morrois

Si que n'en dor ne ne somelle.
De tot en est le consel pris:
Mex aim o li estre mendis
Et vivre d'erbes et de glan   1.405
Q'avoir le reigne au roi Otran.
De lié laisier parler ne ruis,
Certes, quar faire ne le puis.
Iseut au pié l'ermite plore,
Mainte color mue en poi d'ore.   1.410
Molt li crie merci sovent:
— Sire, por Deu omnipotent,
Il ne m'aime pas, ne je lui,
Fors par un herbé dont je bui
Et il en but. Ce fu pechiez: 1.415
Por ce nos a li rois chaciez.
Li hermites tost li respont:
— Diva! Cil Dex qui fist le mont,
Il vos donst voire repentance!
Et saciez de voir, sans dotance,   1.420
Cele nuit jurent chiés l'ermite;
Por eus esforça molt sa vite.
Au matinet s'en part Tristrans.
Au bois se tient, let les plains chans.
Li pain lor faut: ce est grant deus.   1.425
De cers, de biches, de chevreus
Ocist asez par le boscage.
La ou prenent lor herbergage,
Font lor cuisine et lor beau feu.
Sol une nuit sont en un leu.   1.430
Seignors, oiez con por Tristran
Out fait li rois crïer son ban —
En Cornoualle n'a paroise
Ou la novelle n'en angoise,
Que, qui porroit Tristran trover,   1.435

Que já não durmo há não sei quanto!
A decisão eu já vos digo:
Amá-la muito e ser mendigo,
E viver só de ervas e grão,
Que o reino ter do rei Otrão!
Falar que a deixe, isso não posso,
Não o farei, mesmo se esforço.
Isolda ao pé do monge chora,
A cor lhe foge, vai-se embora;
Piedade pede-lhe somente:
— Senhor, por Deus onipotente,
Se o amo assim, e ele ama a mim,
É pelo filtro — o bebi sim,
E ele o bebeu! Esse é o pecado:
Por isso o rei nos tem caçado.
O monge logo diz-lhe a fundo:
— Pois bem, o Deus que fez o mundo
Vos dê veraz arrepender-se!
Sabei então que, sem tolher-se,
À noite ficam nessa ermida:
Endureceu-se o monge a vida.
Bem de manhã partiu Tristão,
Ao bosque vai, ao prado não.
O pão lhes falta, a fome ao lado,
Cervo, uma corça e mais veado
Caça ele assim pela floresta.
Sós, em tapera bem modesta,
Cozinha fazem, belo fogo,
Uma só noite está em jogo.
Ouvi, senhores, por Tristão,
Como o rei fez proclamação
(Na Cornualha não há canto
Onde não deu pesar a tantos):
Quem a Tristão pudesse achar

A floresta de Morrois

Qu'il en feïst le cri lever.
Qui veut oïr une aventure,
Com grant chose a an noreture,
Si m'escoute un sol petitet!
Parler m'orez d'un buen brachet: 1.440
Quens ne rois n'out tel berseret,
Il ert isneaus et toz tens prez,
Quar il ert bauz, isneaus, non lenz,
Et si avoit a non Husdanz.
Lïez estoit en un landon.   1.445
Li chiens gardoit par le donjon;
Qar mis estoit a grant freor,
Qant il ne voiet son seignor.
Ne vout mengier ne pain ne past
Ne nule rien qu'en li donast;   1.450
Guignout et si feroit du pié,
Des uiz lermant. Dex! Qel pitié
Faisoit a mainte gent li chiens!
Chascun disoit: — S'il estoit miens,
Gel metroie del landon fors   1.455
Quar, s'il enrage, ce ert deus.
Ahi! Husdent, ja tex brachetz
N'ert mais trové, qui tant set prez
Ne tel duel face por seignor;
Beste ne fu de tel amor.   1.460
Salemon dit que droituriers
Que ses amis, c'ert ses levriers.
A vos le poon nos prover:
Vos ne volez de rien goster,
Pus que vostre sire fu pris.   1.465
Rois, quar soit fors du landon mis!
Li rois a dit a son corage
(Por son seignor croi qu'il enrage):
— Certes, molt a li chiens grant sens.

Devia logo o aviso dar.
Quem quer ouvir uma aventura,
Com bom proveito p'ra cultura,
Um pouco escute a mim então:
Hei de falar-vos de um bom cão!
Conde nem rei tal cão de caça
Teve, era alerta e de tal raça,
Ativo, rápido e ardente,
De nome Husdanz, assim somente.
Preso ficava numa trava
E a torre ao alto muito olhava;
Entrava então em grão furor
Quando não via seu senhor.
Pão nem ração não lhe apetecem,
Nada que então por bem lhe dessem;
Chora, arranhando o chão — que cena! —,
Seus uivos dando. Deus, que pena
Dava esse cão ao povo seu!
Dizia alguém: — Se fosse meu,
Da trava logo o tiraria,
Pois, se tem raiva, o que faria!
Ah, bom Husdent! Um cão de caça
Assim não há, que pronto abraça
A dor que um faça a seu senhor:
Bicho não há com tal amor.
Diz Salomão, com razão, algo:
Que seus amigos são seus galgos.
A vós o dom de o comprovar:
Não quereis mais nada provar,
Pois preso foi vosso senhor.
Rei, que mandeis liberto o pôr!
Disse-se o rei ao coração —
Vê por Tristão sofrendo o cão:
— Certo, esse cão é bem sabido:

A floresta de Morrois

Je ne quit mais q'en nostre tens,   1.470
En la terre de Cornoualle,
Ait chevalier qui Tristran valle.
De Cornoualle baron troi
En ont araisoné le roi:
— Sire, quar deslïez Husdant!   1.475
Si verron bien certainement
Se il meine ceste dolor
Por la pitié de son seignor;
Quar ja si tost n'ert deslïez
Qu'il ne morde, s'est enragiez,   1.480
Ou autre rien ou beste ou gent:
S'avra la langue overte au vent.
Li rois apele un escuier
Por Husdan faire deslïer.
Sor bans, sor seles puient haut,   1.485
Qar le chien criement de prin saut.
Tut disoient: — Husdent enrage.
De tot ce n'avoit il corage.
Tantost com il fu deslïez,
Par mié les renz cort, esvelliez,   1.490
Que onques n'i demora plus.
De la sale s'en ist par l'us.
Vint a l'ostel ou il soloit
Trover Tristran. Li rois le voit,
Et li autre qui aprés vont.   1.495
Li chiens escrie, sovent gront,
Molt par demeine grant dolor.
Encontré a de son seignor:
Onques Tristran ne fist un pas,
Qant il fu pris, qu'il dut estre ars,   1.500
Que li brachez n'en aut aprés;
Et dit chascun de venir mes.
Husdant an la chambrë est mis

Em nosso tempo eu, sim, duvido
Que haja, por toda a Cornualha,
Bravo que mais que Tristão valha.
Da Cornulha os três barões
Davam ao rei estas razões:
— Senhor, Husdant, pois, libertai!
E assim a dúvida afastai
Se experimenta ele essa dor
Por pena só de seu senhor,
Ou, se tão logo libertado,
Vai morder, ficando alterado,
Alguma coisa, bicho ou gente,
Co'a língua ao vento bem pendente.
O rei chamou seu escudeiro,
P'ra Husdan tirar do cativeiro:
Em banco pulam, em cadeira,
Temendo uma agressão primeira.
Diziam pois: — Husdent tem raiva!
Mas sua coragem não se laiva.
Tão logo assim foi libertado,
Corre na corte, disparado,
Por lá não fica nada mais;
Do salão sai, logo se vai
Ao lugar onde ainda crê
Estar Tristão. O rei o vê
E os outros que com o rei vão.
Muito lamenta e late o cão,
Fazendo ver sua grande dor.
Acha o sinal de seu senhor:
Não há pegada de Tristão
(De quando, preso, ao fogo o dão)
Que o cão não vá no seu encalço —
E cada um diz: vai sem percalço!
Husdant na alcova entrou então,

A floresta de Morrois

O Tristran fu traït et pris.
Si part, fait saut et voiz clarele,   1.505
Criant s'en vet vers la chapele;
Li pueple vait aprés le chien.
Ainz puis qu'il fu hors du lïen,
Ne fina, si fu au moutier
Fondé en haut sor le rochier.   1.510
Husdent li bauz, qui ne voit lenz,
Par l'us de la chapele entre enz,
Saut sor l'autel, ne vit son mestre.
Fors s'en issi par la fenestre.
Aval la roche est avalez,   1.515
En la jambe s'est esgenez,
A terre met le nes, si crie.
A la silve du bois florie,
Ou Tristran fist l'enbuschement,
Un petit s'arestut Husdent.   1.520
Fors s'en issi, par le bois vet.
Nus ne le voit qui pitié n'ait.
Au roi dient li chevalier:
— Laison a seurre cest trallier:
En tel leu nos porroit mener   1.525
Dont griés seroit le retorner.
Laisent le chien, tornent arire.
Husdent aqeut une chariere,
De la rote molt s'esbaudist.
Du cri au chien li bois tentist.   1.530
Tristran estoit el bois aval
O la reïne et Governal.
La noise oient, Tristran l'entent:
— Par foi, fait il, je oi Husdent.
Trop se criement, sont esfroï.   1.535
Tristran saut sus; son arc tendi.
En un'espoise aval s'en traient:

146

Onde foi preso o bom Tristão.
Lança-se, salta e muito apela,
Latindo vai para a capela —
E o povo atrás, seguindo o cão.
Agora, fora da prisão,
Não para, até que aquela igreja
Sobre o rochedo assim se veja.
Husdent, co'ardor e sem demora,
Pela capela vai-se afora,
Salta ao altar, não vê Tristão,
Pula o vitral de supetão.
Da rocha cai, precipitado,
Na perna acaba machucado,
Bate o focinho, co'um latido.
Na borda do bosque florido,
Onde Tristão bem se emboscara,
Husdent um pouco apenas para,
Logo ele sai, ao bosque vem.
Quem quer que o vê piedade tem.
Dizem ao rei os cavaleiros:
— Deixemos este perdigueiro:
A tal lugar pode levar
Difícil, pois, de retornar.
Deixam o cão, voltam p'ra lá.
Numa vereda Husdent já dá.
Por uma estrada, ele indo acima,
Latindo o cão, o bosque anima.
Está Tristão no matagal,
Com a rainha e Governal.
Ouve-se o som. Tristão já soube:
— Husdent! — diz ele — Céus, que houve?
Grande temor, susto se agrega,
Tristão já pula, o arco pega,
Num matagal cada se vela,

A floresta de Morrois

Crime ont du roi, si s'en esmaient,
Dïent qu'il vient o le brachet.
Ne demora c'un petitet   1.540
Li brachet, qui la rote sut.
Qant son seignor vit et connut,
Le chief hoque, la queue crole.
Qui voit con de joie se molle
Dire puet que ainz ne vit tel joie.   1.545
A Yseut a la crine bloie
Acort, et pus a Governal.
Toz fait joie, nis au cheval.
Du chien out Tristran grant pitié.
— Ha, Dex! fait-il, par qel pechié   1.550
Nos a cist berseret seü?
Chien qi en bois ne se tient mu
N'a mestier a home bani.
El bois somes, du roi haï.
Par plain, par bois, par tote terre,   1.555
Dame, nos fait li rois Marc quere!
S'il nos trovout ne pooit prendre,
Il nos feroit ardoir ou pendre.
Nos n'avon nul mestier de chien.
Une chose sachiez vos bien: 1.560
Se Husdens avé nos remaint,
Poor nos fera et duel maint.
Asez est mex qu'il soit ocis
Que nos soion par son cri pris.
Et poise m'en, por sa franchise   1.565
Que il la mort a ici quise.
Grant nature li faisoit fere;
Mais conment m'en pus je retraire?
Certes, ce poise moi molt fort
Que je li doie doner mort.   1.570
Or m'en aidiez a consellier:

Temem o rei, seu sangue gela:
Dizem que vem junto co'o cão.
Nada demora, pois, então
Já surge o cão, que a estrada desce.
Vê seu senhor e o reconhece,
Ergue a cabeça, a cauda abana;
Quem vê com que gosto se ufana
Diria nada ser mais belo.
A Isolda, de louro cabelo,
E a Governal corre em abalo.
Festeja assim até o cavalo.
Tristão do cão tem grande pena:
— Ah, Deus! — exclama — Que problema!
Seguiu-me assim o perdigueiro?
Cão que não cala por inteiro
Não serve para homem banido:
No bosque não cabe ruído!
Por bosque, terra, por planura,
Dama, o rei Marco nos procura!
Se nos encontra há de prender-nos,
Queimar ou na forca pender-nos.
De cão não há necessidade,
Isso sabei, pois que é verdade:
Se Husdens então conosco for
Vai provocar-nos dissabor.
Melhor será que esteja morto
Que no perigo nos ter posto.
Pesa-me tal, por sua nobreza,
Que de tal morte seja presa.
Sua natureza o trouxe aqui —
Mas quanto já eu não sofri?
Pesa-me a mim e muito forte
Que tenha de eu lhe dar a morte.
O que podeis me aconselhar?

A floresta de Morrois

De nos garder avon mestier.
Yseut li dist: — Sire, merci!
Li chiens sa beste prent au cri,
Que par nature, que par us. 1.575
J'oï ja dire qu'uns seüs
Avoit un forestier galois,
Puis que Artus en fu fait rois,
Que il avoit si afaitié:
Qant il avoit son cerf sagnié 1.580
De la seete bercerece,
Puis ne fuïst par cele trace
Que li chiens ne suïst le saut;
Por crïer n'estonast le faut
Que ja n'atainsist tant sa beste 1.585
Ja criast ne feïst moleste.
Amis Tristran, grant joie fust,
Por metre peine qui peüst
Faire Husdent le cri laisier,
Sa beste ataindrë et cacier. 1.590
Tristran s'estut et escouta.
Pitié l'en prist; un poi pensa,
Puis dist itant: — Se je pooie
Husdent par paine metre en voie
Que il laisast cri por silence, 1.595
Molt l'avroie a grant reverence.
Et a ce metrai je ma paine
Ainz que ja past ceste semaine.
Pesera moi se je l'oci,
Et je criem molt du chien le cri; 1.600
Qar je porroie en tel leu estre,
O vos ou Governal mon mestre,
Se il criout, feroit nos prendre.
Or vuel peine metre et entendre
A beste prendre sans crïer. 1.605

Tenho a missão de nos guardar.
Isolda diz: — Senhor, tua graça!
O cão a presa aos gritos caça
Por natureza ou por usança.
Ouvi que um cão, um que se lança,
Tinha um galês, um camponês
(Depois que Artur o rei se fez),
O qual havia ele treinado:
Se um cervo houvesse ele acertado
Co'a seta tão bem atirada,
Era bem só pela pegada
Que o cão seguia e assaltava;
P'ra latir nada se esforçava
Mesmo ao morder a presa, lesto:
Não latir não lhe era molesto.
Tristão, amigo, bom seria
Ter o trabalho que devia
P'ra Husdent fazer não mais ladrar,
Só esperar e então caçar.
Tristão, imóvel, escutou,
Pena ele tem, logo pensou,
E disse então: — Ah, se eu pudesse
Husdent treinar, p'ra que quisesse
Bem em silêncio não ladrar,
Muito o haveria de estimar.
Nisso meu ânimo se empenha,
Outra semana antes que venha.
Muito me pesa, se eu o mato,
Mas temo o grito seu, de fato;
Estando eu num lugar silvestre,
Ou vós ou Governal, meu mestre,
Se acaso late, alguém nos prende.
Se, bem treinado, então aprende
Caçar e não ladrar, que belo!

A floresta de Morrois

Or voit Tristran en bois berser.
Afaitiez fu, a un dain trait.
Li sans en chiet, le brachet brait,
Li dains navrez s'en fuit le saut.
Husdent li bauz en crie en haut, 1.610
Li bois du cri au chien resone.
Tristran le fiert, grant cop li done.
Li chien a son seignor s'areste,
Lait le crïer, gerpist la beste;
Haut l'esgarde, ne set qu'il face, 1.615
N'ose crïer, gerpist la trace.
Tristran le chien desoz lui bote;
O l'estortore bat la rote.
Et Husdent en revot crïer;
Tristran l'aqeut a doutriner. 1.620
Ainz que li premier mois pasast,
Fu si le chien dontez u gast
Que sanz crïer suiet sa trace.
Sor noif, sor herbe ne sor glace
N'ira sa beste ja laschant, 1.625
Tant n'iert isnele et remuant.
Or lor a grant mestier li chiens,
A mervelles lor fait grans biens.
S'il prent el bois chevrel ne dains,
Bien l'enbusche, cuevre de rains; 1.630
Et s'il enmi lande l'ataint,
Com il s'avient en i prent maint,
De l'erbe gete asez desor,
Arire torne a son seignor,
La le maine ou sa beste a prise. 1.635
Molt sont li chien de grant servise!
Seignors, molt fu el bois Tristrans,
Molt i out paines et ahans.
En un leu n'ose remanoir;

Lá vai Tristão caçar com zelo.
Disposto está, fere u'a camurça.
O sangue corre; erguendo a fuça,
Já ladra o cão, a presa salta.
Husdent, co'ardor, latidos alça,
O bosque então seu ladro ecoa:
Fere-o Tristão, pancada boa!
O cão de seu senhor se espaça,
Não ladra mais, só perde a caça;
Por não saber, soergue a vista,
Ladrar não ousa, perde a pista.
Tristão seu cão alerta bota,
Co'a trela mostra a ele a rota
E Husdent assim volta a ladrar:
Volta Tristão a o cão treinar.
Um mês sequer passado havia
E o cão, no mato, já sabia,
Sem mais ladrar, seguir a pista.
Na neve, relva ou gelo à vista,
A presa nunca deixará,
Mesmo que leve e veloz vá.
O cão valia p'ra eles tem,
E só lhes faz um grande bem!
Cabra ou camurça, se descobre,
Embosca bem, com galhos cobre;
No mato, caso ele ache caça —
O que com ele sempre passa —,
Depois de em cima relva pôr,
Põe-se a levar o seu senhor
Para onde então pegou o bicho:
Prestam os cães um bom serviço!
Senhores, lá ficou Tristão,
Que penas teve, que aflição!
Não tem lugar, temor o espanta:

A floresta de Morrois

Dont lieve au main ne gist au soir.   1.640
Bien set que li rois le fait querre
Et que li bans est en sa terre
Por lui prendre, quil troveroit.
Molt sont el bois del pain destroit,
De char vivent, el ne mengüent.   1.645
Que püent il, se color müent?
Lor dras ronpent, rains les decirent
Longuement par Morrois fuïrent.
Chascun d'eus soffre paine elgal,
Qar l'un por l'autre ne sent mal.   1.650
Grant poor a Yseut la gente
Tristran por lié ne se repente,
Et a Tristran repoise fort
Que Yseut a por lui descort,
Qu'el repente de la folie.   1.655
Un de ces trois (que Dex maudie!)
Par qui il furent descovert,
Oiez comment par un jor sert!
Riches hom ert et de grant bruit,
Les chiens amoit por son deduit.   1.660
De Cornoualle, du païs
De Morrois erent si eschis
Qu'il n'i osout un sol entrer.
Bien lor faisoit a redouter;
Qar, se Tristran les peüst prendre,   1.665
Il les feïst as arbres pendre.
Bien devoient donques laisier.
Un jor estoit o son destrier
Governal sol a un doitil
Que decendoit d'un fontenil.   1.670
Au cheval out osté la sele:
De l'erbete paisoit novele.
Tristan gesoit en sa fullie,

Não fica à noite onde levanta.
Bem sabe que o rei os procura
E dos proclamas não descura,
Para prendê-los, quem achar.
No bosque pão como encontrar?
De carne vivem, nada ajuda.
Que podem, se a cor já lhes muda?
Roupas se vão, chuva as esgarça,
No Morrois longo o tempo passa!
Cada comparte pena igual,
Pelo outro assim se sente mal.
Pavor a Isolda, a gentil, toma
Se a Tristão dela enfado assoma;
Ao bom Tristão abala forte
Que Isolda os males não suporte
E da loucura se arrependa.
Um dos três — Deus o repreenda! —
Pelos quais foram descobertos,
Ouvi que mal se deu por certo.
Ele era rico e mui louvado,
Os cães amava um bom bocado.
Da Cornualha, desta terra,
Pelo Morrois quem é que erra?
Ninguém ousava lá entrar,
Faziam bem de o evitar,
Pois, se Tristão algum prendesse,
Alto o faria então pender-se:
Fazia bem quem isso achava.
Um dia com seu cão estava
Governal só, em um regato
Que de uma fonte vem pacato.
Tirara a seu cavalo a sela
E este pastava a relva bela.
Tristão na choça está deitado,

A floresta de Morrois   155

Estroitement ot embrachie
La roïne, por qu'il estoit   1.675
Mis en tel paine, en tel destroit;
Endormi erent amedoi.
Governal ert en un esqoi,
Oï les chiens par aventure:
Le cerf chacent grant aleüre.   1.680
C'erent li chien a un des trois
Por qui consel estoit li rois
Meslez ensemble o la roïne.
Li chien chacent, li cerf ravine.
Gouvernal vint une charire   1.685
En une lande; luin arire
Vit cel venir que il bien set
Que ses sires onques plus het,
Tot solement sanz escuier.
Des esperons a son destrier   1.690
A tant doné que il escache,
Sovent el col fiert o sa mache
Li chevaus ceste sor un marbre.
Governal s'acoste a un arbre,
Enbuschiez est, celui atent   1.695
Qui trop vient tost et fuira lent.
Nus retorner ne puet fortune
Ne se gaitoit de la rancune
Que il avoit a Tristan fait.
Cil qui desoz l'arbre s'estait   1.700
Vit le venir, hardi l'atent;
Dit mex veut estre mis au vent
Que il de lui n'ait la venjance,
Qar par lui et par sa faisance
Durent il estre tuit destruit.   1.705
Li chien le cerf sivent, qui fuit;
Li vassaus aprés les chiens vait.

Estreitamente ele abraçado
Com a rainha, pela qual
Sofria tanto, ensejo mau:
A dormir vão os dois assim.
Governal, pois, oculto enfim,
Ouviu os cães por mero acaso:
Cervo caçavam sem atraso.
Eram os cães de um dos três
Por qual conselho havia o rei
Posto a rainha em tal provança.
Caçam os cães, o cervo avança!
Governal um caminho toma
Que leva à mata. Atrás assoma
Aquele a quem, ele sabia,
Mais ódio seu senhor nutria:
Sem escudeiro vinha agora
E em seu corcel, com sua espora,
Tanto bateu, que ele se lança,
Chicote o dorso já lhe alcança,
Tropeça o bicho sobre um mármore...
Governal se encosta numa árvore,
Bem emboscado, espera atento
Quem veloz vem, mas irá lento.
Ninguém escapa a seu destino
Nem já tal homem punha tino
No mal que ele a Tristão fizera.
Quem sob o arbusto ali espera
O vê chegar, aguarda audaz;
Diz preferir morrer sem paz
Que falhar ora na vingança,
Pois o outro é quem, com alianças,
Por pouco não os fez morrer.
Os cães e o cervo vê correr,
O dono já seus cães alcança.

A floresta de Morrois

Governal saut de son agait;
Du mal que cil ot fait li menbre.
A s'espee tot le desmembre,   1.710
Li chief en prent, atot s'en vet.
Li veneor, qui l'ont parfait,
Sivoient le cerf esmeü.
De lor seignor virent le bu
Sanz la teste, soz l'arbre jus.   1.715
Qui plus tost cort, cil s'en fuit plus:
Bien quident ce ait fait Tristran
Dont li rois fist faire le ban.
Par Cornoualle ont antendu
L'un des trois a le chief perdu   1.720
Qui meslot Tristran et le roi.
Poor en ont tuit et esfroi,
Puis ont en pes le bois laisié;
N'ont pus el bois sovent chacié.
Des cel'ore que u bois entroit,   1.725
Fust por chacier, chascuns dotoit
Que Tristran li preus l'encontrast.
Crient fu u plain et plus u gast.
Tristran se jut a la fullie.
Chau tens faisoit, si fu jonchie.   1.730
Endormiz est, ne savoit mie
Que cil eüst perdu la vie
Par qui il dut mort recevoir:
Liez ert, qant en savra le voir.
Governal a la loge vient,   1.735
La teste au mort a sa main tient;
A la forche de la ramee
L'a cil par les cheveus nouee.
Tristran s'esvelle, vit la teste,
Saut esfreez, sor piez s'areste.   1.740
A haute voiz crie son mestre:

Governal, pois, todo se lança,
Dos males todos se relembra:
Co'a espada o outro ele desmembra,
Pega a cabeça e vai-se embora.
Os caçadores, mato afora,
Seguindo o cervo que acuaram,
De seu senhor o corpo acharam:
Sem a cabeça, ao chão se via.
Quem mais podia, mais corria.
Pensaram: obra é de Tristão,
De quem o rei fez o pregão.
Na Cornualha então correu:
A cabeça um dos três perdeu,
Que o rei com Tristão enredaram.
Medo e aflição todos tomaram,
Em paz deixaram a floresta;
Só raro então caçavam nesta.
Cada vez que no bosque entravam,
Para caçar, se perguntavam
Se com Tristão não topariam:
Por toda parte o risco viam.
Tristão na choça está deitado.
Calor, no chão capim jogado,
Dormindo, não sabe ele ainda
Que aquela vida estava finda,
De quem a morte bem lhe dera:
Feliz ficar bem certo lhe era.
Governal volta, sem que esqueça,
Na mão carrega ele a cabeça;
Põe na forquilha da alta barra,
Pelos cabelos logo a amarra.
Tristão acorda, o crânio vê,
Salta em pavor, fica de pé.
A voz do mestre alta lhe sai:

A floresta de Morrois

— Ne vos movez, seürs puez estre:
A ceste espee l'ai ocis.
Saciez, cist ert vostre anemis.
Liez est Tristran de ce qu'il ot: 1.745
Cil est ocis qu'il plus dotoit.
Poor ont tuit par la contree.
La forest est si esfreee
Que nus n'i ose ester dedenz.
Or ont le bois a lor talent.   1.750
La ou il erent en cel gaut,
Trova Tristran l'Arc Qui ne Faut.
En tel maniere el bois le fist
Rien ne trove qu'il n'oceïst.
Se par le bois vait cers ne dains,   1.755
Se il atouchë a ces rains
Ou cil arc est mis et tenduz,
Se haut hurte, haut est feruz,
Et se il hurte a l'arc an bas,
Bas est feruz eneslepas.   1.760
Tristran, par droit et par raison,
Qant ot fait l'arc, li mist cel non.
Molt a buen non l'arc, qui ne faut
Riens qui l'en fire, bas ne haut;
Et molt lor out pus grant mestier: 1.765
De maint grant cerf lor fist mengier.
Mestier ert que la sauvagine
Lor aïdast en la gaudine;
Qar falliz lor estoit li pains,
N'il n'osoient issir as plains.   1.770
Longuement fu en tel dechaz.
Mervelles fu de buen porchaz:
De venoison ont grant plenté.

— Não vos movais! Salvos estai!
Com esta espada eu o matei.
Quão inimigo era, sabeis.
Feliz, Tristão tal coisa ouvia:
Morreu quem ele mais temia.
Terror a todo o país toma,
Pois da floresta cresce a fama
E ninguém ousa nela entrar.
No bosque em paz podem ficar.
Na mata, em que nada atrapalha,
Tristão fez o Arco-Que-Não-Falha;
De modo tal fez co'a madeira,
Que tudo mata à vez primeira:
Se cervo ou se camurça vem
E toca nesses ramos bem,
Onde está o arco distendido,
Se alto então bate, alto é ferido,
E se, neste arco, embaixo bate,
Embaixo o arco logo o abate.
Tristão, razão tendo e direito,
Pôs-lhe esse nome, havendo-o feito;
Bom nome, pois o arco não falha,
Seja alto ou baixo, tudo talha.
Muito lhes serve ele a contento,
Cervos lhes traz p'ra seu sustento.
De caça todos dependiam
Que os sustentasse onde viviam,
Pois lá não tinham nenhum pão —
De lá sair ousavam não!
Bom tempo esteve nessa caça,
Fome nenhum dos três lá passa:
De carne têm grande porção.

A floresta de Morrois

Seignor, ce fu un jor d'esté,
En icel tens que l'en aoste,   1.775
Un poi aprés la Pentecoste.
Par un matin, a la rousee,
Li oisel chantent l'ainzjornee.
Tristran, de la loge ou il gist,
Çaint s'espee, tot sol s'en ist,   1.780
L'Arc Qui ne Faut vet regarder;
Parmi le bois ala berser.
Ainz qu'il venist, fu en tel paine,
Fu ainz maiss gent tant eüst paine?
Mais l'un por l'autre ne le sent,   1.785
Bien orent lor aaisement.
Ainz, puis le tens que el bois furent,
Deus genz itant de tel ne burent;
Ne, si conme l'estoire dit,
La ou Berox le vit escrit,   1.790
Nule gent tant ne s'entramerent
Ne si griement nu compererent.
La roïne contre lui live.
Li chauz fu granz, qui mot les grive.
Tristran l'acole et il dit ce: 1.795

— ....

— Amis, ou avez vos esté?
— Aprés un cerf, qui m'a lassé.

A luva, o anel e a espada

Senhor, num dia de verão,
No tempo da colheita, pois,
De Pentecostes já depois,
Pela manhã bem orvalhada,
Ao dia canta a passarada.
Tristão, da choça onde se deita,
Cinge-se a espada e só espreita;
Vai ver seu Arco-Que-Não-Falha,
No bosque a caça que amealha.
Antes que fosse, estava triste,
Houve uma vez alguém mais triste?
Mas um com o outro não o sente,
Tem seu consolo simplesmente.
No bosque o tempo que estiveram
Nunca houve dois que assim sofreram,
Nem — como, pois, na história é dito,
Onde Berox o viu escrito —
Ninguém assim tanto se amou
Nem, sofredor, tanto pagou.
Vai a rainha a encontro seu:
Grande é o calor, pesar lhes deu.
Tristão a abraça, isto lhe diz:
— ....
— Amigo meu, onde é que estavas?
— Atrás de um cervo que eu caçava.

Tant l'ai chacié que tot m'en duel.
Somel m'est pris, dormir me vel.   1.800
La loge fu de vers rains faite,
De leus en leus ot fuelle atraite,
Et par terre fu bien jonchie.
Yseut fu premiere couchie;
Tristran se couche et trait s'espee,   1.805
Entre les deus chairs l'a posee.
Sa chemise out Yseut vestue
(Se ele fust icel jor nue,
Mervelles lors fust meschoiet)
Et Tristran ses braies ravoit.   1.810
La roïne avoit en son doi
L'anel d'or des noces le roi,
O esmeraudes planteïz.
Mervelles fu li doiz gresliz,
A poi que li aneaus n'en chiet.   1.815
Oez com il se sont couchiez:
Desoz le col Tristran a mis
Son braz, et l'autre, ce m'est vis,
Li out par dedesus geté;
Estroitement l'ot acolé,   1.820
Et il la rot de ses braz çainte.
Lor amistié ne fu pas fainte.
Les bouches furent pres asises,
Et neporqant si ot devises
Que n'asembloient pas ensemble.   1.825
Vent ne cort ne fuelle ne tremble.
Uns rais decent desor la face
Yseut, que plus reluist que glace.
Eisi s'endorment li amant,
Ne pensent mal ne tant ne quant.   1.830
N'avoit que eus deus en cel païs;
Quar Governal, ce m'est avis,

Tanto isso fiz, que me esgotou,
Com sono estou, dormir me vou.
A choça em verde ramo é feita,
Folhagem por tudo se ajeita
E pelo chão se espalha afora.
Isolda deita, não demora,
Deita Tristão, retira a espada,
Entre os dois vai depositada.
Isolda está co'a roupa sua
(E se hoje ela estivesse nua,
Que desfortúnio lhes viria!);
Bragas Tristão também vestia.
Tem a rainha ao dedo seu,
Co'o rei, das núpcias, seu anel
Com esmeraldas bem cingido;
Tanto ela havia emagrecido
Que quase o anel não se sustinha.
Ouvi que assim dorme a rainha:
Sob o pescoço a seu amigo
Um braço pôs, é o que vos digo,
E o outro sobre ele estendeu;
Abraço estreito ela lhe deu
E ele também a ela cingia.
O amor ali não se fingia.
As bocas, sim, ficavam perto
E falta pouco a que, em aperto,
A se ajuntar ficar se deixem.
Vento nenhum, folhas não mexem,
Um raio à face cai-lhe belo:
Isolda brilha mais que o gelo.
Dormem assim os dois amantes,
Não pensam mal de agora ou de antes.
Não mais que os dois por perto estão,
Pois Governal, sou de opinião,

A luva, o anel e a espada

S'en ert alez o le destrier
Aval el bois au forestier.
Oez, seignor, qel aventure: 1.835
Tant lor dut estre pesme et dure!
Par le bois vint uns forestiers,
Qui avoit trové lor fulliers
Ou il erent el bois geü.
Tant a par le fuellier seü   1.840
Qu'il fu venuz a la ramee
Ou Tristran ot fait s'aünee.
Vit les dormanz, bien les connut:
Li sans li fuit, esmarriz fut.
Molt s'en vet tost, quar se doutoit;   1.845
Bien sot, se Tristran s'esvellot,
Que ja n'i metroit autre ostage,
Fors la teste lairoit en gage.
Se il s'en fuit, n'est pas mervelle;
Du bois s'en ist, cort a mervelle.   1.850
Tristran avec s'amie dort:
Par poi qu'il ne reçurent mort.
D'iluec endroit ou il dormoient,
Qui, deus bones liues estoient
La ou li rois tenet sa cort.   1.855
Li forestiers grant erre acort;
Qar bien avoit oï le ban
Que l'en avoit fait de Tristran:
Cil qui au roi en diroit voir
Assez aroit de son avoir.   1.860
Li forestiers bien le savoit,
Por ç'acort il a tel esploit.
Et li rois Marc en son palais
O ses barons tenoit ses plaiz;
Des barons ert plaine la sale.   1.865
Li forestier du mont avale

De corcel fora, desta vez,
Aonde vivia o camponês.
Ouvi, Senhor, mas que aventura:
Podia ser-lhes torpe e dura!
Ao bosque veio um camponês
Que achou por onde, a cada vez,
Eles pararam, ninguém viu.
A pista tanto ele seguiu,
Que foi parar no matagal
Em que Tristão fez seu casal:
Dormindo os viu, reconheceu.
Fugiu-lhe o sangue, um medo deu.
Logo se foi, pois que temia,
Vendo-o Tristão — bem o sabia —
Só lhe faria esta homenagem:
Perder o crânio em tal paragem.
Se ele se vai, em nada espanta,
Do bosque sai, corre que espanta!
Tristão com sua amada dorme,
De morte o risco fora enorme.
Do lugar onde então dormiam
Um par de léguas se estendiam
Até onde o rei a corte tinha.
O camponês correndo vinha
Por causa da proclamação
Que se fizera de Tristão:
Quem ao rei dele algo dissesse
De bens teria o que quisesse.
O camponês isso sabia
E era por isso que corria.
E Marco, o rei, ao paço afeito,
Com seus barões julgava os pleitos —
E de barões bem cheia a sala.
O camponês do monte abala,

A luva, o anel e a espada

Et s'en est entrez, molt vait tost.
Pensez que onc arester s'ost
De si que il vint as degrez.
De la sale? Sus est montez.   1.870
Li rois le voit venir grant erre,
Son forestier apele en erre:
— Soiz noveles, qui si tost viens?
Ome sembles que core a chiens,
Que chast sa beste por ataindre.   1.875
Veus tu a cort de nullui plaindre?
Tu senbles hom qui ait besoin
Qui ça me soit tramis de loin.
Se tu veus rien, di ton mesage.
A toi nus hon veé son gage   1.880
Ou chacié vos de ma forest?
— Escoute moi, roi, se toi plest,
Et si m'escoute un sol petit.
Par cest païs a l'on banit,
Qui ton neveu porroit trover,   1.885
Q'ançois s'osast laisier crever
Qu'il nu preïst, ou venist dire.
Ge l'ai trové, s'en criem vostre ire:
Se nel t'ensein, dorras moi mort.
Je te merrai la ou il dort,   1.890
Et la roïne ensemble o lui.
Gel vi, poi a, ensemble o lui.
Fermement erent endormi.
Grant poor oi qant la les vi.
Li rois l'entent, boufe et sospire.   1.895
Esfreez est, forment s'aïre;
Au forestier dist et conselle
Priveement, dedenz l'orelle:
— En qel endroit sont il? Di moi!
— En une loge de Morroi   1.900

Já entra aí. Vai bem ligeiro.
Pensais que estaca ele primeiro,
Sem aos degraus antes chegar
Lá do salão? Vai sem parar.
O rei o viu tão diligente,
Chamou-o a si bem diligente:
— Que novidade a correr trazes?
Pareces com esses rapazes
Que, com os cães, a caça seguem.
À corte já teus pleitos cheguem!
Pareces bem necessitado,
P'ra vir de longe e apressado.
Se algo me pedes, fala agora:
Pagar-te alguém não quer, embora,
Ou te expulsaram da floresta?
— Escuta, rei, p'ra tal te apresta,
Escuta um só breve momento.
Proclamação lançaste ao vento:
Quem teu sobrinho enfim achasse,
Que antes morrer a si deixasse
Que não cuidasse de avisar-te.
Eu o encontrei. Não fosse irar-te!
Se não te digo, é falta enorme!
Hei de levar-te onde ele dorme,
Tendo a rainha dele junto.
Eu mesmo a vi bem dele junto,
Dormindo os dois profundamente.
Pavor tomou-me ao ver tal gente.
Escuta o rei, bufa e suspira,
Vexado está, fervendo em ira.
Ao camponês ele aconselha
Privadamente, diz-lhe à orelha:
— Onde estão eles? Dize, pois!
— Lá no Morroi, na choça, os dois

A luva, o anel e a espada

Dorment estroit et embrachiez.
Vien tost, ja seron d'eus vengiez.
Rois, s'or n'en prens aspre venjance,
N'as droit en terre, sanz doutance.
Li rois li dist: — Is t'en la fors.   1.905
Si chier conme tu as ton cors,
Ne dire a nul ce que tu sez,
Tant soit estrange ne privez.
A la Croiz Roge, au chemin fors,
La on enfuet sovent les cors,   1.910
Ne te movoir, iluec m'atent.
Tant te dorrai or et argent
Com tu voudras, je l'afi toi.
Le forestier se part du roi,
A la Croiz vient, iluec s'asiet.   1.915
Male gote les eulz li criet,
Qui tant voloit Tristran destruire!
Mex li venist son cors conduire,
Qar puis morut a si grant honte,
Com vos orrez avant el conte.   1.920
Li rois est en la chambre entrez.
A soi manda toz ses privez,
Puis lor voia et desfendi
Qu'il ne soient ja si hardi
Qu'il allent aprés lui plain pas.   1.925
Chascun li dist: — Rois, est ce gas,
A aler vos sous nule part?
Ainz ne fu roi qui n'ait regart.
Qel novele avez vos oïe?
Ne vos movez por dit d'espie.   1.930
Li rois respont: — Ne sai novele,
Mais mandé m'a une pucele,
Que j'alle tost a lié parler.
Bien me mande n'i moigne per.

Dormindo estão, bem abraçados.
Vem logo e, pois, serás vingado!
Se agora, rei, não pões vingança,
Nada em teu reino te afiança.
O rei lhe diz: — Vai lá p'ra fora.
Ao risco de teu corpo embora,
Não digas nada do que sabes,
Com um ou muitos não te gabes!
Na Cruz Vermelha, à encruzilhada
Onde sói ser gente enterrada,
Tu não te movas! Lá irei.
Tanto ouro e prata te darei,
O quanto queiras, te afianço.
O camponês vai-se então manso,
À Cruz Vermelha à espera senta.
Cegueira o tome, violenta,
Pois a Tristão quer destruir!
Melhor seria ele partir,
Pois morrerá, sem honra, pronto,
Como ouvireis depois no conto.
O rei na câmara adentrou,
Os cortesãos todos chamou
E deu-lhes ordem bem premente
De que ninguém fosse imprudente
Para segui-lo nem um passo.
Cada lhe diz: — Que descompasso,
Ir-vos tão só a parte alguma?
Não sai rei sem guarda nenhuma!
Que novidade ouvistes vós?
De espia não sigais a voz!
O rei responde: — Nada eu soube!
De uma donzela apelos houve
P'ra que com ela eu vá falar.
Mandou-me ninguém mais levar.

A luva, o anel e a espada

G'irai tot seus sor mon destrier,   1.935
Ne merrai per ne escuïer.
A ceste foiz irai sanz vos.
Il responent: — Ce poise nos.
Chatons commanda a son filz
A eschiver les leus soutiz.   1.940
Il respont: — Je le sai assez.
Laisiez moi faire auques mes sez.
Li rois a fait sa sele metre,
S'espee çaint, sovent regrete
A lui tot sol la cuvertise   1.945
Que Tristran fist, qant il l'ot prisse
Yseut la bele o le cler vis,
O qui s'en est alé fuitis.
S'il les trove, molt les menace,
Ne laira pas ne lor mesface.   1.950
Molt est li rois acoragiez
De destruire: c'est granz pechiez!
De la cité s'en est issuz
Et dist mex veut estre penduz
Qu'il ne prenge de ceus venjance   1.955
Que li ont fait tel avilance.
A la croiz vint, ou cil l'atent.
Dist li qu'il aut isnelement
Et qu'il le meint la droite voie.
El bois entrent, qui molt ombroie.   1.960
Devant le roi se met l'espie;
Li rois le sieut, qui bien s'i fie
En l'espee que il a çainte,
Dont a doné colee mainte.
Si fait il trop que sorquidez;   1.965
Quar, se Tristran fust esvelliez,
Li niés o l'oncle se meslast,
Li uns morust, ainz ne finast.

172

Em meu corcel vou só, ligeiro,
E mais ninguém, nem escudeiro,
Pois desta vez irei sem vós.
Dizem então: — Preocupa a nós!
Catão ao filho ordena, é certo,
Evitar, sim, lugar deserto.
Ele responde: — Sei-o bem.
Fazer deixai-me o que convém.
A sela logo mandou pôr,
Cingiu a espada, veio a dor
Pelo amargor que teve, quando
(Deu-lho Tristão), dele roubando
Isolda, a bela e radiante,
Co'ela fugiu-lhe, confiante.
Já se os encontra, os ameaça,
Não deixa os dois sem que mal faça.
Muito está, sim, encorajado
A destruí-los: que pecado!
Sai da cidade, muito irado,
E diz: melhor ser enforcado
Que não ter deles sua vingança,
Dos que o aviltam à abastança.
À Cruz chegou, onde o outro espera.
Diz vá veloz quanto pudera
E que lhe mostre a boa via.
Entram na mata tão sombria.
Diante do rei se põe o espia,
O rei o segue, pois se fia
Na espada posta assim de lado,
Com ela golpes bons tem dado.
Mas era muita presunção,
Pois, se acordasse o bom Tristão,
Sobrinho e tio em luta entrassem,
Morria alguém, sem que a findassem.

A luva, o anel e a espada

Au forestier dist li rois Mars
Qu'il li dorroit d'argent vint mars, 1.970
Sel menoit tost a son forfet.
Li forestier (qui vergonde ait)
Dist que prés sont de lor besoigne.
Du buen cheval, né de Gascoigne,
Fait l'espie le roi descendre, 1.975
De l'autre part cort l'estrier prendre;
A la branche d'un vert pomier
La reigne lïent du destrier.
Poi vont avant, qant ont veü
La loge por qu'il sont meü. 1.980
Li rois deslace son mantel,
Dont a fin or sont li tasel;
Desfublez fu, mot ot gent cors.
Del fuerre trait l'espee fors.
Iriez s'en torne, sovent dit 1.985
Q'or veut morir s'il nes ocit.
L'espee nue an la loge entre.
Le forestier entre soventre,
Grant erre aprés le roi acort;
Li ros li çoine qu'il retort. 1.990
Li rois en haut le cop leva,
Iré le fait, si se tresva.
Ja descendist li cop sor eus;
Ses oceïst, ce fust grant deus.
Qant vit qu'ele avoit sa chemise, 1.995
Et q'entre eus deus avoit devise,
La bouche o l'autre n'ert jostee,
Et qant il vit la nue espee
Qui entre eus deus les desevrot,
Vit les braies que Tristran out: 2.000
— Dex! dist li rois, ce que peut estre?
Or ai veü tant de lor estre,

Ao camponês diz o rei Marcos
Que lhe daria vinte marcos
Caso o levasse ao criminoso.
O camponês — que vergonhoso! —
Diz perto estão, sem quem se oponha.
Do bom cavalo da Gasconha
O espia faz o rei descer,
Do estribo o faz se desprender.
No ramo duma macieira
As rédeas prendem, na clareira.
Um pouco avançam e já veem
A choça pela qual lá vêm.
Abre o seu manto o rei, então,
De ouro ele tem cada botão.
Retira-o já — bom corpo tinha,
Arranca a espada da bainha.
Irado está, só quer — repete —
Morrer se a espada não lhes mete.
Co'a espada nua a choça adentra,
E o camponês também já entra.
Bem perto vai do rei, agora,
E o rei lhe ordena ir logo embora.
O golpe o rei então prepara,
Irado está, mas logo para:
O golpe seu já desferia —
Se então matasse, mal faria! —
Quando a viu, pois, assim vestida,
Distância entre eles comedida,
As suas bocas intocadas,
E quando viu a nua espada,
Que, meio aos dois, os separava,
Viu que Tristão bragas usava:
— Deus! — diz o rei — Que pode ser?
A vida deles pude ver!

A luva, o anel e a espada

Dex! Je ne sai que doie faire,
Ou de l'ocire ou du retraire.
Ci sont el bois, bien a lonc tens.   2.005
Bien puis croire, se je ai sens,
Se il l'amasent folement,
Ja n'i eüsent vestement,
Entrë eus deus n'eüst espee,
Autrement fust cest'asenblee.   2.010
Corage avoie d'eus ocire:
Nes tocherai, retrairai m'ire.
De fole amor corage n'ont.
N'en ferrai nul. Endormi sont:
Se par moi eirent atouchié,   2.015
Trop par feroie grant pechié;
Et se g'esvel cest endormi
Et il m'ocit ou j'oci lui,
Ce sera laide reparlance.
Je lor ferai tel demostrance   2.020
Ançois qu'il s'esvelleront,
Certainement savoir porront
Qu'il furent endormi trové
Et q'en a eü d'eus pité,
Que je nes vuel noient ocire,   2.025
Ne moi ne gent de mon empire.
Ge voi el doi a la reïne
L'anel o pierre esmeraudine;
Or li donnai (molt par est buens),
Et g'en rai un qui refu suens: 2.030
Osterai li mien du doi.
Uns ganz de vair ai je o moi,
Qu'el aporta o soi d'Irlande.
Le rai qui sor la face brande
(Qui li fait chaut) en vuel covrir.   2.035
Et, qant vendra au departir,

Deus! Não sei mais como atuar,
Se os vou matar, se os vou deixar!
No bosque há muito tempo estão
E se creria — quem diz não? —,
Caso se amassem com loucura,
Que vestes já ninguém procura
E espada os não separaria,
Sua união outra seria!
Matá-los vim, encorajado,
Não os tocarei, não fico irado.
De louco amor não têm intento.
Nada farei. Dormem isentos:
Sendo por mim estropiados,
Farei eu, sim, grande pecado;
Se eu o tirar do sono seu
E ele me mata ou mato-o eu,
Seria má situação.
Darei, pois, tal demonstração,
P'ra que, tão logo eles acordem,
Saibam deixei-lhes tudo em ordem
Depois que dormindo os achei
E de piedade me fartei:
Que não os quero assim matar —
Ninguém no império o vai ousar.
Vejo no dedo da rainha
O anel co'a pedra esmeraldina
Que a ela dei — muito valeu —
E tenho este outro que era seu:
Tirar-lhe o meu do dedo venho.
Luvas de pele fina eu tenho,
Que ela me trouxe lá da Irlanda.
O raio que em sua face branda —
Que faz calor — quero cobrir.
E a hora vindo de partir,

A luva, o anel e a espada

Prendrai l'espee d'entre eus deus
Dont au Morhot fu le chief blos.
Li rois a deslïé les ganz,
Vit ensemble les deus dormanz, 2.040
Le rai qui sor Yseut decent
Covre des ganz molt bonement.
L'anel du doi defors parut:
Souef le traist, qu'il ne se mut.
Primes i entra il enviz; 2.045
Or avoit tant les doiz gresliz
Qu'il s'en issi sanz force fere;
Molt l'en sot bien li rois fors traire.
L'espee qui entre eus deus est
Souef oste, la soue i met. 2.050
De la loge s'en issi fors,
Vint au destrier, saut sor le dos;
Au forestier dist qu'il s'en fuie,
Son cors trestort, si s'en conduie.
Vet s'en li rois, dormant les let. 2.055
A cele foiz n'i a il plus fait.
Reperiez est a sa cité,
De plusorz parz out demandé
Ou a esté et ou tant fut.
Li rois lor ment: pas n'i connut 2.060
Ou il ala ne que il quist
Ne de faisance que il fist.
Mais or oiez des endormiz
Que li rois out el bois gerpiz.
Avis estoit a la roïne 2.065
Qu'ele ert en une grant gaudine,
Dedenz un riche pavellon.
A li venoient dui lion
Que la voloient devorer;
Et lor voloit merci crïer, 2.070

A espada entre eles tomar vou —
A que o Morhot decapitou.
O rei das luvas se despiu,
Os dois dormindo juntos viu.
A Isolda o raio que alumia
Mui bem cobriu com galhardia.
O anel, que ao dedo dela estava,
Com contenção, suave o puxava.
Difícil foi para entrar antes,
Mas a magreza ora ultrajante
Do dedo o fez logo sair
E o rei bem soube o extrair.
A espada em meio aos dois pegou,
Com contenção, suave a puxou.
Saiu da choça que os encobre,
Foi ao corcel, saltou-lhe sobre;
Ao camponês mandou partir,
Sair dali, logo fugir.
Já vai-se o rei, dormindo os deixa,
Por esta vez não lhe têm queixa.
Retorna então para a cidade.
Perguntam-lhe à saciedade
Onde estivera, andara aonde,
O rei lhes mente, não responde
Por que é que fora, onde estivera
Menos ainda o que fizera.
Mas ora ouvi de quem dormia
Onde os deixado o rei havia.
Com a rainha estava um sonho:
Sozinha num mato medonho
Estava em rico pavilhão
E vinham dois leões, então,
Querendo logo a devorar;
Piedade! quis ela gritar,

A luva, o anel e a espada

Mais li lion, destroiz de fain,
Chascun la prenoit par la main.
De l'esfroi que Yseut en a
Geta un cri, si s'esvella.
Li gant paré du blanc hermine   2.075
Li sont choiet sor la poitrine.
Tristan, du cri qu'il ot, s'esvelle,
Tote la face avoit vermelle.
Esfreez s'est, saut sus ses piez,
L'espee prent com home iriez.   2.080
Regarde el brant, l'osche ne voit:
Vit le pont d'or qui sus estoit,
Connut que c'est l'espee au roi.
La roïne vit en son doi
L'anel que li avoit doné,   2.085
Le suen revit du dei osté.
Ele cria: — Sire, merci!
Li rois nos a trovez ici.
Il li respont: — Dame, c'est voirs.
Or nos covient gerpir Morrois,   2.090
Qar mot li par somes mesfait.
M'espee a, la soue me lait:
Bien nos peüst avoir ocis.
— Sire, voire, ce m'est avis.
— Bele, or n'i a fors du fuïr.   2.095
Il nos laissa por nos traïr:
Seus ert, si est alez por gent.
Prendre nos quide, voirement.
Dame, fuion nos en vers Gales.
Le sanc me fuit. Tot devient pales.   2.100
Atant, es vos lor escuier,
Que s'en venoit o le destrier.
Vit son seignor (pales estoit),
Demande li que il avoit.

Mas os leões com fome estão
Cada um a pega pela mão...
Do pavor que a Isolda afeta,
Alto ela grita e bem desperta.
De arminho as luvas enfeitadas
No peito caem-lhe intocadas.
Tristão, co'o grito, então desperta,
Vermelha a face e bem alerta.
Levanta-se ele apavorado,
A espada pega muito irado.
O fio olhou, fenda não viu,
O entalhe de ouro descobriu:
Soube a espada do rei ser.
No dedo Isolda pode ver
O anel que tinha ela lhe dado
E como o seu foi retirado.
Grita: — Senhor, suplico a ti:
Nos encontrou o rei aqui!
Ele: — Deveras, dama, e bem,
Do Morrois ir é o que convém!
Como bandidos nos acua,
Pegou-me a espada, deu-me a sua.
Matar-nos, pois, bem poderia.
— Senhor, verdade! É o que eu dizia!
— Bela, a nós resta só fugir,
A nós poupou só p'ra trair.
Estava só, foi buscar gente,
Prender-nos quer mui certamente.
P'ra Gales já, fujamos — ai!
Foge-me o sangue... A cor lhes vai.
Nisso eles veem o escudeiro
Que no corcel volta ligeiro.
Viu seu senhor, que palidez!
Pergunta o que é que se lhe fez.

A luva, o anel e a espada

— Par foi, mestre, Marc li gentis   2.105
Nos a trovez ci endormis;
S'espee lait, la moie en porte:
Felonie criem qu'il anorte.
Du doi Yseut l'anel, le buen,
En a porté, si lait le suen: 2.110
Par cest change poon parçoivre,
Mestre, que il nos veut deçoivre;
Qar il ert seus, si nos trova,
Poor li prist, si s'en torna.
Por gent s'en est alez arrire,   2.115
Dont il a trop et baude et fire.
Ses amerra, destruire veut
Et moi et la roïne Yseut;
Voiant le pueple, nos veut pendre,
Faire ardoir et venter la cendre.   2.120
Fuion, n'avon que demorer.
N'avet en eus que demorer.
S'il ont poor, n'en püent mais:
Li rois sevent fel et engrés.
Torné s'en sont bone aleüre.   2.125
Le roi doutent, por l'aventure.
Morrois trespasent, si s'en vont.
Grans jornees par poor font,
Droit vers Gales s'en sont alé.
Molt les avra amors pené.   2.130

— Mestre, por Deus! Marco, o gentil,
Dormindo aqui nos descobriu.
A espada pôs, levou a minha,
Temo que um mal no peito aninha.
O anel de Isolda ele tirou,
Co'ele levou, o seu deixou.
Por essa troca se percebe,
Mestre, que nos pegar concebe,
Pois, só estando, nos achou,
Medo o deteve, então voltou.
Homens buscar foi, em suporte,
Pois muitos tem, hábeis e fortes.
Logo os trará, pois destruir quer
A mim e a Isolda, sua mulher.
O povo a ver, quer-nos pegar,
Queimar e as cinzas espalhar.
Fujamos, pois, sem mais demora.
Não tinham por que ter demora.
Se pavor têm, não falta alento:
E o rei sabiam ser violento.
Embora vão, medo os apura,
Temem o rei, pela aventura.
O Morrois deixam, logo partem,
Longas jornadas, pois, compartem.
Direto a Gales vão, coitados,
O amor os tem bem apenados.

A luva, o anel e a espada

Trois anz plainiers sofrirent peine,
Lor char pali et devint vaine.
Seignors, du vin de qoi il burent
Avez oï, por qoi il furent
En si grant paine lonctens mis;   2.135
Mais ne savez, ce m'est avis,
A conbien fu determinez
Li lovendrins, li vin herbez:
La mere Yseut, qui le bolli,
A trois anz d'amistié le fist.   2.140
Por Marc le fist et por sa fille:
Autre en pruva, qui s'en essille.
Tant com durerent li troi an,
Out li vins si soupris Tristran
Et la roïne ensenble o lui   2.145
Que chascun disoit: — Las n'en sui.
L'endemain de la Saint Jehan
Aconpli furent li troi an
Que cil vin fu determinez.
Tristran fu de son lit levez,   2.150
Yseut remest en sa fullie.
Tristran, sachiez, une doitie
A un cerf traist, qu'il out visé,
Par les flans l'a outrebersé.
Fuit s'en li cerf, Tristran l'aqeut;   2.155

A reabilitação de Isolda

Três anos foi quanto sofreram,
Sem cor estão, enfraqueceram.
Senhores, por beber o vinho,
Ouvistes que por tal caminho
De penas tanto tempo estão,
Mas não sabeis — sou de opinião —
Quanto o efeito se conserva
Do *lovendrinc*, vinho com ervas:
A mãe de Isolda à infusão
Três anos deu p'ra sua ação.
P'ra Marco fez e p'ra sua filha,
Outro provou — outra partilha.
Três anos sim de duração
O vinho assim prendeu Tristão
E junto com ele a rainha.
Cada um dizia: — Oh, sina a minha!
No dia após o de São João
Dos anos veio a conclusão
Que ao vinho deu-se por efeito.
Tristão levanta de seu leito,
Isolda está ainda deitada.
Tristão, sabei, numa cilada
Um cervo que visou feriu,
No flanco foi que o atingiu.
O cervo foge. Tristão segue.

Que soirs fu plains tant le porseut.
La ou il cort aprés la beste,
L'ore revient, et il s'areste,
Qu'il ot beü le lovendrant.
A lui seus senpres se repent: 2.160
— Ha, Dex! fait il, tant ai traval!
Trois anz a hui, que rien n'i fal,
Onques ne me falli pus paine
Ne a foirié n'en sorsemaine.
Oublïé ai chevalerie,   2.165
A seure cort et baronie.
Ge sui essillié du païs,
Tot m'est falli et vair et gris,
Ne sui a cort a chevaliers.
Dex! Tant m'amast mes oncles chiers,   2.170
Se tant ne fuse a lui mesfez!
Ha, Dex! Tant foiblement me vet!
Or deüse estre a cort a roi,
Et cent danzeaus avoques moi,
Qui servisent por armes prendre   2.175
Et a moi lor servise rendre.
Aler deüse en autre terre
Soudoier et soudees querre.
Et poise moi de la roïne,
Qui je doins loge por cortine.   2.180
En bois est, et si peüst estre
En beles chanbres, o son estre,
Portendues de dras de soie.
Por moi a prise male voie.
A Deu, qui est sire du mont,   2.185
Cri ge merci, que il me donst
Itel corage que je lais
A mon oncle sa feme en pais.
A Deu vo je que jel feroie

A tarde cai, ele prossegue.
Lá onde atrás do bicho ataca,
Sua hora vem — logo ele estaca —
De quando o *lovendrant* bebeu.
Consigo logo arrependeu:
— Ah, Deus! — falou — quanto trabalho!
Três anos, sem um dia falho
Em que me não viessem penas,
Sem feriado algum apenas!
Esqueci da cavalaria,
A corte toda e a baronia!
Exílio tenho duradouro,
Tudo me falta, pele e couro,
Nem vou à corte, eu cavaleiro!
Meu tio — Deus! —, a mim primeiro
Amar podia sem disputa!
Ah, Deus! caí em tal labuta!
Devia estar junto do rei
Com cem donzéis por minha grei,
Que eu ensinasse armas pegar
E a mim serviço eles prestar.
Andar por terras eu devia,
Servindo a soldo o que podia.
Muito pior vai a rainha,
A quem não dei o que convinha.
Está no bosque e estar podia
Em bela alcova e companhia,
Salão com sedas enfeitado.
Por mim pegou o rumo errado!
A Deus, que é senhor do mundo,
Piedade peço e o dom profundo,
Se corajoso ele me faz,
De ao tio a esposa dar em paz.
Juro ao bom Deus bem o fazer

A reabilitação de Isolda

Molt volentiers, se je pooie,   2.190
Si que Yseut fust acordee
O le roi Marc, qu'est esposee,
Las! si quel virent maint riche ome
Au fuer q'en dit la loi de Rome.
Tristran s'apuie sor son arc,   2.195
Sovent regrete le roi Marc,
Son oncle, qui a fait tel tort,
Sa feme mise a tel descort.
Tristran au soir se dementoit.
Oiez d'Iseut com li estoit!   2.200
Sovent disoit: — Lasse, dolente,
Por qoi eüstes vos jovente?
En bois estes com autre serve,
Petit trovez qui ci vos serve.
Je sui roïne, mais le non   2.205
En ai perdu par ma poison
Que nos beümes en la mer.
Ce fist Brengain, qu'i dut garder:
Lasse! Si male garde en fist!
El n'en pout mais, quar j'ai trop pris.   2.210
Les damoiseles des anors,
Les filles as frans vavasors,
Deüse ensenble o moi tenir
En mes chanbres, por moi servir,
Et les deüse marïer   2.215
Et as seignors por bien doner.
Amis Tristran, en grant error
Nos mist qui le boivre d'amor
Nos aporta ensenble a boivre,
Mex ne nos pout el pas deçoivre.   2.220
Tristran li dist: — Roïne gente,
En mal usons nostre jovente.
Bele amie, se je peüse,

De pronto, caso em meu poder:
Que Isolda seja logo dada
Ao rei, com quem foi desposada —
Sim! de homens viu-o grande soma,
Conforme diz a lei de Roma.
Tristão apoia-se em seu arco,
Tem muita pena do rei Marco,
Seu tio, que, em tal desacerto,
A mulher pôs em desconcerto.
Tristão na noite lamentava.
Ouvi de Isolda como estava.
Só repetia: — Ai que infeliz!
Da juventude o que é que eu fiz?
Vivo no bosque como serva,
Serviço ninguém me reserva!
Sou eu rainha e o nome pleno
Perdi por causa do veneno
Que nós bebemos sobre o mar!
Brengain devia isso guardar,
Mas vê-se a guarda que ela fez:
E bebi tudo eu de uma vez!
Das damas de honra — disso falo —,
Das filhas dos francos vassalos:
Comigo eu as devia ter
No quarto meu, p'ra me prover,
E meu mister era as casar,
A bons senhores todas dar.
Tristão amigo, neste horror
Nos pôs quem bebida de amor
Nos trouxe e juntos fez beber:
Logro maior não pode haver!
Tristão lhe diz: — Gentil rainha,
A jovens isso não convinha!
Amiga bela, se eu pudesse,

A reabilitação de Isolda

Par consel que je en eüse,
Faire au roi Marc acordement, 2.225
Qu'il pardonnast son mautalent
Et qu'il preïst nostre escondit,
C'onques nul jor, n'en fait n'en dit,
N'oi o vos point de drüerie
Que li tornast a vilanie. 2.230
N'a chevalier en son roiaume,
Ne de Lidan tresque en Dureaume,
S'il voloit dire que amor
Eüse o vos por deshonor,
Ne m'en trovast en chanp, armé. 2.235
Et s'il avoit en volenté,
Qant vos avrïez desrenie,
Qu'il me soufrist de sa mesnie,
Gel serviroie o grant honor,
Comme mon oncle et mon seignor: 2.240
N'avroit soudoier en sa terre
Qui miex le servist de sa guerre.
Et s'il estoit a son plesir
Vos a prendre et moi de gerpir,
Qu'il n'eüst soin de mon servise, 2.245
Ge m'en iroie au roi de Frise,
Ou m'en passeroie en Bretaigne
O Governal, sanz plus compaigne.
Roïne franche, ou que je soie,
Vostre toz jorz me clameroie. 2.250
Ne vosise la departie,
S'estre peüst la conpaignie,
Ne fust, bele, la grant soufraite
Que vos soufrez et avez faite
Toz dis por moi par desertine. 2.255
Por moi perdez non de roïne.
Estre peüses a anor

Por parecer, que alguém me desse,
Com o rei Marco me acordar,
De modo a ira ele deixar
Para aceitar o veredito
Que dia algum, por feito ou dito,
Por vós eu tive simpatia
Que redundasse em vilania...
E cavaleiro, em teima vã,
De Dureaume até Lidan,
Se amor dizer então quisesse
Que por desonra eu vos tivesse,
Não há que não me encontre armado!
Caso ele o tenha de bom grado,
Quando tiverdes-vos remido,
Na corte tendo-me incluído,
Servi-lo-ei com pundonor
Como meu tio e meu senhor:
Não terá ele em sua terra
Quem mais o sirva em sua guerra.
Mas se quiser, pois, decidir
Vos receber, mas eu partir,
Caso de mim não mais precise,
Irei buscar o rei de Frise
Ou à Bretanha passarei,
Com Governal sozinho irei.
Rainha franca, onde é que esteja,
Vosso p'ra sempre eu todo seja!
Separação eu não queria
Se o preço de mi'a companhia
Não fosse, bela, a privação
Que sofreis, ora e desde então,
Por mim, sem fim, neste deserto.
O nome vós, por me ter perto,
Perdestes sim. Honra teríeis,

A reabilitação de Isolda

En tes chanbres, o ton seignor,
Ne fust, dame, li vins herbez
Qui a la mer nos fu donnez.   2.260
Yseut, franche, gente façon,
Conselle moi: que nos feron?
— Sire, Jesu soit gracïez,
Qant degerpir volez pechiez!
Amis, menbre vos de l'ermite   2.265
Ogrin, qui de la loi escrite
Nos preecha et tant nos dist,
Quant tornastes a son abit,
Qui est el chief de cel boschage!
Beaus amis douz, se ja corage   2.270
Vos ert venuz de repentir,
Or ne peüst mex avenir.
Sire, corons a lui ariere.
De ce sui tote fïanciere:
Consel nos doroit honorable,   2.275
Par qoi a joie pardurable
Porron ancore bien venir.
Tristran l'entent, fist un sospir
Et dist: — Roïne de parage,
Tornon arire a l'ermitage.   2.280
Encor enuit ou le matin,
O le consel de maistre Ogrin,
Manderon a nostre talent
Par briés, sans autre mandement.
— Amis Tristran, molt dites bien.   2.285
Au riche roi celestïen
Puison andui crïer merci,
Qu'il ait de nos, Tristran ami!
Arrire tornent el boschage,
Tant ont erré qu'à l'ermitage   2.290
Vindrent ensenble li amant.

Na corte co'o rei estaríeis,
Não fosse, dama, aquele vinho:
No mar bebemo-lo sozinhos.
Isolda franca, ilustre a vemos,
Conselho dá-me: o que faremos?
— Senhor, Jesus receba graças,
Que do pecado sair-vos faça!
Lembrai, amigo, o eremita
Ogrin, que toda a lei escrita
Nos ensinou, tanto falou-vos,
Quando na ermida hospedou-vos,
Lá no limite da floresta.
Amigo doce, a audácia esta
Que tendes de arrepender-vos
Ora não pode mais deter-vos.
Senhor, corramos lá de volta,
A confiança é que me escolta.
Conselho nos daria honrável,
Pelo qual gozo perdurável
Pode nos vir, como eu aspiro.
Tristão a ouve, co'um suspiro,
E diz: — Rainha, em tanto havida,
Voltemos, pois, àquela ermida:
Agora à noite ou de manhã,
Ogrin nos dê proposta sã.
Nosso desejo enviaremos
Por carta — e nada mais diremos.
— Tristão amigo, seja tal!
E ao rico e bom rei celestial
Graças dai vós — convosco eu sigo —
Por nos salvar, Tristão amigo!
Voltam atrás, no bosque avançam,
Caminham tanto, a ermida alcançam,
Até lá vão os dois amantes:

L'ermite Ogrin trovent lisant.
Qant il les vit, bel les apele
(Assis se sont en la chapele):
— Gent dechacie, a con grant paine   2.295
Amors par force vos demeine!
Combien durra vostre folie!
Trop avez mené ceste vie.
Et queles, quar vos repentez!
Tristran li dist: — Or escoutez.   2.300
Si longuement l'avon menee,
Itel fu notre destinee.
Trois anz a bien, que rien n'i falle,
Onques ne nos falli travalle.
S'or poïons consel trover   2.305
De la roïne racorder,
Je ne querrai ja plus nul jor
Estre o le roi Marc a seignor;
Ainz m'en irai ançois un mois
En Bretaigne ou en Loenois.   2.310
Et se mes oncles veut soufrir
Moi a sa cort por lui servir
Gel servirai si com je doi.
Sire, mon oncle est riche roi.

....   2.315
Le mellor consel nos donnez,
Por Deu, sire, de ce qu'oez,
Et nos feron vos volentez.
Seignors, oiez de la roïne:
As piez l'ermite chiet encline.   2.320
De lui proier point ne se faint
Qu'il les acort au roi, se plaint:
— Qar ja corage de folie
Nen avrai je jor de ma vie.
Ge ne di pas, a vostre entente,   2.325

Acham Ogrin, a ler, como antes.
Quando ele os vê, os interpela,
Assentam todos na capela:
— Ó párias meus, a quanta pena
O amor, com força, vos condena!
Há quanto estão nessa loucura!
Tempo demais tal vida dura:
Peço-vos pois: vos emendai!
Tristão lhe diz: — Ora escutai:
Por tanto tempo assim vivemos,
Foi o destino que tivemos.
Três anos são, sem dia falho,
Em que não nos faltou trabalho.
Se, pois, pudermos meio achar
De Isolda reconciliar,
Não buscarei nem mais um dia
A Marco fazer companhia,
Mas este mês irei sem manha
A Loenois ou à Bretanha —
E se meu tio preferir
Ter-me na corte p'ra o servir,
Como se deve o servirei.
Senhor, meu tio é rico rei.
....
Conselho dai-nos, o melhor,
Por Deus, Senhor, do que escutais:
Faremos, pois, o que ordenais.
Ouvi, Senhores, da rainha:
Do monge aos pés humilde vinha,
De suplicar não se envergonha
Que o rei e os dois acordes ponha:
— Pois já não mais louco pendor
Terei eu, seja como for.
Não digo, pois — para que entendas —,

A reabilitação de Isolda

Que de Tristran jor me repente,
Que je ne l'aim de bone amor
Et com amis, sanz desanor:
De la comune de mon cors
Et je du suen some tuit fors.   2.330
L'ermites l'ot parler, si plore,
De ce q'il ot Deu en aoure:
— Ha, Dex! Beaus rois omnipotent,
Graces, par mon buen cuer, vos rent,
Que vivre tant m'avez laisiez   2.335
Que ces deus genz de lor pechiez
A moi en vindrent consel prendre.
Granz grez vos en puise je rendre!
Ge jur ma creance et ma loi,
Buen consel averez de moi.   2.340
Tristran, entent moi un petit
(Ci es venuz a mon habit),
Et vos, roïne, a ma parole
Entendez, ne soiez pas fole.
Qant home et feme font pechié,   2.345
S'anz se sont pris et sont quitié
Et s'aus vienent a penitance
Et aient bone repentance,
Dex lor pardone lor mesfait,
Tant ne seroit orible et lait.   2.350
Tristran, roïne, or escoutez
Un petitet, si m'entendez.
Por honte oster et mal covrir
Doit on un poi par bel mentir.
Qant vos consel m'avez requis,   2.355
Gel vos dorrai sanz terme mis.
En parchemin prendrai un brief.
Saluz avra el premier chief.
A Lancïen le trametez,

Que de Tristão eu me arrependa,
Pois lhe dedico bom amor
De amigo só, sem despudor:
A conjunção do corpo meu
Co'o corpo seu já se perdeu.
O eremita os ouve e chora,
Pelo que ouviu a Deus implora:
— Ah, Deus! bom rei onipotente,
Graças vos dou, de alma contente,
Por me deixardes, sim, viver
E, do pecado, os dois fazer
Virem a mim se aconselhar:
Graças então vos possa eu dar!
Por minha crença e minha lei
Um bom conselho vos darei.
Tristão, em mim atenção presta —
Vieste tu a mi'a floresta —
E o que, rainha, eu digo mais
Escutai, louca não sejais.
Quando homem peca com mulher,
Depois do amor, cisão se quer
E fazem ambos penitência,
Arrependidos, com consciência,
Deus lhes perdoa seus malfeitos,
Quanto mais a sanção sujeitos.
Tristão, rainha, ora escutai,
Um pouco só considerai:
Vergonha e mal para encobrir
Preciso é um pouco e bem mentir.
Já que conselho me pedis
Vo-lo darei, portanto ouvi.
Em pergaminho escreverei:
Saudações vão de início ao rei.
A Lancien as enviai,

A reabilitação de Isolda

Le roi par bien salu mandez.　　　　　　　2.360
En bois estes o la roïne,
Mis, s'il voloit de lui saisine
Et pardonast son mautalent,
Vos ferïez por lui itant:
Vos en irïez a sa cort;　　　　　　　　　2.365
N'i avroit fort, sage ne lort,
S'il veut dire qu'en vilanie
Eüsiez prise drüerie,
Si vos face li rois Marc pendre,
Se vos ne vos poez defendre.　　　　　　　2.370
Tristran, por ce t'os bien loer,
Que ja n'i troveras ton per
Qui gage doinst encontre toi.
Icest consel te doin par foi.
Ce ne puet il metre en descort:　　　　　　2.375
Qant il vos vout livrer a mort
Et en feu ardoir, par le nain
(Cortois le virent et vilain),
Il ne voloit escouter plait.
Qant Dex vos avoit merci fait　　　　　　　2.380
Que d'iluec fustes eschapez,
Si com il est oï assez,
Que, se ne fust la Deu vigor,
Destruit fusiez a desonor
(Tel saut feïstes qu'il n'a home,　　　　　　2.385
De Costentin entresqu'a Rome,
Se il le voit, n'en ait hisdor),
Iluec fuïstes par poor.
Vos rescosistes la roïne.
S'avez esté pus en gaudine.　　　　　　　2.390
De sa terre vos l'amenastes,
Par mariage li donastes.
Tot ce fu fait, il le set bien;

Ao rei por bem votos mandai.
No bosque estais com a rainha,
Mas se reavê-la a ele convinha,
Deixando a ira sua enfim,
Faríeis, pois, para ele assim:
Iríeis vós à sua corte,
Aí não há ninguém tão forte
Que diga que é por vilania
Que tanto amor em vós havia —
E a vós o rei faça enforcar
Se àquele não fazeis calar.
Tristão, a vós devo louvar
Porque bem sei não tendes par
Que contra vós combata invicto:
Este conselho dou convicto.
Não tem o rei falta que aporte:
Quando vos deu pena de morte,
Queimar no fogo, pelo anão,
Viu cada qual, cortês, vilão,
Que a ninguém mais ouvidos deu.
Quando a mercê Deus concedeu
De que escapásseis da traição,
Do que, sim, todos cientes são,
De Deus não fosse o bom vigor,
Um fim teríeis sem valor.
O salto que destes já toma,
De Costentin indo até Roma,
A quem o vê, com puro horror —
E vós fugistes por pavor.
Vossa rainha então salvastes,
No bosque já com ela entrastes
(De sua terra é que a trouxestes
E em casamento ao rei a destes:
Tudo se fez, sabe ele bem,

A reabilitação de Isolda

Nocie fu a Lencïen
Mal vos estoit lié a fallir,   2.395
O lié vosistes mex fuïr.
S'il veut prendre vostre escondit
Si qel verront grant et petit,
Vos li offrez a sa cort faire.
Et se lui venoit a viaire,   2.400
Qant vos serez de lui loiaus,
Au loement de ses vasaus
Preïst sa feme la cortoise.
Et, se savez que lui n'en poise,
O lui serez ses soudoiers,   2.405
Servirez le molt volentiers.
Et s'il ne veut vostre servise,
Vos passerez la mer de Frise,
Iroiz servir un autre roi.
Tex est li brif. — Et je l'otroi.   2.410
Tant ait plus mis, beau sire Ogrin,
Vostre merci, el parchemin:
Que je ne m'os en lui fïer;
De moi a fait un ban crïer.
Mais je lui prié, com a seignor   2.415
Que je molt aim de bone amor,
Un autre brief reface faire,
S'i face escrire tot son plaire;
A la Croiz Roge, anmi la lande,
Pende le brief, si le conmande.   2.420
Ne li os mander ou je sui,
Ge criem qu'il ne me face ennui.
Ge crerai bien, qant je l'avrai,
Le brief: quant qu'il voudra ferai.
Maistre, mon brief set seelé!   2.425
A la queue escriroiz: Vale!
A cest foiz je n'i sai plus.

Em Lancien suas bodas tem):
A vós rumor vem perseguir,
Que preferistes mais fugir.
Se acata o vosso juramento
(Grande ou pequeno o ouça atento),
Ofereceis fazer-lhe a corte;
E se lhe parecer, por sorte,
Que sois a ele mui leal,
Muito louvor cabendo a tal,
Acolha já sua mulher.
Se coisas tais ele bem quer,
Sereis então de seus soldados
E o servireis com todo grado.
Caso de vós não mais precise,
Cruzareis vós o mar de Frise,
Ireis um outro rei servir.
A carta eis. — Penso convir,
Mas peço pôr, Senhor Ogrin,
Por mercê, mais na carta assim
(Que nele eu não ouso fiar,
Pois contra mim fez proclamar):
Então lhe peço, a meu senhor,
Que eu amo sim, com bom amor,
Que carta a mim mande fazer
E o que quiser nela escrever.
Na Cruz Vermelha, em meio à mata,
Mande ele alguém prender a carta.
Mas não a mande onde eu esteja,
Temo o que faça ao que me veja.
Confiarei quando tiver
A carta: seja o que quiser.
Mestre, isso eu disse como pude.
No fim escrevereis: Saúde!
Não tenho mais o que dizer.

A reabilitação de Isolda

Ogrins l'ermite lieve sus,
Pene et enque et parchemin prist.
Totes ces paroles i mist.   2.430
Qant il out fait, prist un anel,
La pierre passot el seel.
Seelé est, Tristran le tent,
Il le reçut molt bonement.
— Quil portera? dist li hermites.   2.435
— Gel porterai. — Tristran, nu dites.
— Certes, sire, si ferai bien,
Bien sai l'estre de Lancïen.
Beau sire Ogrin, vostre merci,
La roïne remaindra ci;   2.440
Et anevois, en tens oscur,
Qant li rois dormira seür,
Ge monterai sor mon destrier.
O moi merrai mon escuier.
Defors la vile, a un pendant: 2.445
La decendrai, s'irai avant.
Mon cheval gardera mon mestre,
Mellor ne vit ne lais ne prestre.
Anuit, après solel couchier,
Qant li tens prist a espoisier,   2.450
Tristran s'en torne avoc son mestre.
Bien sot tot le païs et l'estre.
A Lancïen, a la cité,
En sont venu, tant ont erré.
Il decent jus, entre en la vile.   2.455
Les gaites cornent a merville.
Par le fossé dedenz avale
Et vint errant tresque en la sale.
Molt par est mis Tristran en fort.
A la fenestre ou li rois dort   2.460
En est venuz, souef l'apele,

O monge Ogrin sai p'ra escrever.
Com tinta e cálamo, o que deve,
No pergaminho tudo escreve.
Feito, por fim o anel pegou,
Co'a pedra a carta ele selou.
Selada está. Tristão a pega,
Agradecido pela entrega.
— Quem vai levar? — diz o eremita.
— Levá-la-ei. — Deus não permita!
— Levo-a, Senhor, e bem farei,
De Lancien tudo bem sei.
Senhor Ogrin, mercê vos peço:
Tende a rainha enquanto desço.
E logo então, ficando escuro,
Enquanto o rei dorme seguro,
Em meu corcel eu montarei,
Meu escudeiro levarei.
Fora da vila há um declive,
Lá descerei, já nele estive;
Por meu cavalo o mestre zela,
Leigo nem padre um melhor vela.
À noite, após o sol se pôr,
Escuridão vence o fulgor
E com seu mestre vai Tristão:
Conhece toda a região.
A Lancien, lá na cidade
Chegaram com morosidade.
Ele desceu, ali entrou.
A guarda com fragor soou.
Passando o fosso, dentro pôs-se,
Seguindo até que ao paço fosse.
Toma Tristão anseio enorme.
Junto à janela onde o rei dorme,
Chega ele bem, suave chama,

A reabilitação de Isolda

N'avoit son de crïer harele.
Li rois s'esvelle et dit aprés:
— Qui es, qui a tel eure ves?
As tu besoin? Di moi ton non. 2.465
— Sire, Tristran m'apele l'on.
Un brief aport, sil met cil jus
El fenestrier de cest enclus.
Longuement n'os a vos parler,
Le brief vos lais, n'os plus ester. 2.470
Tristran s'en torne, li rois saut.
Par trois foiz l'apela en haut:
— Por Deu, beaus niés, ton oncle atent!
Li rois le brief a sa main prent.
Tristran s'en vet, plus n'i remaint. 2.475
De soi conduire ne se faint.
Vient a son mestre, qui l'atent,
El destrier saut legierement.
Governal dist: — Fol, qar esploites!
Alon nos enles destoletes. 2.480
Tant ont erré par le boschage
Qu'au jor vindrent a l'ermitage.
Enz sont entré. Ogrins prioit
Au roi celestre quant que il pot
Tristran defende d'enconbrier 2.485
Et Governal, son escuier.
Qant il le vit, es le vos lié:
Son criator a gracïé.
D'Iseut n'estuet pas demander
S'ele out poor d'eus encontrer. 2.490
Ainz, pus li soir qu'il en issirent
Tresque l'ermite et el les virent,
N'out les eulz essuiez de lermes:
Molt par li senbla lons cis termes.
Qant el le vit venir, lor prie... 2.495

Fazer barulho não reclama.
O rei acorda e diz assim:
— Quem a tal hora vem a mim?
Queres o quê? Quem és então?
— Senhor, me chamam de Tristão.
Carta vos trago, a deixo aqui,
Junto à janela a inseri.
Não ouso muito a vós falar,
A carta fica, eu vou zarpar.
Tristão se vai, o rei dá um salto,
Três vezes, pois, o chamou alto:
— Por Deus, sobrinho, o tio espera!
E a carta pega, que trouxera.
Vai-se Tristão. Não fica mais.
Ir logo embora é o que o atrai.
Encontra o mestre no roteiro,
Sobe ao corcel todo ligeiro.
Governal diz: — Louco, depressa!
Vamos por onde nada acessa.
Na mata embrenham, tão temida,
De dia chegam lá na ermida.
Entraram já. Ogrin pedia
Ao rei dos céus, quanto podia,
Tristão livrasse do perigo
E a Governal, o seu amigo.
Quando ele os vê, feliz parece,
Ao criador muito agradece.
A Isolda não cumpre indagar:
Temia muito o rei o achar;
Assim, depois que eles saíram
Na ermida até que então surgiram
Nada mais fez do que chorar:
A espera só fez se alongar.
Quando o viu vindo, lhes pediu...

A reabilitação de Isolda

Que il i fist — ne fu pas fole —
— Amis, di moi, se Dex t'anort,
Fus tu donc pus a la roi cort?
Tristran lor a tot reconté,
Conment il fu a la cité   2.500
Et conment o le roi parla,
Coment li rois le rapela,
Et du briés que il a gerpi,
Et con li rois trova l'escrit.
— Dex! dist Ogrins, graces te rent!   2.505
Tristran, sachiez, asez briment
Orez noveles du ro Marc.
Tristran decent, met jus son arc.
Or sejornent a l'ermitage.
Li rois esvelle son barnage.   2.510
Primes manda le chapelain.
Le brief li tent qu'a en la main.
Cil fraint la cire et lut le brief.
Le roi choisi el premier chief,
A qui Tristran mandoit saluz.   2.515
Les moz a tost toz conneüz,
Au roi a dit le mandement.
Li rois l'escoute bonement;
A grant mervelle s'en esjot,
Qar sa feme forment amot.   2.520
Li rois esvelle ses barons,
Les plus proisiez mande par nons;
Et qant il furent tuit venu,
Li rois parla, il sont teü:
— Seignors, un brief m'est ci tramis.   2.525
Rois sui sor vos, vos mi marchis.
Li briés soit liez et soit oïz;
Et qant liz sera li escriz,
Conselliez m'en, jel vos requier:

O que ele fez — louca não era:
— Amigo, dize-me, por Deus,
Chegaste à corte do rei meu?
Tristão lhe conta o que é verdade,
Como chegou ele à cidade
E como com o rei falou,
Como o rei bem logo o chamou;
Deixada a carta, sem atrito,
Como o rei, pois, achou o escrito.
— Deus! — diz Ogrin — graças somente!
Tristão, sabei, bem brevemente
Novas tereis, sim, do rei Marco.
Tristão desmonta com seu arco.
Na ermida espera a hora certa.
O rei os seus barões desperta.
Manda chamar seu capelão,
A carta dá-lhe, a tem na mão,
Este abre o selo, a carta lê.
Do rei o nome em cima vê,
A quem saúda o bom Tristão.
Todas palavras lendo então,
Ao rei expõe todo o escrito.
Escuta o rei, todo irrestrito,
Muito se alegra assim co'a trama,
Pois a mulher com força ele ama.
O rei desperta seus barões,
Chama os que têm mais distinções,
E, quando os têm bem ajuntados,
O rei lhes fala, eles calados:
— Senhores, carta me chegou,
Sois meus marqueses, o rei sou.
A carta seja lida, ouvi,
E sobre o que se escreve ali
Aconselhai-me, isto vos peço,

A reabilitação de Isolda

Vos m'en devez bien consellier.   2.530
Dinas s'en est levé premierz,
Dist a ses pers: — Seignors, oiez!
S'or oiez que ne die bien,
Ne m'en creez de nule rien.
Qui mex savra dire, si die,   2.535
Face le bien, lest la folie.
Li brief nos est ici tramis,
Nos ne savon de qel païs.
Soit liz li briés premierement;
Et pus, solonc le mandement,   2.540
Qui buen consel savra doner,
Sel nos doinst buen. Ne quier celer:
Qui son droit seignor mesconselle
Ne puet faire greignor mervelle.
Au roi dïent Corneualois: 2.545
— Dinas a dit trop que cortois.
Dan chapelain, lisiez le brief,
Oiant nos toz, de chief en chief.
Levez s'en est li chapelains.
Le brief deslie o ses deus mains,   2.550
En piez estut devant le roi:
— Or escoutez, entendez moi.
Tristran, li niés nostre seignor,
Saluz mande prime et amor
Au roi et a tot son barnage: 2.555
Rois, tu sez bien le mariage
De la fille le roi d'Irlande.
Par mer en fu jusqu'en Horlande.
Par ma proece la conquis,
Le grant serpent cresté ocis   2.560
Par qoi ele me fu donee.
Amenai la en ta contree.
Rois, tu la preïs a mollier

Conselhos bons de vós mereço.
Dinás levanta-se primeiro.
Aos pares diz: — Ouvi, ordeiros,
Se o que ouvis não digo bem,
Não me creiais nada também.
Quem fala bem, se isso procura,
Faça isso bem, deixe a loucura.
A carta o rei mostrar-nos quis —
Ela nos vem de que país?
Seja ela lida a nós primeiro
E então, conforme o costumeiro,
Quem bom conselho tenha a dar,
Só bom o dê. Quero lembrar:
Dar mau conselho a seu senhor
É de quem tem pior dispor.
Dizem ao rei os cornualhos:
— Dinás não disse nada falho.
Dom Capelão, pois lede assim,
Ouvindo nós até seu fim.
Ergueu-se então o capelão,
A carta abriu co'as duas mãos.
Em pé se pôs diante do rei:
— Escutai, pois, o que direi.
Tristão, de nosso rei sobrinho,
Saudações manda, com carinho,
Ao rei e a sua corte toda.
Rei, sabes bem que p'ra tua boda
Co'a filha lá do rei da Irlanda,
Por mar fui eu até Horlanda.
Por mi'a proeza a conquistei,
Dragão com crista então matei,
E assim é que ela me foi dada
E a ti, por mim, logo levada.
Rei, por mulher bem a tomaste

A reabilitação de Isolda

Si que virent ti chevalier.
N'eüs gaires o li esté   2.565
Qant losengier en ton reigné
Te firent acroire mençonge.
Ge sui tot prest que gage en donge,
Qui li voudroit blasme lever,
Lié alegier contre mon per,   2.570
Beau sire, a pié ou a cheval
(Chascuns ait armes et cheval),
Qu'onques amor nen out vers moi,
Ne je vers lui par nul desroi.
Se je ne l'en puis alegier   2.575
Et en ta cort moi deraisnier,
Ardoir me fai devant ton ost;
N'i a baron que je t'en ost.
N'i a baron, por moi laisier,
Ne me face ardrë ou jugier.   2.580
Vos savez bien, beaus oncles, sire,
Nos vosistes ardoir en ire;
Mais a Deu en prist grant pitié.
S'en aorames Damledé.
La roïne, par aventure,   2.585
En eschapa. Ce fu droiture,
Se Deus me saut; qar a grant tort
Li volïez doner la mort.
G'enn eschapai, si fis un saut
Contreval un rochier molt haut.   2.590
Lors fu donnee la roïne
As malades en decepline.
Ge l'en portai, si li toli,
Puis ai toz tens o li fuï.
Ne li devoie pas fallir,   2.595
Qant a tort dut par moi morir.
Puis ai esté o lié par bos,

E aos cavaleiros a mostraste.
Com ela não muito viveste
E em detratores logo creste,
Que só mentiam a meu tio.
Pronto estou para um desafio:
Se com injúria a ela depares,
Eu lutarei contra meus pares,
Senhor, a pé ou com cavalo
(Pois armas temos e cavalo):
Nunca amor teve ela por mim,
Nem eu por ela, louco assim.
Se não a posso inocentar
E a mim na corte desculpar,
Queimar me faze em frente à armada;
Não há barão que escape a nada,
Nem há barão, p'ra destruir-me,
Que vá queimar-me, vá punir-me.
Sabeis mui bem, tio e senhor,
Queimar-nos-íeis com rancor,
Mas Deus de nós compadeceu,
Honramos sim o senhor Deus.
Nossa rainha, por ventura,
Pôde escapar. Justiça pura,
Pois — Deus me livre! —, em ira forte,
Dá-la queríeis logo à morte.
Escapei eu, num grande salto,
Pulando de um rochedo alto.
Dada a rainha, num momento,
P'ra seu tormento, a lazarentos,
A retomei, logo partimos,
Desde então nós dois só fugimos.
Dever meu era a proteger,
Por mim esteve ela a morrer.
No bosque os dois tendo morado

A reabilitação de Isolda

Que je n'estoie pas tant os
Que je m'osasse an plain mostrer.
.... 2.600
A prendre nos et a vos rendre.
Feïsiez nos ardoir ou pendre:
Por ce nos estovoit fuïr.
Mais s'or estoit vostre plesir
A prendre Yseut o le cler vis, 2.605
N'avroit baron en cest païs
Plus vos servist que je feroie.
Se l'uen vos met en autre voie,
Que ne vuelliez le mien servise,
Ge m'en irai au roi de Frise; 2.610
Ja mais n'oras de moi parler,
Passerai m'en outre la mer.
De ce qu'oiez, roi, pren consel.
Ne puis mes souffrir tel trepel:
Ou je m'acorderai a toi, 2.615
Ou g'en merrai la fille au roi
En Irlandë, ou je la pris.
Roïnë ert de son païs.
Li chapelains a au roi dit:
— Sire, n'a plus en cest escrit. 2.620
Li baron oient la demande,
Que por la fille au roi d'Irlande
Offre Tristran vers eus batalle.
N'i a baron de Cornoualle
Ne die: — Rois, ta feme pren! 2.625
Onques cil n'orent nul jor sen
Qui ce distrent de la roïne,
Dont la parole est ci oïe.
Ne te sai pas consel doner
Tristran remaigne deça mer. 2.630
Au riche roi aut, en Gavoie,

Já não seria eu tão ousado
Que ousasse no prado mostrar-me.
....
Prender-nos e a vós entregar,
Queimar faríeis ou enforcar,
Por isso a nós restou fugir.
Mas se quereis retroagir
E Isolda, a bela, receber,
Barão não há nem pode haver
Que o sirva mais do que eu farei.
Se o convencerem de outra lei
E meu serviço imponha crise,
Embora irei, ao rei de Frise,
Não ouvireis de mim falar,
Eu passarei para ultramar.
Do que escutais, rei, toma tento,
Viver não posso em tal tormento.
Pois ou contigo acordarei,
Ou levarei a filha ao rei —
À Irlanda, pois, buscá-la eu quis,
Rainha ela é de seu país.
O capelão tem tudo dito:
— Senhor, mais nada há neste escrito.
Os barões ouvem a demanda
Que, pela princesa da Irlanda,
Tristão lhes traz de uma batalha.
Não há barão na Cornualha
Sem dizer: — Rei, tua mulher toma!
Senso jamais entrou na soma
Dos que falaram da rainha,
De quem se ouviu tal ladainha.
Não sei conselho que te dar.
Tristão, pois, fique aquém do mar:
Que pr'a Gavoie, a seu rei vá,

A reabilitação de Isolda

A qui li rois escoz gerroie.
Si se porra la contenir,
Et tant porrez de lui oïr,
Vos manderez por lui, qu'il vienge.   2.635
Ne savon el qel voie tienge.
Mandez par brief que la roïne
Vos ameint ci a brief termine.
Li rois son chapelain apele:
— Soit fait cist brief o main isnele.   2.640
Oï avez que i metroiz.
Hastez le brief: molt sui destroiz.
Molt a ne vi Yseut la gente;
Trop a mal trait en sa jovente.
Et quant li brief ert seelez,   2.645
A la Croiz Roge le pendez;
Ancor enuit i soit penduz.
Escrivez i par moi saluz.
Quant l'ot li chapelain escrit,
A la Croiz Roge le pendit.   2.650
Tristran ne dormit pas la nuit.
Ainz que venist la mie nuit,
La Blanche Lande out traversee
La chartre porte seelee.
Bien sout l'estre de Cornoalle.   2.655
Vient a Ogrin, il la li balle.
Li hermite la chartre a prise,
Lut les letres, vit la franchise
Du roi, qui pardonne a Yseut
Son mautalent, et que il veut   2.660
Repenre la tant bonement;
Vit le terme d'acordement.
Ja parlera si com il doit
Et con li hon qui a Deu croit:
— Tristran, quel joie t'est creüe!   2.665

P'ra guerra que co'a Escócia há.
Assim podeis o controlar
E sempre dele ouvir falar —
Mais: convocá-lo se quiser.
Sabemos não o que ele quer.
Mandai, por carta, ele a rainha
Vos trazer já, como convinha.
O rei convoca o capelão:
— Carta fazei com boa mão.
O que escutastes escrevei.
Lesto o fazei. Vário estarei.
Muito não vi Isolda, a gentil,
Sua juventude foi tão vil.
A carta seja assim selada
E à Cruz Vermelha pendurada.
Levá-la logo alguém ajude.
Escrevei mais, por mim: Saúde!
Tão logo a carta se escreveu,
Na Cruz Vermelha se a prendeu.
Tristão dormiu nada esta noite:
Antes que viesse a meia-noite,
A Blanche Lande atravessou;
Selada a carta ele encontrou,
O emblema viu da Cornualha.
Vai a Ogrin. E logo dá-lha.
O monge a pega com destreza.
A carta lê, vê que nobreza
Do rei, que assim perdoa Isolda,
Sua ira esquece e bem se amolda
A reavê-la com denodo:
Viu, pois, os termos do acordo.
Falar vai já, p'ra esclarecer,
Como homem bom e que em Deus crê:
— Tristão, que gáudio é-te acrescido,

A reabilitação de Isolda

Ta parole est tost entendue,
Que li rois la roïne prent.
Loé li ont tote sa gent;
Mais ni li osent pas loer
Toi retenir a soudeier,   2.670
Mais va servir en autre terre
Un roi a qui on face gerre,
Un an ou deus. Se li rois veut,
Revien a lui et a Yseut.
D'ui en tierz jor, sanz nul deçoivre,   2.675
Est li rois prest de lié reçoivre.
Devant le Gué Aventuros
Est li plez mis de vos et d'eus:
La li rendroiz, iluec ert prise.
Cist briés noient plus ne devise.   2.680
— Dex! dist Tristran, quel departie!
Molt est dolenz, qui pert s'amie!
Faire l'estuet, por la soufrete
Que vos avez por moi fors trete:
N'avez mestier de plus soufrir.   2.685
Qant ce vendra au departir,
Ge vos dorrai ma drüerie,
Vos moi la vostre, bele amie.
Ja ne serai en cele terre
Que ja me tienge pais ne gerre,   2.690
Que mesage ne vos envoi.
Bele amie, remandez moi
De tot en tot vostre plesir!
Iseut parla o grant sospir:
— Tristan, entent un petitet: 2.695
Husdent me lesse, ton brachet.
Ainz berseret a veneor
N'ert gardé e a tel honor
Con cist sera, beaus douz amis.

216

O teu pedido foi ouvido!
Que o rei a Isolda já inocente
Está de acordo toda a gente;
Mas o aconselham, longe disso,
Não te dar soldo nem serviço.
Que vás servir, em outra terra,
A um rei que agora esteja em guerra
Um ano ou dois. Se o rei quiser,
Voltas para ele e sua mulher.
De hoje a três dias, sem engano,
Recebe-a o rei, vai todo ufano.
Será no Vau Aventuroso
O vosso encontro decoroso:
Lá tu a darás, ele a retoma.
Ao dito nada mais se soma.
— Deus! — diz Tristão — Que dura intriga!
Triste é quem perde sua amiga!
Fazê-lo manda o sofrimento
Que vos impus até o momento:
Não cabe mais vos afligir.
Chegando a hora de partir,
Tudo vos dou que o amor me obriga
E vós a mim, tão bela amiga!
Não estarei eu numa terra,
Esteja em paz, esteja em guerra,
Que uma mensagem não vos mande.
Tão bela amiga, aonde eu ande,
Pedi-me o que vos agradar.
Isolda fala, a suspirar:
— Tristão, prestai bem atenção:
Husdent deixai-me, o vosso cão.
Jamais um outro perdigueiro
Cuidados como os que eu requeiro
P'ra este terá, meu doce amigo.

A reabilitação de Isolda

Qant gel verrai, ce m'est avis,   2.700
Menbrera moi de vos sovent.
Ja n'avrai si le cuer dolent,
Se je le voi, ne soie lie.
Ainz, puis que la loi fu jugie,
Ne fu beste si herbergie   2.705
Ne en si riche lit couchie.
Amis Tristan, j'ai un anel,
Un jaspe vert et un seel.
Beau sire, por l'amor de moi,
Portez l'anel en vostre doi;   2.710
Et s'il vos vient, sire, a corage
Que me mandez rien par mesage,
Tant vos dirai, ce saciez bien,
Certes, je n'en croiroie rien,
Se cest anel, sire, ne voi.   2.715
Mais, por defense de nul roi,
Se voi l'anel, ne lairai mie,
Ou soit savoir ou soit folie,
Ne face con que il dira,
Qui cest anel m'aportera,   2.720
Por ce qu'il soit a nostre anor:
Je vos pramet par fine amor.
Amis, dorrez me vos tel don:
Husdant le baut, par le landon?
Et il respont: — La moie amie,   2.725
Husdent vos doins par drüerie.
— Sire, c'est la vostre merci.
Qant du brachet m'avez seisi,
Tenez l'anel de gerredon.
De son doi l'oste, met u son.   2.730
Tristan en bese la roïne
Et ele lui, par la saisine.
Li hermites en vet au Mont,

218

E quando o vir, é o que vos digo,
Vossa lembrança me frequente:
Com coração menos dolente
Tão logo o vir, fico animada.
Depois que ao mundo a Lei foi dada,
Não houve bicho assim mantido,
Nem num assim leito estendido.
Tristão amigo, este anel trago,
De jaspe verde e selo largo:
Belo Senhor, por amor meu,
Ponde em teu dedo o meu anel.
E se vos vem, Senhor, desejo
De algo falar-me num ensejo,
Já vos direi — sabei-o bem —,
Não crerei eu em mais ninguém,
Se logo o anel, Senhor, não vir;
E o mais que um rei possa intervir,
Se vejo o anel, não me segura,
Sensata ou presa de loucura,
De fazer tudo que dirá
Quem este anel de vós trará,
Palavra de honra e destemor:
Prometo a vós, por fino amor.
Amigo, a mim dais tal presente:
Preso à coleira, Husdant, o ardente?
Ele responde: — Ah, minha amiga,
Husdent vos dou, que amor vos siga!
— Senhor, a vós muito agradeço,
Se, pois, de vós o cão mereço.
Em contradom, o anel tomai.
Do dedo dela ao dele vai.
Tristão logo a rainha beija,
Beija ela a ele — a posse o enseja.
Ao Monte vai-se o eremita,

A reabilitação de Isolda

Por les richeces qui la sont.
Aprés achete ver et gris,   2.735
Dras de soie et de porpre bis,
Escarlates et blanc chainsil,
Asez plus blanc que flor de lil,
Et palefroi souef anblant,
Bien atornez d'or flamboiant.   2.740
Ogrins l'ermite tant achate
Et tant acroit et tant barate
Pailes, vairs et gris et hermine
Que richement vest la roïne.
Par Cornoualle fait huchier: 2.745
— Li rois s'acorde a sa mollier!
Devant le Gué Aventuros
Iert pris acordement de nos!
Oï en ont par tot la fame;
N'i remest chevalier ne dame   2.750
Qui ne vienge a cel'asenblee.
La roïne ont molt desirrée:
Amee estoit de tote gent,
Fors des felons, que Dex cravent!
Tuit quatre en orent tel soudees: 2.755
Li dui en furent mort d'espees,
Li tiers d'une seete ocis;
A duel morurent el païs.
Li forestier quis encusa
Mort crüele n'en refusa;   2.760
Quar Perinis, li frans, li blois,
L'ocist puis d'un gibet el bois.
Dex les venga de toz ces quatre,
Qui vout le fier orguel abatre.
Seignors, au jor du parlement,   2.765
Fu li rois Marc o mot grant gent.
La ont tendu maint pavellon

Vende-se lá gala irrestrita:
Peles de esquilo acinzentado,
Vestes de seda e encarnado,
Brancos tecidos comprar quis,
Mais brancos do que a flor de lis,
E um palafrém, bom marchador,
De arreios de ouro em resplendor.
O monge Ogrin compra à mancheia,
E tanto soma e regateia
Brocardos, peles, mais arminho,
Que Isolda veste com alinho.
Na Cornualha a se dizer:
— O rei fez paz com sua mulher!
Junto do Vau Aventuroso
O acordo faz-se mui pomposo.
Ouvido foi, com toda fama.
Nem cavaleiros há nem damas
Que para o encontro algo detinha.
Saudades têm de sua rainha:
Amada é sim por toda a gente,
Fora os vilões — Deus os rebente!
Terão os quatro a recompensa:
Morte p'ra dois de espada tensa,
Terceiro por seta atingido
(Tiveram em casa o fim devido);
E o camponês, que os denunciou,
De fim cruel não escapou,
Pois Perinis, o nobre, o louro,
Com o bastão deu-lhe no couro.
Deus desses quatro se vingou
E seu orgulho assim vergou.
Senhores, quando o dia chega,
O rei sua gente já carrega
Para onde estavam pavilhões

A reabilitação de Isolda

Et mainte tente de baron:
Loin ont porpris la praerie.
Tristran chevauche o s'amie. 2.770
Tristran chevauche et voit le merc.
Sous son bliaut ot son hauberc,
Quar grant poor avoit de soi,
Por ce qu'il ot mesfait au roi.
Choisi les tentes par la pree, 2.775
Conut le roi et l'asenblee.
Iseut apelle bonement:
— Dame, vos retenez Hudent.
Pri vos, por Deu, que le gardez:
S'onques l'amastes, donc l'amez. 2.780
Vez la le roi, vostre seignor,
O lui li home de s'onor.
Nos ne porron mais longuement
Aler nos deus a parlement.
Je voi venir ces chevaliers 2.785
Et le roi et ses soudoiers,
Dame, qui vienent contre vos.
Por Deu, le riche glorios,
Se je vos mant aucune chose,
Hastivement ou a grant pose, 2.790
Dame, faites mes volentez.
— Amis Tristran, or m'escoutez:
Par cele foi que je vos doi,
Se cest anel de vostre doi
Ne m'envoiez, si que jel voie, 2.795
Rien qu'il deïst ge ne croiroie;
Mais, des que reverrai l'anel,
Ne tor, ne mur, ne fort chastel
Ne me tendra ne face errant
Le mandement de mon amant, 2.800
Solonc m'enor et loiauté

E muitas tendas dos barões
Cobrindo toda a pradaria.
Tristão co'a amiga também ia.
Tristão cavalga até a divisa.
Por medo, então, sob a camisa,
Cota de malha também usa,
Pois de agir mal com o rei se acusa.
Vê logo as tendas pelo prado,
O rei e o povo, lado a lado.
A Isolda diz bem docemente:
— Dama, a Hudent guardai, clemente.
Peço, por Deus, que o ampareis,
Se já o amáveis, mais o ameis.
Lá vede o rei, vosso senhor,
Com ele os grandes, seu penhor.
Não vamos ter, bem longamente,
Como falar-nos novamente.
Já vejo vir dois cavaleiros
E o rei, com seus bons escudeiros,
Que vem por vós, dama, brioso.
Por Deus, tão nobre e glorioso,
Se eu vos pedir p'ra algo fazer,
De imediato ou sem correr,
Dama, a vontade me acatai!
— Tristão amigo, ora escutai:
Por fé que a vós eu pois concedo,
Caso este anel de vosso dedo
Não me enviais e o possa eu ver,
Nada que digam irei crer;
Mas se o anel eu vir, tão belo,
Torre não há, muro ou castelo
P'ra me impedir de, mesmo errante,
Seguir o que diz meu amante,
Conforme honra e lealdade,

A reabilitação de Isolda

Et je sace soit vostre gré.
— Dame, fait il, Dex gré te sace!
Vers soi l'atrait, des braz l'enbrace.
Yseut parla, qui n'ert pas fole: 2.805
— Amis, entent a ma parole,
Or me fai donc bien a entendre:
Tu me conduiz, si me veuz rendre
Au roi, par le consel Ogrin,
L'ermite, qui ait bone fin.   2.810
Por Deu vos pri, beaus douz amis,
Que ne partez de cest païs
Tant qos saciez conment li rois
Sera vers moi, iriez ou lois.
Gel prié, qui sui ta chiere drue,   2.815
Qant li rois m'avra retenue,
Que chiés Orri le forestier
T'alles la nuit la herbergier.
Por moi sejorner ne t'ennuit!
Nos i geümes mainte nuit,   2.820
En nostre lit que nos fist faire...
Li trois qui nos erent de moleste
Mal troveront en la parfin:
Li cors giront el bois, sovin,
Beau chiers amis, et g'en ai dote: 2.825
Enfer ovre, qui les tranglote!
Ges dot, quar il sont molt felon.
El buen celier, soz le boron,
Seras entrez, li miens amis.
Manderai toi par Perinis   2.830
Les noveles de la roi cort.
Li miens amis, que Dex t'enort!
Ne t'ennuit pas la herbergier!
Sovent verrez mon mesagier:
Manderai toi de ci mon estre   2.835

E saberei vossa vontade.
— Dama — ele diz —, te tenha Deus!
A si puxou-a, abraço deu.
Falou Isolda, sem loucura:
— Amigo, então te peço, pura,
Esforça por considerar:
Levas-me tu, para me dar
Ao rei, guiado por Ogrin,
O monge bom — tenha bom fim!
Por Deus vos peço, doce amigo,
Que não partais enquanto sigo
E não sabeis o que é que o rei
A mim dará: perdão ou lei.
Peço isso só — eu, tua querida —
Quando me tenha o rei reavida,
Que com Orri, o camponês,
Te hospedar vás, já de uma vez.
Peço por mim que lá te acoites,
Onde dormimos muitas noites
No leito que nos fez fazer...
Os três que, pois, nos são molestos
Encontrarão o mal por fim:
No bosque seus corpos assim!
Mas, belo amigo, agora os temo —
O inferno se abra, os leve o demo! —
Eu temo sim, são sorrateiros!
No abrigo então, sob o celeiro
Entrarás tu, meu bom amigo.
Por Perinis, sempre te digo
Novas do rei, mais de sua corte.
Amigo meu — Deus te conforte! —,
Que não te enfade o alojamento,
Novas terás todo momento.
Tudo direi que me acomete

A reabilitação de Isolda

Par mon vaslet et a ton mestre.
— Non fera il, ma chiere amie.
Qui vos reprovera folie
Gart soi de moi con d'anemi!
— Sire, dist Yseut, grant merci! 2.840
Or sui je molt boneüree:
A grant fin m'avez asenee.
Tant sont alé et cil venu
Qu'il s'entredient lor salu.
Li rois venoit molt fierement 2.845
Le trait d'un arc devant sa gent;
O lui Dinas, cil de Dinan.
Par la reigne tenoit Tristran
La roïne, qui conduioit.
La salua si com il doit: 2.850
— Rois, ge te rent Yseut, la gente:
Hon ne fist mais plus riche rente.
Ci voi les homes de ta terre
Et, oiant eus, te vuel requerre
Que me sueffres a esligier 2.855
Et en ta cort moi deraisnier
C'onques o lié n'oi drüerie,
Ne ele o moi, jor de ma vie.
Acroire t'a l'en fait mençonge;
Mais se Dex joie et bien me donge, 2.860
Onques ne firent jugement,
Conbatre a pié ou autrement.
Dedenz ta cort, se je t'en sueffre,
Se sui dannez, si m'art en sosfre.
Et se je m'en puis faire saus, 2.865
Qu'il n'i ait chevelu ne chaus...
Si me retien ovocques toi,
O m'en irai en Loenoi.
Li roi a son nevo parole.

Ao mestre teu, por meu valete.
— Fá-lo-á ninguém, minha querida:
Quem acusar-vos, nesta vida,
A mim terá como inimigo!
— Senhor — diz ela —, graças digo!
Agora fico sossegada,
Sinto-me assim assegurada.
Eles se vão, os outros vêm,
Saudações dão quando se veem.
Vem vindo o rei garbosamente
Um tiro de arco frente à gente.
Dinás com ele, de Dinão.
Puxando as rédeas vai Tristão,
Ele à rainha bem conduz.
E ao rei respeito seu aduz:
— Rei, toma Isolda, a mui gentil,
Retorno assim jamais se viu!
Os homens teus eu vejo aqui
E diante deles vou pedir:
Deixa-me, pois, justificar-me,
Em tua corte inocentar-me
Que amor com ela eu não divida
E ela comigo, nesta vida.
Crer-te fizeram em mentira:
Mas, se o bom Deus ora me mira,
Não nos fizeram ser julgados,
Em duelo a pé ou noutro estado.
Na tua corte, abro-me a guarda,
Se vil eu for, no enxofre eu arda;
Mas, caso eu fique são e salvo,
Não haja mais hirsuto ou calvo...
Ora retém-me, pois, contigo
Ou p'ra Loenoi agora eu sigo.
O rei a seu sobrinho acolhe.

A reabilitação de Isolda

Andrez, qui fu nez de Nicole,   2.870
Li a dit: — Rois, qar le retiens,
Plus en seras doutez et criens.
Molt s'en faut poi que ne l'otroie,
Le cuer forment l'en asouploie.
A une part li rois le trait.   2.875
La roïne ovoc Dinas let,
Qui molt par ert voirs et loiaus
Et d'anor faire conmunax.
O la roïne geue et gabe,
Du col li a osté la chape   2.880
Qui ert d'escarlate molt riche.
Ele ot vestu une tunique
Desus un grant bliaut de soie.
De son mantel que vos diroie?
Ainz l'ermite, qui l'achata,   2.885
Le riche fuer ne regreta.
Riche ert la robe et gent le cors,
Les eulz out vers, les cheveus sors.
Li senechaus o lié s'envoise.
As trois barons forment en poise: 2.890
Mal aient il, trop sont engrés!
Ja se trairont du roi plus près:
— Sire, font il, a nos entent:
Consel te doron bonement.
La roïne a esté blasmee   2.895
Et foï hors de ta contree.
Se a ta cort resont ensenble,
Ja dira l'en, si con nos semble,
Que en consent lor felonie:
Poi i avra que ce ne die.   2.900
Lai de ta cort partir Tristran;
Et quant vendra jusqu'a un an,
Que tu seras aseürez

Andrez, que nasceu em Nicole,
Lhe diz: — Retém-no, pois, ó rei,
Temor, respeito mais tereis.
Muito não falta a que o conceda:
O coração lhe diz que ceda,
À parte o rei a Tristão traz.
Fica a rainha com Dinás,
Vero e leal ele a levava,
A todos é que assim honrava.
Com ela ri, pois nada o tolhe,
Dos ombros seus a capa colhe,
Que era escarlate, rica e única.
Vestida estava co'uma túnica
Sobre a camisa só de seda.
Ao manto existe o que o exceda?
Pois o eremita, que o comprou,
Seu preço não regateou.
Ricas as roupas, corpo belo,
Os olhos verdes, bom cabelo.
O senescal dela se encanta.
Os três barões têm ira tanta —
Malditos sejam, os safados! —
Perto do rei já dão-lhe enfado:
— Senhor — lhe falam —, vem aqui,
Aconselhar vamos a ti.
Nossa rainha, denunciada,
Logo fugiu envergonhada;
Se juntos voltam para a corte,
Já se dirá — tal bem te importe! —
Que apoias tu tal safadeza:
Poucos não vão ter tal certeza.
Manda partir logo Tristão
E que não volte um ano não;
Só quando tenhas segurança

A reabilitação de Isolda

Que Yseut te tienge loiautez,
Mande Tristran qu'il vienge a toi.   2.905
Ce te loons par bone foi.
Li rois respont: — Que que nus die,
De vos consel n'istrai je mie.
Ariere en vienent li baron,
Por le roi content sa raison.   2.910
Quant Tristran oit n'i a porloigne,
Que li rois veut qu'il s'en esloigne,
De la roïne congié prent;
L'un l'autre esgarde bonement.
La roïne fu coloree,   2.915
Vergoigne avoit por l'asenblee.
Tristran s'en part, ce m'est avis.
Dex! Tant cuer fist le jor pensis!
Li rois demande ou tornera:
Qant qu'il voudra, tot li dorra;   2.920
Molt par li a a bandon mis
Or et argent et vair et gris.
Tristran dist: — Rois de Cornoualle,
Ja n'en prendrai mie maale.
A qant que puis vois a grant joie   2.925
Au roi riche que l'en gerroie.
Molt out Tristran riche convoi
Des barons et de Marc le roi.
Vers la mer vet Tristran sa voie.
Yseut o les euz le convoie: 2.930
Tant con de lui ot la veüe
De la place ne se remue.
Tristran s'en vet. Retorné sont
Cil qui pose convoié l'ont.
Dinas encor le convoiout,   2.935
Sovent le besse et li proiot
Seürement revienge a lui.

Que Isolda é proba à abastança,
Mande Tristão vir para ti.
Tal sugestão damos-te aqui.
Responde o rei: — Fale quem for,
De tal conselho vou dispor.
P'ra trás voltaram os barões,
Do rei contaram as razões.
Ouviu Tristão que, sem demora,
Queria o rei que fosse embora
E da rainha se afastou:
Um para o outro então olhou.
Ruborizada ia a rainha,
Por todos vista, pudor tinha.
Tristão se vai — é o que creio.
Deus! Que cruel tal dia veio!
Pergunta o rei onde ele irá,
Diz que o que queira lhe dará:
Para ele muito ofereceu,
Ouro mais prata e peles deu.
Tristão diz: — Rei da Cornualha,
De ti não tomo nem migalha.
Tão logo possa, alegre vou
A um rico rei que em guerra entrou.
Teve Tristão rico cortejo,
Todos barões e o rei, sem pejo.
Parte Tristão, vai rumo ao mar,
Isolda o segue co'o olhar.
Enquanto nele a vista teve,
Onde estava ela se manteve.
Vai-se Tristão. Voltam, enfim,
Os que em escolta vêm assim.
Dinás com ele fica ainda
E de abraçá-lo nunca finda,
Diz-lhe que volte são e salvo,

Entrafïé se sont il dui:
— Dinas, entent un poi a moi.
De ci m'en part, bien sez por qoi.   2.940
Se je te mant par Governal
Aucune chose besoignal,
Avance la, si com tu doiz.
Baisié se sont plus de cent foiz.
Dinas li prie ja nel dot,   2.945
Die son buen: il fera tot.
Dit molt a bele desevree,
Mais, sor sa foi aseüree,
La retendra ensenble o soi;
Non feroit, certes, por le roi.   2.950
Iluec Tristran de lui s'en torne:
Au departir andui sont morne.
Dinas s'en vient aprés le roi,
Qui l'atendoit a un chaumoi.
Ore chevauchent li baron   2.955
Vers la cité tot a bandon.
Tote la gent ist de la vile,
Et furent plus de quatre mile,
Qu'omes que femes que enfanz,
Que por Yseut, que por Tristran.   2.960
Mervellose joie menoient,
Li saint par la cité sonoient.
Qant il oient Tristran s'en vet,
N'i a un sol grant duel ne fet.
D'Iseut grant joie demenoient,   2.965
De lui servir molt se penoient;
Quar, ce saciez, ainz n'i ot rue
Ne fust de paile portendue;
Cil qui n'out paile mist cortine.
Par la ou aloit la roïne   2.970
Est la rue molt bien jonchie.

Fidelidade têm por alvo:
— Dinás, por mim inda isto vê:
Parto daqui, sabes por quê;
Se Governal a ti eu envio,
Por um apuro assim bravio,
Se podes tu, não menosprezes.
Beijos se dão mais de cem vezes.
Dinás lhe pede não duvide:
Nada haverá que não envide;
Diz ser cruel separação,
Mas lhe assegura esta missão:
Isolda ter sempre consigo,
Não pelo rei, mas pelo amigo.
Dele Tristão assim se afasta,
No adeus, a dor dos dois é vasta.
Dinás ao rei vem encontrar
Num matagal, ele a esperar.
Cavalga assim cada barão
Para a cidade, em efusão.
Da vila já sai toda a gente,
De quatro mil seu contingente:
Que de homens, mulheres e filhos,
Vão por Tristão e Isolda aos trilhos!
Alegres, vão ao desatino,
Pela cidade soam sinos.
Logo ao saber: Tristão partiu,
Não há quem luto não cobriu.
A Isolda vão, com alegria,
Servi-la cada qual queria.
Assim sabei que, em cada rua,
Pôs cada qual a prenda sua,
Se não tapete, então cortina:
Por onde andava, a cada esquina,
Tinha ela a rua atapetada.

A reabilitação de Isolda

Tot contrement, par la chaucie,
Si vont au mostier Saint Sanson.
La roïne et tuit li baron
En sont trestuit ensenble alé.   2.975
Evesque, clerc, moine et abé
Encontre lié sont tuit issu,
D'aubes, de chapes revestu;
Et la roïne est descendue,
D'une porpre inde fu vestue.   2.980
L'evesque l'a par la main prise,
Si l'a dedenz le mostier mise;
Tot droit la meinent a l'auter.
Dinas le preuz, qui molt fu ber,
Li aporta un garnement   2.985
Qui bien valoit cent mars d'argent,
Un riche paile fait d'orfrois
(Onques n'ot tel ne quens ne rois);
Et la roïne Yseut l'a pris
Et, par buen cuer, sor l'autel mis.   2.990
Une chasublë en fu faite,
Que ja du tresor n'iert hors traite
Se as grans festes anvés non.
Encore est ele a Saint Sanson:
Ce dient cil qui l'on veüe.   2.995
Atant est du mostier issue.
Li rois, li prince et li contor
L'en meinent el palais hauçor.
Grant joie i out le jor menee.
Onques porte n'i fu veee: 3.000
Qui vout entrer, si pout mengier,
Onc a nul n'i fist on dangier.
Molt l'ont le jor tuit honoree:
Ainz le jor que fu esposee
Ne li fist hom si grant honor   3.005

Subiram, pois, pela calçada,
Ao claustro vão de São Sansão.
A dama, com cada barão,
Avança em perfeita unidade.
Bispo, prior, monge e abade,
Para encontrá-la já saíam,
Alvas e capas revestiam;
E desmontou logo a rainha,
Vestida de púrpura vinha.
O bispo toma a sua mão,
À catedral todos se vão:
Logo a conduzem ao altar.
Dinás, o nobre, sem faltar,
Entrega-lhe um rico tecido
(Que terá cem marcos valido):
Brocardo de ouro decorado,
Jamais por rei algum portado.
A dama Isolda o segurou
E neste altar o consagrou.
Fez-se com ele uma casula
Que de tesouro se intitula,
Só sai se houver grande função:
Ainda está em São Sansão,
Pelo que diz, sim, quem a viu.
Quando da igreja ela saiu,
Príncipes, rei e os nobres juntos,
À corte a levam em conjunto.
Grande alegria há neste dia,
Porta a ninguém já impedia,
Quem entrar quer pode comer,
Logro a ninguém já não se vê.
Muito a rainha foi honrada:
Desde o seu dia de casada
Não recebeu tanta honraria

A reabilitação de Isolda

Con l'on li a fait icel jor.
Le jor franchi li rois cent sers
Et donna armes et haubers
A vint danzeaus qu'il adouba.
Or oiez que Tristran fera.

3.010

Como lhe deram neste dia.
O rei cem servos libertou,
Armas e escudos outorgou:
Vinte donzéis fez cavaleiros.
Ouvi o que faz Tristão primeiro.

Tristran s'en part, fait a sa rente.
Let le chemin, prent une sente,
Tant a erré voie et sentier
Qu'a la herberge au forestier
En est venu celeement.   3.015
Par l'entree premierement
Le mist Orri el bel celier.
Tot li trove quant q'ot mestier.
Orris estoit mervelles frans.
Senglers, lehes prenent o pans,   3.020
En ses haies grans cers et biches,
Dains et chevreus. Il n'ert pas chiches,
Molt en donet a ses serjanz.
O Tristran ert la sejornanz
Priveement en souterrin.   3.025
Par Perinis, li franc meschin,
Soit Tristran noves de s'amie.
Oiez des trois, que Dex maudie!
Par qui Tristran en est alez:
Par eus fu molt li rois malez.   3.030
Ne tarja pas un mois entier
Que li rois Marc ala chacier
Et avoc lui li traïtor.
Or escoutez que font cel jor:
En une lande, a une part,   3.035

O juramento de Isolda

Tristão partiu, feita a entrega.
Deixou a estrada, u'a senda pega,
Tantos caminhos percorreu,
Do camponês à casa deu,
Chegando lá secretamente.
Logo ao chegar, primeiramente,
Orri meteu-o no celeiro.
Tudo lhe busca hospitaleiro.
Franco era Orri, de todo nobre:
De javalis manada cobre
Os seus domínios, cervos, corças,
Cabras, camurças. Quanto possa
Dá de bom grado aos serviçais.
Vive Tristão co'ele, sem mais,
No seu porão, bem em segredo.
Por Perinis, jovem sem medo,
Sabe Tristão de sua amiga.
Ouvi dos três — que Deus maldiga! —
Por quem Tristão partir deveu,
Por quem o rei se perverteu:
Nem mês inteiro então se passa
Quando o rei Marco sai p'ra caça
E co'ele vão os traidores.
Ouvi que falta de pudores:
Numa matinha, bem à parte,

Ourent ars li vilain essart;
Li rois s'estut es bruelleïz.
De ses buens chiens oï les cris.
La sont venu li troi baron,
Qui le roi mistrent a raison: 3.040
— Rois, or entent nostre parole.
Se la roïne a esté fole,
El n'en fist onques escondit.
S'a vilanie vos est dit;
Et li baron de ton païs   3.045
T'en ont par mainte fois requis
Qu'il vuelent bien s'en escondie
Que o Tristran n'ot sa drüerie.
Escondire se doit c'on ment.
Si l'en fait faire jugement   3.050
Et enevoies l'en requier,
Priveement, a ton couchier.
S'ele ne s'en veut escondire,
Lai l'en aler de ton enpire.
Li rois rogi, qui escouta: 3.055
— Par Deu! Seignors Cornot, molt a
Ne finastes de lié reter.
De tel chose l'oï ci reter
Que bien peüst remaindre a tant.
Dites se vos alez querant   3.060
Que la roïne aut en Irlande.
Chascun de vos que li demande?
N'offri Tristran li a defendre?
Ainz n'en osastes armes prendre.
Par vos est il hors du païs.   3.065
Or m'avez vos du tot sorpris.
Lui ai chacié: or chaz ma feme?
Cent dehez ait par mié la cane
Qui me rova de lui partir!

Queimado estava o chão destarte;
Meio à queimada o rei parou,
Dos cães o ladro ele escutou;
Vieram, pois, os três barões,
P'ra ao rei expor suas razões:
— O que dizemos, rei, escuta:
Tendo a rainha má conduta,
Disso jamais justificou-se.
De vós tal falta então cobrou-se
E, de teu reino, nós, barões,
Em variadas ocasiões,
Rogamos, pois, que ela jurasse
Tristão não ser quem ela amasse:
Deve jurar que são mentiras.
O julgamento dela mira
E logo mais isso lhe peça,
Quando deitar-vos aconteça.
Se não concorda ela em jurar,
Faz teu império ela deixar.
Enrubesceu, ouvindo, o rei:
— Por Deus! Cornualhos, que direi?
Não cessais mais só de acusá-la?
De que quereis ora acusá-la,
Que possa contra ela restar?
Dizei se o que vindes rogar
É a volta dela p'ra a Irlanda.
Cada um de vós que lhe demanda?
Tristão não quis a defender?
E não ousastes combater.
Por vós, do reino ele está fora.
Surpreso estou convosco agora:
A ele bani. Bani-la-ei?
Maldita a boca, vos direi,
Que de o expulsar me convenceu!

O juramento de Isolda

Par Saint Estiene le martir, 3.070
Vos me sorquerez, ce me poise.
Quel mervelle que l'en si taise!
S'il se mesfit, il en est fort.
N'avez cure de mon deport.
O vos ne puis plus avoir pes. 3.075
Par Saint Tresmor de Caharés,
Ge vos ferai un geu parti:
Ainz ne verroiz passé marsdi
(Hui est lundi), si le verrez.
Li rois les a si esfreez 3.080
Qu'il n'i a el fors prengent fuie.
Li rois Marc dist: — Dex vos destruie,
Qui si alez querant ma honte!
Por noient, certes, ne vos monte:
Ge ferai le baron venir 3.085
Que vos avïez fait fuïr.
Qant il voient le roi marri,
En la lande, soz un larri,
Sont decendu tuit troi a pié,
Li rois lessent el chanp irié. 3.090
Entre eus dïent: — Que porron faire?
Li rois Marc est trop de put aire;
Bien tost mandera son neveu,
Ja n'i tendra ne fei ne veu.
Si ça revient, de nos est fin: 3.095
Ja en forest ne en chemin
Ne trovera nul de nos trois
Le sanc n'en traie du cors, frois.
Dison le roi or avra pes,
N'en parleron a lui jamés. 3.100
Enmié l'essart li rois s'estot.
La sont venu: tot les destot,
De lor parole n'a mes cure;

Por Santo Estêvão, o mártir meu,
Vós mais quereis, a mim já basta!
É de espantar! Isso me agasta!
Se ele mal fez, só faz sofrer.
Vós não cuidais de meu prazer!
Convosco só tenho desares!
Por São Tresmor, o de Cahares,
Faço uma aposta corriqueira:
Não passará de terça-feira —
Hoje é segunda — e o vereis.
Tanto temer os fez o rei,
Que só restou a fuga sua.
Marco, o rei, diz: — Deus vos destrua,
Que a mim desonra assim buscais!
Com isso vós nada ganhais.
O barão eu farei voltar
Que me fizestes desterrar.
Vendo o seu rei assim aflito,
Num campo inculto, ao longe sito,
De seus cavalos, pois, baixaram —
No campo arado o rei deixaram.
Entre si dizem: — Que faremos?
De mal humor o rei pusemos.
Logo o sobrinho chamará,
Voto nenhum mais manterá.
Se isso acontece, é o nosso fim.
Em rota ou na floresta, assim,
Se um de nós três ele encontrar,
À morte nos fará sangrar.
Ao rei digamos: paz queremos,
Nunca mais disso falaremos.
Em meio à relva o rei se agasta.
Até lá vão. Ele os afasta.
De seus conselhos não tem cura

O juramento de Isolda

La loi qu'il tient de Deu en jure
Tot souavet entre ses denz: 3.105
— Mar fu jostez cil parlemenz!
S'il eüst or la force o soi,
La fusent pris, ce dit, tuit troi.
— Sire, font il, entendez nos:
Marriz estes et coroços   3.110
Por ce que nos dison t'anor.
L'en devroit par droit son seignor
Consellier: tu nos sez mal gré.
Mal ait quant qu'a soz son baudré
(Ja mar o toi s'en marrira)   3.115
Cil qui te het! Cil s'en ira.
Mais nos, qui somes ti feel,
Te donions loial consel.
Qant ne nos croiz, fai ton plaisir:
Assez nos en orras taisir.   3.120
Icest mal talent nos pardonne.
Li rois escoute, mot ne sone.
Sor son arçon s'est acoutez,
Ne s'est vers eus noient tornez:
— Seignors, molt a encor petit   3.125
Que vos oïstes l'escondit
Que mes niès fist de ma mollier:
Ne vosistes escu ballier,
Querant alez a terre pié.
La meslee des or vos vié.   3.130
Or gerpisiez tote ma terre.
Par Saint André, que l'en vet querre
Outre la mer, jusqu'en Escoce,
Mis m'en avez el cuer la boce,
Que n'en istra jusqu'a un an: 3.135
G'en ai por vos chacié Tristran.
Devant lui vienent li felon

E pela lei de Deus já jura,
Suavemente, entre os seus dentes:
— Má hora os tem, maledicentes!
Se os homens seus tivesse ali,
Os prenderia, diz a si.
— Senhor — insistem — escutai.
Nervoso estais, vos irritais,
Na tua honra por tocarmos.
Há o dever de aconselharmos
Nosso senhor: tu mal suportas.
Mal tenha quem consigo porta
(Pelo que fez te pagará!)
Ódio por ti. Embora irá.
Mas nós, que a ti somos leais,
Conselhos damos cordiais.
Se não nos crês, faze o que queiras.
Não te faremos mais zoeira.
A falta tem-nos perdoada.
Escuta o rei, mas não diz nada.
No arco da sela já apoiado,
Sem ter-se para eles voltado:
— Senhores, faz tão pouco tempo
Que ouvistes vós o juramento
Que fez de Isolda meu sobrinho.
De vós não houve quem sozinho
Do chão saísse a o enfrentar.
Rixas criar vos vou vedar:
Deixai agora minhas terras!
Por Santo André, por quem se erra
Até a Escócia, pelo mar,
Por ano não me vai sarar
A dor que dais-me ao coração:
Por vós bani o bom Tristão.
Diante do rei os pulhas vão,

O juramento de Isolda

Godoïne et Guenelon
Et Danalain qui fu molt feus.
Li troi l'ont aresnié entr'eus,   3.140
Mais n'i porent plai encontrer.
Vet s'en li rois sanz plus ester.
Cil s'en partent du roi par mal.
Forz chasteaus ont, bien clos de pal,
Soiant sor roche, sor haut pui;   3.145
A lor seignor feront ennui,
Se la chose n'est amendee.
Li rois n'a pas fait longe estee,
N'atendi chien ne veneor;
A Tintajol, devant sa tor,   3.150
Est decendu, dedenz s'en entre.
Nus ne set ne ne voit son estre.
Es chanbres entre, çaint'espee.
Yseut s'est contre lui levee,
Encontre vient, l'espee a prise,   3.155
Pus est as piez le roi asise.
Prist la la main, si l'en leva.
La roïne li enclina.
Amont le regarde, a la chiere,
Molt la vit et cruel et fiere.   3.160
Aperçut soi qu'il ert marriz,
Venuz s'en est aeschariz.
— Lasse, fait ele, mes amis
Est trovez, mes sires l'a pris!
Souef li dist entre ses denz.   3.165
Li sanz de li ne fu si lenz
Qu'il ne li set monté el vis,
Li cuer el ventre li froidis;
Devant le roi choï enverse,
Pasme soi, sa color a perse.   3.170
Entre ses braz l'en a levee.

Godoíne com Guenelão,
E Danalain, o mais bandido.
Os três lhe dizem o devido,
Mas não lhe têm mais confiança.
O rei se vai sem mais tardança.
Partem os três, caras fechadas.
Castelos têm, com palissadas,
Em cima a rochas, montes altos;
A seu senhor dão sobressaltos,
Se a coisa não se emenda bem.
Sabendo o rei que tempo tem,
Cães, caçadores deixa e corre:
Em Tintajol, junto à sua torre,
Logo desceu e nela entrou.
Ninguém o viu quando chegou.
Na alcova entrou, na cinta a espada,
Para ele vai Isolda, a amada,
Dele aproxima, a espada tira
E aos pés do rei então se estira.
A mão lhe pega e já a levanta.
Ela se inclina, afeição tanta,
Ergue seus olhos, vê seu rosto,
Fero e cruel ele o tem posto.
Percebe que ele vem irado,
Vendo-o sozinho assim chegado.
— Já sei — diz ela —, o meu amigo
Ele prendeu em seu abrigo!
Suave o diz, por entre os dentes.
O sangue não foi tão dolente
Que não subisse à sua face
E o coração lhe enregelasse.
Ante o seu rei ela caiu,
Desfaleceu, sua cor sumiu.
Ele entre os braços a pegou,

O juramento de Isolda

Besie l'a et acolee;
Pensa que mal l'eüst ferue.
Qant de pasmer fu revenue:
— Ma chiere amie, que avez?   3.175
— Sire, poor. — Ne vus tamez.
Qant ele l'ot, si l'aseüre;
Sa color vient, si aseüre;
Adonc li rest asouagié.
Molt bel a le roi aresnié: 3.180
— Sire, ge voi a ta color,
Fait t'ont marri ti veneor.
Ne te doiz ja marrir de chace.
Li rois l'entent, rist, si l'embrace.
E li a fait li rois: — Amie,   3.185
J'ai trois felons, d'ancesorie,
Qui heent mon amendement;
Mais se encor nes en desment,
Que nes enchaz fors de ma terre,
Li fel ne criement mais ma gerre.   3.190
Il m'ont asez adesentu
Et je lor ai trop consentu:
N'i a mais rien del covertir.
Par lor parler, par lor mentir,
Ai mon nevo de moi chacié.   3.195
M'ai mais cure de lor marchié,
Prochainement s'en revendra,
Des trois felons me vengera:
Par lui seront encor pendu.
La roïne l'a entendu.   3.200
Ja parlast haut, mais ele n'ose;
El fu sage, si se repose
Et dist: — Dex i a fait vertuz,
Qant mes sires s'est irascuz
Vers ceus par qui blasme ert levé.   3.205

Muito a abraçou, muito beijou;
Pensou que estava ela doente.
Ao voltar ela a estar consciente:
— Que coisa, amiga, sentis mais?
— Senhor, pavor. — Nada temais.
Voltando a si, ele a assegura;
Retorna a cor, está segura.
Agora, bem apaziguada,
Mui bem ao rei diz adequada:
— Senhor, bem vejo, por tua cor,
Que te irritou um caçador.
Irar-te não deves co'a caça.
Ouve isso o rei, ri, logo a abraça.
Para ela diz o rei: — Amiga,
Três pulhas vêm fazer-me intriga,
Detestam-me a prosperidade;
Se os não desminto de verdade,
Os expulsando de mi'a terra,
Não temerão fazer-me guerra.
Muito sofrer já me fizeram.
Eu consenti. Que lida deram!
Nada mais deles quero ouvir.
Por seu falar, por seu mentir,
O meu sobrinho eu enxotei.
Suas razões não ouvirei,
Logo, sim, ele voltará,
Dos pulhas, pois, me vingará:
Serão por ele já enforcados.
Ouve a rainha o declarado.
Falar bem quer, mas tal não ousa,
É sábia, seu afã repousa.
E diz: — Deus seja então louvado,
Pois meu senhor se encontra irado
Contra quem fez o nosso ultraje.

O juramento de Isolda

Deu pri qu'il soient vergondé.
Souef le dit, que nus ne l'ot.
La bele Yseut, qui parler sot,
Tot sinplement a dit au roi:
— Sire, que mal ont dit de moi? 3.210
Chascun puet dire ce qu'il pense.
Fors vos, ge n'ai nule defense:
Por ce vont il querant mon mal.
De Deu, le pere esperital,
Aient il male maudiçon! 3.215
Tantes foiz m'ont mis en frichon!
— Dame, fait li rois, or m'entent:
Parti s'en sont par mautalent
Trois de mes plus proisiez barons.
— Sire, porqoi? Par qels raisons? 3.220
— Blasmer te font. — Sire, porqoi?
— Gel te dirai, dit li li rois,
N'as fait de Tristran escondit.
— Se je l'en faz? — Et il m'ont dit...
Qu'il le m'ont dit. — Ge prest'en sui. 3.225
— Qant le feras? — Ancor ancui.
— Brif terme i mez. — Asez est loncs.
Sire, por Deu por ses nons,
Entent a moi, si me conselle.
Que puet ce estre? Quel mervelle 3.230
Qu'il ne me lesent an pes eure?
Se Damledeu mon cors seceure,
Escondit mais ne lor ferai,
Fors un que je deviserai.
Se lor faisoie soirement, 3.235
Sire, a ta cort, voiant ta gent,
Jusqu'a tierz jors me rediroient
Q'autre escondit avoir voudroient.
Rois, n'ai en cest païs parent

Vingue-nos Deus de assim quem age!
Baixo isso diz, ninguém há que ouve.
À bela Isolda bem aprouve
Simples assim dizer ao rei:
— Senhor, de mim falaram, sei.
Que de mim mintam não me pesa.
Sem vós eu não tenho defesa,
Por isso querem-me tão mal.
Por Deus, o pai espiritual,
Sofram bem grande maldição!
Tanto me deram de aflição!
— Dama, ora escuta — o rei lhe diz:
Irados foram co'o que fiz
Três de meus mais caros barões.
— Senhor, por quê? Quais as razões?
— Culparam-te. — Por quê, Senhor?
— Já te direi — diz sem se opor:
— Sobre Tristão, tu não juraste.
— E se o fizer? — Tais disparates...
O que disseram. — Pronta estou.
— Quando o farás? — Hoje já vou.
— Perto demais. — Longe que some!
Senhor, por Deus e por seus nomes,
Ouve a mim, pois, e me aconselha.
Que coisa! A que tal se assemelha,
Que não me deixem mais em paz?
Se o senhor Deus forte me faz,
De juramento não farei
Senão o que eu decidirei.
Se lhes jurar bem simplesmente,
Senhor, na corte, com tua gente,
Só mais três dias e dirão
Querer mais justificação.
Não tenho, rei, aqui parente,

Qui por le mien destraignement 3.240
En feïst gerre ne revel.
Mais de ce me seret molt bel.
De lor rebeche n'ai mes cure.
Se il vuelent avoir ma jure
Ou s'il volent loi de juïse, 3.245
Ja n'en voudront si roide guise —
Metent le terme! — que ne face.
A terme avrai en mié la place
Le roi Artur et sa mesnie.
Se devant lui sui alegie, 3.250
Qui me voudroit aprés sordire,
Cil me voudroient escondire,
Qui avront veü ma deraisne,
Vers un Cornot ou vers un Saisne.
Por ce m'est bel que cil i soient 3.255
Et mon deresne a lor eulz voient.
Se en place est Artus li rois,
Gauvains, ses niés, li plus cortois,
Girflez et Qeu li seneschaus,
Tex cent en a li rois vasaus 3.260
N'en mentiront por rien qu'il oient,
Por les seurdiz se conbatroient.
Roi, por c'est bien devant eus set
Faiz li deraisne de mon droit.
Li Cornot sont reherceor, 3.265
De pluseurs evre tricheor.
Esgarde un terme, si lor mande
Que tu veus a la Blanche Lande
Tuit i soient, et povre et riche.
Qui n'i sera, tres bien t'afiche 3.270
Que lor toudras lor herité.
Si reseras d'eus aquité.
Et li miens cors est toz seürs,

252

Que a minha causa me sustente
E guerra faça ou rebelião.
Mas disso não me ocupo não:
Falem de mim, não tenho cura.
Se querem eles ter-me a jura
Ou querem que seja julgada,
Se assim me querem maltratada,
Fixem a data — que se faça!
Terei na data, por sua graça,
O rei Artur e companhia.
Se ante ele, pois, se me anistia,
Quem me quiser inda acusar,
Há quem vá me justificar
(Quem viu-me a jura feita então)
Contra um cornualho ou um saxão.
Os pulhas quero que, presentes,
Vejam mi'a jura consistente.
Se ali ao rei Artur bem vês,
Gauvain, sobrinho seu, cortês,
Girflet e Keu, seu senescal —
Tem cem vassalos, no total —,
Contra mim nada mentirão,
Contra as calúnias lutarão.
Rei, faze diante de insuspeitos
Meu juramento de direito.
Os cornualhos só detratam,
E nada com franqueza tratam.
Marque-se a data e que se mande
Que queres tu, na Blanche Lande,
O povo todo — ricos, pobres —,
E, quem não for, tu mesmo exprobres
E dele tires os seus bens,
Pois quitação com eles tens.
Certeza, pois, em mim sobeja

O juramento de Isolda

Des que verra li rois Artus
Mon message, qu'il vendra ça: 3.275
Son corage sai des piça.
Li rois respont: — Bien avez dit.
Atant est li termes baniz
A quinze jors par le païs.
Li rois le mande a trois naïs   3.280
Qui par mal sont parti de cort:
Molt en sont lié, a que qu'il tort.
Or sevent tuit par la contree
Le terme asis de l'asenblee,
Et que la iert li rois Artus   3.285
Et de ses chevaliers le plus
O li vendront de sa mesnie.
Yseut ne s'est mie atargie:
Par Perinis manda Tristran
Tote la paine et tot l'ahan   3.290
Qu'el a por lui ouan eüe:
Or l'en soit la bonté rendue!
Metre la puet, s'il veut, en pès:
— Di li que il il set bien marchés,
Au chief des planches, au Mal Pas: 3.295
Ge sollé ja un poi mes dras.
Sor la mote, el chief de la planche,
Un poi deça la Lande Blanche,
Soit, revestuz de dras de ladre;
Un henap port o sai de madre,   3.300
Une botele ait dedesoz,
O coroie atachié par noz;
A l'autre main tienge un puiot.
Si aprenge de tel tripot:
Au terme ert sor la mote assis,   3.305
Ja set assez bociez son vis;
Port le henap devant son front,

254

Que o rei Artur, logo que veja
Minha mensagem, aqui vem.
Seu coração conheço bem.
O rei responde: — Bem falastes.
A data proclamou destarte —
De então a quinze — por sua terra.
Mandou-a o rei aos que, com guerra,
Partido haviam de sua corte:
Comemoraram — erro forte!
No reino todo se sabia
Da assembleia qual o dia
E que viria Artur, o rei,
E a maior parte de sua grei:
Com ele vinha sua escolta.
Isolda ao que é mister se volta:
Por Perinis, manda a Tristão,
Por toda pena e confusão
Que tem por ele assim sofrido,
Favor lhe seja devolvido!
Pode, se quer, trazer-lhe paz:
— Dize que um vau ele é capaz
De achar nas pranchas do Mau Passo:
Sujei-me um pouco nesse espaço.
No monte, à prancha confrontante,
Da Blanche Lande uns passos antes,
Vá lá com roupa de leproso:
A taça à mão, de pau poroso,
Que uma garrafa acima tenha
E atada por correia venha;
Com outra mão traga a bengala.
Do estratagema, pois, lhe fala:
No dia sobre o monte assente,
Feridas na face doente;
A taça traga em frente ao rosto.

O juramento de Isolda

A ceus qui iluec passeront
Demant l'aumosne sinplement.
Il li dorront or et argent: 3.310
Gart moi l'argent, tant que le voie
Priveement, en chanbre coie.
Dist Perinis: — Dame, par foi,
Bien li dirai si le secroi.
Perinis part de la roïne.   3.315
El bois, par mié une gaudine,
Entre tot sos, par le bois vet;
A l'avesprer vient au recet
Ou Tristran ert, el bel celier.
Levé estoient du mengier.   3.320
Liez fu Tristran de sa venue:
Bien sout, noveles de sa drue
Li aporte li vaslet frans.
Il dui se tienent par les mains,
Sor un sige haut sont monté.   3.325
Perinis li a tot conté
Le mesage de la roïne.
Tristran vers terre un poi encline
Et jure quant que puet ataindre:
Mar l'ont pensé; ne puet remaindre,   3.330
Il en perdront encor les testes
Et as forches pendront, as festes:
— Di la roïne mot a mot:
G'irai au terme, pas n'en dot.
Face soi lie, saine et baude!   3.335
Ja n'avrai mais bain d'eve chaude
Tant qu'a m'espee aie venjance
De ceus qui li ont faït pesance:
Il sont traïtre fel prové.
De li que tot ai bien trové   3.340
A sauver soi du soirement.

A quem passar onde está posto
Esmolas peça, assim certeiro,
Pois lhe darão ouro e dinheiro —
Guarde o dinheiro, e que eu o veja,
Quando na alcova a sós esteja.
Diz Perinis: — Não tenhas medo,
Bem lhe direi todo o segredo.
Perinis deixa sua rainha.
Ao bosque já chegado tinha,
Entra sozinho e, sem tardança,
O esconderijo, à tarde, alcança,
Onde Tristão vivendo está.
Da mesa se erguem eles já.
Tristão se alegra co'a visita.
Bem sabe: novas tem à vista
Que o bom valete traz-lhe então.
Os dois assim se dão a mão,
Subindo logo a um alto assento.
Perinis conta, num momento,
Da sua rainha a instrução.
À terra inclina-se Tristão,
Pelo que mais espera, jura:
Quem mal pensou sofra as agruras,
Suas cabeças perderão
E de forcados penderão:
— Dize à rainha toda a lide:
Lá estarei, que não duvide,
Alegre esteja e tudo aguente.
Não entrarei em banho quente
Até co'a espada ter vingança
Contra os que a agridem à abastança:
São, pois, bandidos comprovados.
Tudo farei que me for dado
Para a salvar no juramento —

O juramento de Isolda

Je la verrai assez briment.
Va, si li di que ne s'esmait:
Ne dot pas que je n'alle au plet,
Atapiné comme tafurs.   3.345
Bien me verra li roi Artus
Soier au chief sor le Mal Pas,
Mais il ne me connoistra pas.
S'aumosne avrai, se l'en pus traire.
A la roïne puez retraire   3.350
Ce que t'ai dit el sozterrin
Que fist fere si bel perrin.
De moi li porte plus saluz
Qu'il n'a sor moi bocés menuz.
— Bien li dirai, dist Perinis,   3.355
Lors s'est par les degrez fors mis:
— G'en vois au roi Artus, beau sire.
Ce mesage m'i estuet dire:
Qu'il vienge oïr le soirement,
Ensemble o lui chevaliers cent   3.360
Qui puis garrant li porteroient,
Se li felon de rien greignoient
A la dame de loiauté.
Dont n'est ce bien? — Or va a Dé.
Toz les degrez en puie a orne,   3.365
El chaceor monte et s'en torne.
N'avra mais pais a l'esperon,
Si ert venu a Cuerlion.
Molt out cil poines por servir,
Molt l'en devroit mex avenir.   3.370
Tant a enquis du roi novele
Que l'en li a dit bone et bele,
Que li rois ert a Isneldone.
Cele voie qui l'a s'adone
Vet li vaslet Yseut la bele.   3.375

P'ra vê-la falta um só momento.
Vai, dize que não se atormente,
Prometo que estarei presente,
Ser um mendigo fingirei:
Me verá bem Artur, o rei,
Sentado à entrada do Mau Passo,
Sem conhecer-me nem um traço:
A sua esmola eu ganho sim.
Conta à rainha tudo, assim,
Que disse eu neste meu covil,
Que co'estas pedras se cobriu.
Mais vênias leva, sim, para ela
Que chagas terei por mazela.
— Sim que direi — diz Perinis,
Já nos degraus indo feliz:
— Ao rei Artur irei, Senhor,
Este convite lhe propor:
Que venha ouvir o juramento,
Dos cavaleiros traga o cento
Que garantia a ela darão,
Se às raias, pois, os pulhas vão,
Ao atacar o nome seu.
Não está bem? — Vai já com Deus!
Sobe os degraus e logo sai,
Pula ao cavalo e então se vai.
Paz não dará mais às esporas,
A Cuerlion já corre agora.
Muito se empenha em bem fazê-lo,
Muito lhe vem mais de atropelo:
Quando pergunta pelo rei,
Belo e bem ouve que sua grei
Com ele está em Isneldone.
Sem que o caminho ele abandone,
Segue o donzel de Isolda, a bela.

O juramento de Isolda

A un pastor qui chalemele
A demandé: — Ou est li rois?
— Sire, fait il, il sit au dois.
Ja verroiz la Table Reonde
Qui tornoie conme le monde.   3.380
Sa mesnie sit environ.
Dist Perinis: — La en iron.
Li vaslet au perron decent,
Maintenant s'en entra dedanz.
Molt i avoit filz a contors   3.385
Et filz a riches vavasors,
Qui servoient por armes tuit.
Un d'eus s'en part, con s'il s'en fuit;
Il vient au roi, et il l'apele:
— Va, dont vien tu? — J'aport novele: 3.390
La defors a un chevauchant.
A grant besoin te va querant.
Atant estes vos Pirinis:
Esgardez fu de maint marchis;
Devant le roi vint a l'estage   3.395
Ou seoient tuit li barnage.
Li vaslet dit tot a seür:
— Dieu saut, fait il, le roi Artur,
Lui et tote sa compagnie,
De par la bele Yseut s'amie!   3.400
Li rois se lieve sus des tables:
— Et Dex, fait il, espiritables
La saut et gart, et toi, amis!
Dex! fait li rois, tant ai je quis
De lié avoir un sol mesage!   3.405
Vaslet, voiant cest mien barnage,
Otroi a li qant que requiers.
Toi tiers seras fet chevaliers,
Por le mesage a la plus bele

260

A um pastor, co'a charamela,
Pergunta então: — Qu'é de teu rei?
— À mesa está, lá o achareis.
Vereis a Távola Redonda,
Que, como o mundo, faz a ronda:
À volta senta-se a sua grei.
Diz Perinis: — Lá sim irei.
Desce o valete à laje, à pressa,
E no salão bem logo ingressa:
Havia ali filhos de condes
E de vassalos (muitos ponde!),
Por armas cada qual servia.
Um deles sai — dali fugia? —,
Ao rei Artur vai com perícia:
— Ei, donde vens? — Trago notícia:
Lá fora alguém vem cavalgando,
Em grande apuro te buscando.
Perinis vedes como avança,
Cada marquês o olhar lhe lança;
Vai ante o rei, sobre o estrado
Onde o cortejo está sentado.
Seguro, tudo o que diz, eis:
— Deus salve — fala — Artur, o rei,
E co'ele toda a companhia!
Votos Isolda vos envia!
O rei levanta-se da mesa:
— E Deus — falou —, etérea alteza,
A salve e guarde — e a ti, amigo!
Deus! — diz o rei — há quanto digo
Dela querer mensagem ter!
Valete, tendo a corte a ver,
O que pedires lhe darei
E cavaleiro te farei,
Por ter mensagem da mais bela

O juramento de Isolda   261

Qui soit de ci jusq'en Tudele.   3.410
— Sire, fait il, vostre merci!
Oiez por qoi sui venu ci;
Et s'i entendent cil baron,
Et mes sires Gauvain par non.
La roïne s'est acordee   3.415
A son seignor, n'i a celee:
Sire, la ou il s'acorderent,
Tuit li baron du reigne i erent.
Tristran s'osfri a esligier
Et la roïne a deraisnier,   3.420
Devant le roi, de loiauté.
Ainz nus de tele loiauté
Ne vout armes saisir ne prendre.
Sire, or font le roi Marc entendre
Que il prenge de lié deraisne.   3.425
Il n'a frans hon, François ne Sesne,
A la roi cort, de son linage.
Ge oi dire que souef nage
Cil qui on sostient le menton.
Rois, se nos ja de ce menton,   3.430
Si me tenez a losengier.
Li rois n'a pas corage entier,
Senpres est ci et senpres la.
La bele Yseut respondu l'a
Qu'ele en fera droit devant vos.   3.435
Devant le Gué Aventuros
Vos requiert et merci vos crie,
Conme la vostre chiere amie,
Que vos soiez au terme mis,
Cent i aiez de vos amis.   3.440
Vostre cors soit atant loial,
Vostre mesnie natural,
Dedevant vos iert alegiee,

Que há desde aqui até Tudela.
— Senhor — diz ele —, o vosso empenho!
Eis o motivo por que venho —
E ouvi, barões aqui presentes,
E Gauvain nomeadamente:
Paz a rainha celebrou
Com seu senhor, não se ocultou;
Senhor, lá onde se acordaram,
Tudo os barões presenciaram:
Ofereceu Tristão provar-se,
E Isolda já justificar-se,
Diante do rei, com lealdade.
Ninguém, por essa lealdade,
Quis suas armas empunhar.
Agora ao rei vêm demandar
Jure a rainha em confissão.
Francês, na corte, nem saxão
De sua linhagem não tem nada.
Ouço dizer que suave nada
Quem se sustenta pelo queixo.
Se é logro, rei, do que me queixo,
Podeis punir este embusteiro.
O rei não opta por inteiro:
Sempre está cá, sempre está lá.
A bela Isolda disse já
Que jurará a vós, garboso,
Diante do Vau Aventuroso.
Ela requer e pede a graça,
Que, como amiga, se lhe faça:
Estardes lá, quando eu vos digo,
Levando cem dos bons amigos.
Vosso dispor seja leal,
Vossa mesnada, natural!
Perante vós, se ela jurar —

O juramento de Isolda   263

Et Dex la gart que n'i meschiee!
Que, pus li serïez garant,   3.445
N'en faudrïez ne tant ne quant.
D'hui en huit jors est pris le termes.
Plorer en font o groses lermes:
N'i a un sol qui de pitié
N'en ait des euilz le vis mollié.   3.450
— Dex! fait chascun, que li demandent?
Li rois fait ce que il conmandent,
Tristran s'en vet fors du païs.
Ja ne voie il saint paradis,
Se li rois veut, qui la n'ira   3.455
Et qui par droit ne l'aidera.
Gauvain s'en est levé en piez,
Parla et dist conme afaitiez:
— Oncle, se j'ai de toi l'otrise,
La deresne qui est assise   3.460
Torra a mal as trois felons.
Li plus coverz est Guenelons:
Gel connois bien, si fait il moi.
Gel boutai ja a un fangoi,
A un bohort fort et plenier.   3.465
Se gel retien, par Saint Richier,
N'i estovra Tristran venir.
Se gel pooie as poins tenir,
Ge li feroie asez ennui
Et lui pendrë an un haut pui.   3.470
Gerflet s'en lieve enprés Gauvain,
Et si s'en vindrent main a main:
— Rois, molt par heent la roïne
Denaalain et Godoïne
Et Guenelon, molt a lonc tens.   3.475
Ja ne me tienge Dex en sens,
Se vois encontre Godoïne,

264

E Deus a vai assegurar! —,
Dela sereis a garantia,
Faltando a ela nem um dia!
É de hoje a oito: esta é a data.
Em todos pranto já desata:
Não há um só que, apiedado,
Não tenha o rosto assim molhado:
— Deus! — cada um diz —, quem tal lhe pede?
E o rei que a tudo assim só cede!
Tristão se foi sem outro aviso!
Não verá o santo Paraíso —
Se o rei quiser — quem não irá
E Isolda não ajudará.
Gauvain se pôs logo de pé,
Falou e disse por sua fé:
— Tio, se tu, pois, me autorizas,
A jura, na data precisa,
Só trará mal aos três vilãos.
O mais fingido é Guenelão:
Eu o conheço e o enfrentei,
Num lamaçal é que o joguei,
Em um torneio, ao o abater.
Se co'ele dou, por São Richier,
Não mais tem de vingar Tristão:
Se nele ponho minha mão,
Muito o farei assim sofrer
E em alto monte a forca ter!
Gerflet após Gauvain levanta,
Dá-lhe sua mão, bem se adianta:
— Rei, querem que ela se arruíne
Denaalain e Godoíne,
Mais Guenelon, e já há muito.
Meu senso tire Deus, fortuito,
Se a Godoíne não alcança

O juramento de Isolda

Se de ma grant lance fresnine
Ne pasent outre li coutel,
Ja n'en enbraz soz le mantel   3.480
Bele dame desoz cortine.
Perinis l'ot, le chief li cline.
Dit Evains, li filz Urïen:
— Asez connois Dinoalain:
Tot son sens met en acuser,   3.485
Bien set faire le roi muser,
Tant li dirai, que il me croie,
Se je l'encontre enmié ma voie,
Con je fis ja une autre foiz,
Ja ne m'en tienge lois ne fois,   3.490
S'il ne se puet de moi defendre,
S'a mes deus mains ne le fais pendre.
Molt doit on felons chastïer.
Du roi joent si losengier.
Dist Perinis au roi Arthur: 3.495
— Sire, je sui de tant seür
Que li felon prendront colee,
Qui la roïne ont quis meslee.
Ainz a ta cort n'ot menacié
Home de nul luitain reigné   3.500
Que n'en aiez bien trait a chief:
Au partir en remestrent grief
Tuit cil qui l'ourent deservi.
Li rois fu liez, un poi rougi:
— Sire vaslez, alez mangier.   3.505
Cist penseront de lui vengier.
Li rois en son cuer out grant joie;
Parla, bien vout Perinis l'oie:
— Mesnie franche et honoree,
Gardez qu'encontre l'asenblee   3.510
Soient vostre cheval tuit gras,

Minha assim grande e dura lança
E com seu fio não o traspassa!
Pois até lá não mais me abraça
Dama, num leito cortinado!
Perinis ouve embaraçado.
Diz Evains, pois, de Urien filho:
— A Dinoalain ódio partilho:
Tudo o que sabe é acusar
E ao rei só faz por enganar.
Tanto dizer-lhe hei de mui pronto,
Se, em meu caminho, a ele encontro,
Como já fiz, bom tempo tem.
Nem lei nem fé não me detêm,
Se de mim não se defender
De logo à forca o suspender.
Os pulhas vamos castigar,
Burlam o rei, a bajular!
Diz Perinis a Artur, o rei:
— Senhor, seguro estou e sei
Que um golpe vai sobre os bandidos,
Por tudo que eles têm urdido.
Em tua corte, ameaçado,
Ninguém jamais, aqui chegado,
Deixou de ser bem assistido.
E enfim termina só afligido
Quem quer que tal bem mereceu.
O rei, feliz, enrubesceu:
— Senhor valete, ide jantar.
Estes assim a vão vingar.
Ao rei deleite então tomou,
P'ra Perinis ouvir, falou:
— Mesnada franca e tão honrada,
Cuidai que na data aprazada
Tenhais cavalos bem nutridos,

O juramento de Isolda

Vostre escu nuef, riche vos dras.
Bohorderons devant la bele
Dont vos oiez tuit la novele.
Molt porra poi sa vie amer   3.515
Qui se faindra d'armes porter.
Li rois les ot trestoz semons:
Le terme heent qui'st si lons.
Lor vuel fust il a l'endemain.
Oiez du franc de bone main: 3.520
Perinis le congié demande.
Li rois monta sur Passelande,
Qar convoier veut le meschin.
Contant vont par mié le chemin:
Tuit li conte sont de la bele   3.525
Qui metra lance par astele.
Ainz que parte li parlemenz,
Li rois offre les garnemenz
Perinis d'estre chevalier,
Mais il nes vout encor ballier.   3.530
Li rois convoié l'out un poi,
Por la bele franche au chief bloi,
Ou il n'a point de mautalent.
Molt en parloient an alent.
Li vaslez out riche convoi   3.535
Des chevaliers et du franc roi.
A grant enviz sont departiz.
Li rois le claime: — Beaus amis,
Alez vos en, ne demorez.
Vostre dame me salüez   3.540
De son demoine soudoier
Qui vient a li por apaier.
Totes ferai ses volentez.
Por lié serai entalentez.
El me porra molt avancier.   3.545

Escudos novos, bons vestidos.
Justa faremos para a bela
Que ouvistes como a nós apela.
Sua vida, pois, vai amargar
Quem se negar a armas portar.
O rei tais coisas lhes dizia.
O dia longe parecia:
Queriam que fosse amanhã.
Ouvi do franco, em seu afã:
Licença p'ra partir rogou.
O rei Passelande montou,
Pois o queria acompanhar —
Caminho vão a cavalgar.
Toda a conversa é sobre a bela,
Lanças irão quebrar por ela.
Antes do fim dessa conversa
O rei promete o que interessa
P'ra Perinis ser cavaleiro,
Mas esperar manda-o primeiro.
O rei o segue com desvelo,
Pela que tem louro cabelo
E em quem não há mau sentimento.
Só falam dela em seguimento.
Vai o valete e, no seu flanco,
Os cavaleiros e o rei franco:
Pesou-lhes não ficar consigo.
Exclama o rei: — Meu belo amigo,
Ide ora embora, sem demora,
Dai saudações à dama, agora,
De seu sincero servidor,
Que paz para ela vem dispor.
Farei de todo a sua vontade,
Por ela vou, sem leviandade —
Isso far-me-á bem prosperar!

O juramento de Isolda

Menbre li de l'espié lancier,
Qui fu en l'estache feru:
Elle savra bien ou ce fu.
Prié vos que li dïez einsi.
— Rois, si ferai, gel vos afi.   3.550
Adonc hurta le chaceor.
Li rois se rest mis el retor.
Cil s'en vient; son mesage a fait
Perinis qui tant mal a trait
Por le servise a la roïne.   3.555
Conme plus puet, et il chemine:
Onques un jor ne sejorna
Tant qu'il vint la don il torna.
Raconté a sa chevauchie
A celi qui molt en fu lie,   3.560
Du roi Artur et de Tristran.
Cele nuit furent a Lidan.
Cele nuit fu la lune dime.
Que diroie? Li terme aprime
De soi alegier la roïne.   3.565
Tristran, li suens amis, ne fine,
Vestu se fu de mainte guise:
Il fu en legne, sanz chemise;
De let burel furent les cotes
Et a quarreaus furent ses botes.   3.570
Une chape de burel lee
Out fait tallier, tote enfumee.
Affublez se fu forment bien,
Malade senble plus que rien;
Et nequeden si ot s'espee   3.575
Entor ses flans estoit noee.
Tristran s'en part, ist de l'ostal
Celeement, a Governal,
Qui li enseigne et si li dit:

Da lança deve ela lembrar
Que ao poste foi bem afixada —
Ela estará disso informada.
Peço que, assim, tal lhe digais.
— Rei, sim, direi. Acreditai!
O seu cavalo esporeou,
O rei, virando, retornou.
Ele se vai. O aviso deu
Perinis, que tanto sofreu
Para a rainha assim servir.
Rápido vai, sem se esvair:
Nem um só dia descansou,
Desde que foi e retornou.
Contou-lhe toda a cavalgada,
À que se pôs muito alegrada,
Falou de Artur e de Tristão.
Em Lindan esta noite estão.
É a noite a décima da lua.
Diria quem? Chegou a sua
Hora da jura, p'ra rainha.
Tristão a não deixa sozinha,
Vestiu-se de leproso à guisa:
De lã sua roupa, sem camisa,
Burel grosseiro leva às costas
E remendadas tem as botas.
De burel a capa tão ancha
Fez retalhar, com muita mancha.
Dissimulado está tão bem,
Doente igual mais que ninguém.
Não esqueceu a sua espada,
Em volta ao flanco bem atada.
Vai-se Tristão, deixa o local
Onde escondeu, com Governal,
Que o aconselha e assim lhe fala:

O juramento de Isolda   271

— Sire Tristran, ne soiez bric.   3.580
Prenez garde de la roïne
Qu'el n'en fera senblant et signe.
— Maistre, fait il, si ferai bien.
Gardez que vos faciez mon buen.
Ge me crient molt d'aperchevance.   3.585
Prenez mon escu et ma lance,
Ses m'aportez, et mon cheval
Enreignez, mestre Governal,
Se mestier m'est, que vos soiez
Au pasage, prez, enbuschiez.   3.590
Vos savez bien le buen passage,
Pieç'a que vos en estes sage.
Li cheval est blans conme flor:
Covrez le bien trestot entor,
Que il ne soit mes conneüz   3.595
Ne de nul home aperceüz.
La ert Artus atot sa gent,
Et li rois Marc tot ensement.
Cil chevalier d'estrange terre
Bohorderont por los aquerre;   3.600
Et, por l'amor Yseut m'amie,
I ferai tost une esbaudie.
Sus la lance soit le penon
Dont la bele me fist le don.
Mestre, or alez, pri vos forment   3.605
Que le faciez molt sauvement.
Prist son henap et son puiot,
Le congié prist de lui, si l'ot.
Governal vint a son ostel,
Son hernois prist, ainz ne fist el,   3.610
Puis si se mist tot a la voie.
Il n'a cure que nus ne voie.
Tant a erré que enbuschiez s'est

— Senhor Tristão, aguarda e cala.
E co'a rainha, tem cautela,
Não vá, ao ver-te, sorrir ela!
— Mestre — ele diz —, sim, farei bem.
Estai atento vós também,
Denúncia temo, se me alcança.
Pegai o escudo e minha lança,
Trazei-mos e, em meu animal,
Já ponde as rédeas, Governal;
Se mister for, fica aprestado,
Bem na passagem emboscado.
Essa passagem conheceis,
Há muito já dela sabeis.
Branco é o cavalo como flor,
Cobri-o, o quão possível for,
Para não ser reconhecido
E por ninguém apercebido.
Lá estará Artur e a grei,
Com o rei Marco, bem o sei.
Os cavaleiros estrangeiros
Farão torneio, bem ligeiros —
E por Isolda, minha amiga,
Lutarei tudo que eu consiga.
Ponde na lança meu pendão,
De minha bela um galardão.
Mestre, ide agora. Isto vos peço:
Sem discrição não há sucesso.
Bastão mais taça ele pegou,
Um do outro logo se afastou.
Vai Governal a seu abrigo,
Os apetrechos tem consigo,
Então se pôs naquela via,
Cuidando se ninguém o via:
Muito ele andou, que se ocultou,

O juramento de Isolda

Pres de Tristran, qui au Pas est.
Sor la mote, au chief de la mare, 3.615
S'asist Tristran sanz autre afaire.
Devant soi fiche son bordon:
Atachié fu a un cordon
A quei l'aveit pendu au col.
Entor lui sont li taier mol. 3.620
Sor la mote forment se tret.
Ne senbla pas home contret,
Qar il ert gros et corporuz:
Il n'ert pas nains, contrez, boçuz.
La rote entent, la s'est asis. 3.625
Molt ot bien bocelé son vis.
Qant aucun passe devant lui,
En plaignant disoit: — Mar i fui!
Ja ne quidai estre aumosnier
Ne servir jor de cest mestier! 3.630
Mais n'en poon or mais el faire.
Tristran lor fait des borses trere,
Que il fait tant chascun li done.
Il les reçoit, que mot ne sone.
Tex a esté set anz mignon 3.635
Ne set si bien traire guignon.
Meïsmes li corlain a pié
Et li garçon li mains proisié,
Qui vont mangant par le chemin.
Tristran, qui tient le chief enclin, 3.640
Lor aumosne por Deu lor quiert.
L'un l'en done, l'autre le fiert.
Li cuvert gars, li desfaé
Mignon, herlot l'ont apelé.
Escoute Tristran, mot ne sone: 3.645
Por Deu, ce dit, le lor pardone.
Li corgel, qui sont plain de rage,

Perto dali Tristão ficou.
Sobre o montículo, na entrada,
Sentou Tristão, sem fazer nada.
Diante de si pôs a muleta,
Presa a uma corda, que vai reta,
A seu pesçoco bem envolta.
Chão pantanoso é o que há em volta.
Sobre o montículo subiu,
Doença então não exibiu,
Bom corpo tem, força fecunda:
Não era anão, coxo ou corcunda.
Ouve o cortejo e lá se assenta,
Caroços na face apresenta.
Quando um lhe passa à frente assim,
Gemente, então, diz: — Ai de mim!
Eu não queria ser mendigo,
Nem esta sina ter comigo!
Mas do que mais posso eu haurir?
Tristão lhes faz a bolsa abrir
E o que têm lá lhe oferecer:
Recebe-o, sem nada dizer.
Bicha sete anos esforçado
Mais não teria arrecadado.
A mensageiro que ia a pé
E mais aos moços da ralé,
Que no caminho vão comendo,
Tristão, seu rosto já escondendo,
Esmola pede e Deus invoca:
Logo um lhe dá, mas outro o soca.
Pelos covardes, desbocados,
Bicha e vadio ele é chamado.
Ouve Tristão, não se atordoa,
Por Deus, diz ele que os perdoa.
Enraivecida, muita gente

O juramento de Isolda

Li font ennui, et il est sage.
Truant le claiment et herlot.
Il les convoie o le puiot: 3.650
Plus de quatorze en fait saigner,
Si qu'il ne püent estanchier.
Li franc vaslet de bone orine
Ferlin ou maalle esterline
Li ont doné: il les reçoit.   3.655
Il lor dit que il a toz boit,
Si grant arson a en son cors
A poine l'en puet geter fors.
Tuit cil qui l'oient si parler
De pitié prenent a plorer;   3.660
Ne tant ne qant pas nu mescroient
Qu'il ne soit ladres cil quil voient.
Pensent vaslet et escuier
Qu'il se hastent de soi logier
Et des tres tendre lor seignors,   3.665
Pavellons de maintes colors:
N'i a riche home n'ait sa tente.
A plain erre, chemin et sente,
Li chevalier vienent aprés.
Molt a grant presse en cel marchés;   3.670
Esfondré l'ont, mos est li fans.
Li cheval entrent jusq'as flans,
Maint en i chiet, qui que s'en traie.
Tristran s'en rist, point ne s'esmaie,
Par contraire lor dit a toz: 3.675
— Tenez vos reignes par les noz,
Si hurtez bien de l'esperon;
Par Deu, ferez de l'esperon,
Qu'il n'a avant point de taier.
Qant il le pensent essaier,   3.680
Li marois font desoz lor piez.

Muito o desfeita — ele consente.
Biltre e vadio é o que se fala.
Ele os repele co'a bengala:
Mais de quatorze fez sangrar,
Sem que o pudessem estancar.
Os jovens nobres, gente fina,
Moedas poucas de esterlina
Para ele dão. Ele as recebe
E lhes diz que bem logo as bebe:
No corpo sente tanto ardor,
P'ra fora mal o pode pôr.
Quem quer que o ouve assim falar
Põe-se com lástima a chorar:
Por nada iriam, pois, descrer
Ser um leproso o que se vê.
Pensam valetes e escudeiros
Que lugar têm de achar primeiro
P'ra si e as tendas dos senhores,
Seus pavilhões de muitas cores:
Rico não há lá sem sua tenda.
Pelos caminhos, pelas sendas
Chegam depois os cavaleiros,
Vêm pelo charco bem ligeiros:
O chão se torna um lodaçal,
Vão os cavalos nele mal,
Uns caem lá, quase não saem.
Ri-se Tristão, nada lhe atraem,
Pelo contrário, diz-lhes só:
— As rédeas tende pelo nó
E usai bastante essas esporas.
Por Deus, batei com as esporas,
Que à frente lama não mais há.
Não há quem tente pisar lá
Que, aos pés, o chão já não lhe funda:

O juramento de Isolda

Chascun qui entre est entaiez:
Qui n'a hueses, s'en a soffrete.
Li ladres a la main fors traite,
Qant en voit un qui el tai voitre,   3.685
Adonc flavele cil a cuite.
Qant il le voit plus en fangoi,
Li ladres dit: — Pensez de moi!
Que Dex vos get fors du Mal Pas!
Aidiez a noveler mes dras!   3.690
O sa botele el hanap fiert.
En estrange leu les requiert,
Mais il le fait par lecherie.
Qant or verra passer s'amie,
Yseut, qui a la crine bloie,   3.695
Que ele an ait en son cuer joie.
Molt a grant noise en cel Mal Pas.
Li passeor sollent lor dras,
De luien puet l'om oïr les huz
De ceus qui solle la paluz.   3.700
Cil qui la passe n'est seür.
Atant es vos le roi Artus:
Esgarder vient le passeor,
O lui de ses barons plusor.
Criement que li marois ne fonde.   3.705
Tuit cil de la Table Reonde
Furent venu sor le Mal Pas,
O escu fres, o chevaus cras,
De lor armes entreseigné.
Tuit sont covert, et mens que pié;   3.710
Maint drap de soie i ot levé.
Bohordant vont devant le gé.
Tristran connoissoit bien le roi
Artus, si l'apela o soi:
— Sire Artus, rois, je sui malades,   3.715

278

Quem entra assim logo se afunda,
Quem não tem botas sente falta.
Longe o leproso, co'a mão alta,
Na lama ao ver um chafurdado
Bate o chocalho, já alterado;
Quando o vê mais preso na lama,
O doente diz: — Lembrai meu drama!
Que Deus vos tire do Mau Passo!
Por roupas novas, votos faço!
Bate a garrafa na sua taça,
Estranha a todos que assim faça,
Mas ele o faz por brincadeira,
P'ra que, ao passar, a tão faceira
Isolda, de cabelos louros,
Fique feliz, sem um desdouro.
Grande é o tumulto no Mau Passo:
Sujam-se todos nesse espaço,
Ouvem-se berros sem igual
Dos que sujava o lamaçal.
Se passa alguém, não foge à lei.
Eis que ora chega Artur, o rei.
Ele a passagem avalia,
De seus barões co'a maioria:
Do charco os riscos ele sonda.
Todos da Távola Redonda
Com ele ao Mau Passo vieram,
Corcéis, paveses lá trouxeram,
Armamentos assinalados.
De cabo a rabo muito armados,
De seda os mantos vão subindo,
Diante do vau já competindo.
Tristão conhece bem o rei
Artur, e o chama entre sua grei:
— Senhor Artur, eu sou doente,

O juramento de Isolda

Bociez, meseaus, desfaiz et fades.
Povre est mon pere, n'out ainz terre.
Ça sui venuz l'aumosne querre,
Molt ai oï de toi bien dire,
Tu ne me doiz pas escondire.   3.720
Tu es vestuz de beaus grisens
De Renebors, si con je pens.
Desoz la toile rencïene
La toue char est blanche et plaine.
Tes janbes voi de riche paile   3.725
Chaucies et o verte maile,
Et les sorchauz d'une escarlate.
Roiz Artus, voiz con je me grate?
J'ai les granz froiz, qui que ait les chauz.
Por Deu me donne ces sorchauz   3.730
Li nobles rois avoit pitié:
Dui damoisel l'ont deschaucié.
Li malades les sorchauz prent,
Otot s'en vet isnelement,
Asis se rest sor la muterne.   3.735
Li ladres nus de ceus n'esperne
Qui devant lui sont trespassé;
Fins dras en a a grant plenté
Et les sorchauz Artus le roi.
Tristran s'asist sor le maroi.   3.740
Qant il se fu iluec assis,
Li rois Marc, fiers et posteïs,
Chevaucha fort vers le taier.
Tristran l'aqeut a essaier
S'il porra rien avoir du suen.   3.745
Son flavel sonë a haut suen,
A sa voiz roe crie a paine,
O le nes fait subler l'alaine:
— Por Deu, roi Marc, un poi de bien!

Corcunda, lázaro, impotente.
Pobre é meu pai, terra não tem,
Sou dos que esmola pedir vêm.
Só bem de ti ouvi falar,
Tu não me deves desprezar.
Um traje cinza tens, que veio
De Ratisbona, como creio.
De Reims é o pano, sob o qual
Fica teu corpo sem igual.
Tuas pernas um rico brocardo
Cobre e uma rede verde-pardo,
São tuas botinas de lã fina.
Vês, rei, o que é que me amofina?
Eu passo frio, outros calor.
Dá-me as botinas, por favor!
O rei se sente apiedado,
Por dois donzéis é descalçado;
Pega as botinas o doente
E vai-se imediatamente,
Sentado fica em seu lugar.
Não há quem pense ele em poupar
Dos que diante dele vão.
Tecidos finos tem nas mãos
E de Artur, rei, tem as botinas.
Tristão se assenta na colina.
Quando ele estava se assentando,
Marco, seu rei, ares se dando,
A cavalgar chega-se ao vau.
Tristão o aborda nada mal,
P'ra ver se dele algo há de ter.
Soa o chocalho p'ra valer,
Com rouca voz finge esforçar-se,
Com o nariz, alento dar-se:
— Por Deus, rei Marco, algo me entrega!

O juramento de Isolda

S'aumuce trait, si li dit: — Tien,   3.750
Frere, met la ja sus ton chief:
Maintes foiz t'a li tens fait grief.
— Sire, fait il, vostre merci!
Or m'avez vos de froit gari.
Desoz la chape a mis l'aumuce,   3.755
Qant qu'il puet le trestorne et muce.
— Dom est tu, ladres? fait li rois.
— De Carloon, filz d'un Galois.
— Quanz anz as esté fors de gent?
— Sire, troiz anz i a, ne ment.   3.760
Tant con je fui en saine vie,
Molt avoie cortoise amie.
Por lié ai je ces boces lees;
Ces tartaries plain dolees
Me fait et nuit et jor soner   3.765
Et o la noisë estoner
Toz ceus qui je demant du lor
Por amor Deu le criator.
Li rois li dit: — Ne celez mie
Conment ce te donna t'amie.   3.770
— Dans rois, ses sires ert meseaus,
O lié faisoie mes joiaus,
Cist maus me prist de la comune.
Mais plus bele ne fu que une.
— Qui est ele? — La bele Yseut: 3.775
Einsi se vest con cele seut.
Li rois l'entent, riant s'en part.
Li rois Artus, de l'autre part,
En est venuz, qui bohordot:
Joios se fist, qui plus ne pout.   3.780
Artus enquist de la roïne:
— El vient, fait Marc, par la gaudine.
Dan roi, ele vient o Andret:

O capuz tira, diz-lhe: — Pega,
Irmão, te põe já na cabeça:
Outro mal já não te aconteça!
— Senhor — diz ele —, eu agradeço!
Assim do frio me despeço.
Pôs o capuz sob a sua capa:
Oculto à gente, o dom escapa.
— Doente, donde és? — diz outra vez.
— De Carloon, de pai galês.
— Há quanto estás no isolamento?
— Senhor, três anos, no momento.
Quando mi'a vida era sadia,
Cortês amiga me atendia:
Por ela tenho eu estas chagas
E, dos chocalhos, esta praga!
Tenho de soá-los noite e dia,
P'ra incomodar bem quem devia:
A todos peço quanto for,
Pelo amor de Deus, criador.
O rei lhe diz: — Que, pois, me digas
Como isso fez-te a tua amiga.
— Bom rei, o esposo era leproso,
A ela unia-me gozoso,
Da conjunção veio-me o mal...
Mais bela que ela há só u'a tal...
— E ela quem é? — Isolda, a bela,
A qual se veste tal qual ela.
O rei escuta e rindo parte.
O rei Artur, de sua parte,
P'ra perto vem, deixa o torneio:
Alegre está, ri de permeio.
Artur pergunta da rainha.
— Vem — Marco diz — pela matinha.
Bom rei, co'Andret é que ela vem:

O juramento de Isolda   283

De lié conduire s'entremet.
Dist l'un a l'autre: — Ne sai pas   3.785
Conment isse de cest Mal Pas.
Or eston ci, si prenon garde.
Li trois felon (qui mal feu arde!)
Vindrent au gué, si demanderent
Au malade par ont passerent   3.790
Cil qui mains furent entaié.
Tristran a son puiot drecié
Et lor enseigne un grant molanc:
— Vez la cel torbe aprés cel fanc,
La est li droiz asseneors;   3.795
G'i ai veü passer plusors.
Li felon entrent en la fange.
La ou li ladres lor enseigne,
Fange troverent a mervelle
Desi q'as auves de la selle.   3.800
Tuit troi chïent a une flote.
Li malades fu sus la mote,
Si lor cria: — Poigniez a fort!
Se vos estes de tel tai ort,
Alez, segnor! Par saint apostre,   3.805
Si me done chascun du vostre!
Li cheval fondent el taier;
Cil se prenent a esmaier,
Qar ne trovent rive ne fonz.
Cil qui bohordent sor le mont   3.810
Sont acoru isnelement.
Oiez du ladre com il ment:
— Seignors, fait il a ces barons,
Tenez vos bien a vos archons.
Mal ait cil fans qui est si mos!   3.815
Ostez ces manteaus de vos cox!
Si braçoiez par mié le tai!

Este é o encargo que ele tem.
Diz um ao outro: — O que é que eu faço?
Como sair deste Mau Passo?
Já que aqui vamos, tem cuidado!
Os três vilões (sejam queimados!),
Chegando ao vau lhe perguntaram,
Ao tal doente, aonde passaram
Esses que estavam menos sujos.
Mostra Tristão u'a parte cujo
Chão era puro lodaçal:
— Vede depois do lamaçal:
Essa é uma boa direção,
Lá vi passar muitos que vão.
Na lama entraram os safados,
Lá no lugar recomendado.
Lama encontraram tanta, que ela
Subia até o arco da sela.
Juntos caíram todos três.
Do monte o doente, outra vez,
Gritou-lhes: — Fortes co'as esporas!
E já que estais sujos agora,
Vamos, senhores! Algo dai-me
E, pelo apóstolo, ofertai-me!
Atolam mais os seus cavalos,
Para eles é um grande abalo,
Não acham nem fundo nem beira.
Os que disputam na clareira
Correm p'ra lá rapidamente.
Ouvi como o leproso mente:
— Senhores — diz a esses barões —,
Firmes na sela estai, varões!
Maldita lama, quanto esforço!
Tirai os mantos do pescoço!
Ide a braçadas pelo lodo!

O juramento de Isolda

Je vos di bien, que tres bien sai,
G'i ai hui veü gent passer.
Qui donc veïst henap casser!   3.820
Qant li ladres le henap loche,
O la coroie fiert la boche
Et o l'autre des mains flavele.
Atant es vos Yseut la bele.
El taier vit ses ainemis.   3.825
Sor la mote sist ses amis.
Joie en a grant, rit et envoise.
A pié decent sor la faloise.
De l'autre part furent li roi
Et li baron qu'il ont o soi,   3.830
Qui esgardent ceus du taier
Torner sor coste et ventrellier.
Et li malades les argüe:
— Seignors, la roïne est venue
Por fere son aresnement,   3.835
Alez oïr cel jugement!
Poi en i a joie n'en ait.
Oiez del ladre, du desfait.
Donoalen met a raison:
— Pren t'a la main a mon baston,   3.840
Tire a deus poinz molt durement.
Et cil li tent tot maintenant.
Li baston li let li degiez:
Ariere chiet, tot est plungiez,
N'en vit on fors le poil rebors.   3.845
Et qant il fu du tai trait fors,
Fait li malades: — N'en poi mes.
J'ai endormi jointes et ners,
Les mains gourdes por le mal dagre,
Les piez enflez por le poacre.   3.850
Li maus a enpirez ma force,

Digo-vos bem, não é um engodo,
Que hoje já vi gente passar.
Quem visse a taça ele quebrar!
Quando o leproso a taça alteia,
Bate a garrafa co'a correia
E seu chocalho noutra mão.
A bela Isolda chega então.
No charco vê seus inimigos,
Acima assenta o seu amigo.
Fica feliz, rindo faceira.
Desce ela a pé bem junto à beira.
Lá do outro lado os reis estão
E seus barões com eles vão
Olhando quem, no lodaçal,
Vira e chafurda, sem igual.
E ele, o doente, os espezinha:
— Senhores, já veio a rainha,
Para fazer seu juramento.
Ide ouvir lá o julgamento.
Poucos não são à festa afeitos.
Ouvi do lázaro, o desfeito.
Donoalen chama à razão:
— Pega na mão o meu bastão,
Co'as duas puxa fortemente!
E ele o segura prontamente.
Mas o leproso o bastão larga:
O outro cai, afunda à larga,
Não se vê mais que seu cabelo
E, quando sai do atropelo,
O doente diz: — Não aguentei.
Juntas e nervos já estraguei,
De Agre o mal tenho nestas mãos
E os pés de gota inchados vão;
De minha força restam traços,

Ses sont mi braz com une escorce.
Dinas estoit o la roïne,
Aperçut soi, de l'uiel li cline.
Bien sout Tristran ert soz la chape,   3.855
Les trois felons vit en la trape;
Molt li fu bel et molt li plot
De ce qu'il en ont lait tripot.
A grant martire et a dolor
Sont issu li encuseor   3.860
Du taier defors: a certain,
Ja ne seront mais net sanz bain.
Voiant le pueple, se despollent.
Les dras laisent, autres racuellent.
Mais or oiez du franc Dinas,   3.865
Qui fu de l'autre part du Pas:
La roïne met a raison.
— Dame, fait il, cel siglaton
Estera ja forment laidiz.
Cist garez est plain de rouiz: 3.870
Marriz en sui, forment m'en poise,
Se a vos dras point en adoise.
Yseut rist, qui n'ert pas coarde,
De l'uel li guigne, si l'esgarde.
Le penser sout a la roïne.   3.875
Un poi aval, lez une espine,
Torne a un gué, lui et Andrez,
Ou trepasserent auques nez.
De l'autre part fu Yseut sole.
Devant le gué fu grant la fole   3.880
Des deus rois et de lor barnage.
Oiez d'Yseut com el fu sage!
Bien savoit que cil l'esgardoient
Qui outre le Mal Pas estoient.
Ele est au palefroi venue,   3.885

São pura casca estes meus braços.
Dinás ficou com a rainha,
Notou, deu uma piscadinha:
E soube bem que era Tristão.
Os pulhas vê como é que estão,
Muito achou bom e se alegrou
Da peça que ele lhes pregou.
Só com martírio e muita dor
Sair puderam, com horror,
Do lamaçal. E este é seu ganho:
Não ficam limpos sem um banho!
Diante do povo se desvestem,
As roupas tiram, outras vestem.
Sobre Dinás, ouvir vos faço:
Lá do outro lado do Mau Passo,
Isolda assim à razão chama:
— Vosso vestido — diz —, ó dama,
Ficará sujo inteiramente:
Aqui se vê lama somente.
Isso me pesa, aflito fico
Se sujais tal vestido rico.
Isolda ri, não se acovarda,
O olho lhe pisca, ela o resguarda.
Viu ele como ela disfarça.
Abaixo então, junto a u'a sarça,
Chegam a um vau, ele e Andrez,
Onde já passam, por sua vez.
Isolda fica do outro lado.
Diante do vau, tudo é tomado
Pelos dois reis e comitiva.
Ouvi de Isolda, quão ativa!
Sabia bem que a observavam
Os que no Mau Passo aguardavam.
No palafrém vai-se chegando,

O juramento de Isolda

Prent les langues de la sanbue,
Ses noua desus les arçons:
Nus escuiers ne nus garçons
Por le taier mex nes levast
Ne ja mex nes aparellast.   3.890
Le lorain boute soz la selle,
La poitral oste Yseut la bele,
Au palefroi oste son frain.
Sa robe tient en une main,
En l'autre la corgie tint.   3.895
Au gué o le palefroi vint,
De la corgie l'a feru,
Et il passe outre la palu.
La roïne out molt grant esgart
De ceus qui sont de l'autre part.   3.900
Li roi prisié s'en esbahirent,
Et tuit li autre qui le virent.
La roïne out de soie dras:
Aporté furent de Baudas,
Forré furent de blanc hermine.   3.905
Mantel, bliaut, tot li traïne.
Sor ses epaules sont si crin,
Bendé a ligne sor or fin.
Un cercle d'or out sor son chief,
Qui empare de chief en chief,   3.910
Color rosine, fresche et blanche.
Einsi s'adrece vers la planche:
— Ge vuel avoir a toi afere!
— Roïne franche, debonere,
A toi irai sanz escondire;   3.915
Mais je ne sai que tu veus dire.
— Ne vuel mes dras enpaluër:
Asne seras de moi porter
Tot souavet par sus la planche.

As cintas do xairel tomando,
Seus nós sobre o arco de sua sela.
Nem pajens nem valete, que ela,
Melhor, na lama, o levaria
Nem bem melhor o disporia.
Correias postas sob a sela,
O arreio puxa Isolda, a bela,
Ao palafrém puxa seu freio.
Na mão a veste tendo, veio,
Noutra o chicote é que ela tinha.
No vau, em que o palafrém vinha,
Com o chicote lhe bateu
E no palude ele correu.
Têm na rainha olhos fixados
Os que se encontram do outro lado:
Os reis prezados se alarmaram
E os outros todos que olharam.
De seda o vestido ela tinha
(De Bagdá é que a seda vinha),
Forrado com arminho branco,
Pendentes a capa e o manto.
Pelas espáduas, o cabelo
Preso por fio de ouro belo.
Um aro de ouro, na cabeça,
Que envolve toda sua cabeça.
Da cor de rosa, fresca e branca,
Ela dirige-se p'ra prancha:
— Algo tenho eu para fazeres.
— Rainha, nobre entre as mulheres,
A ti vou logo eu atender,
Mas não sei que queres dizer.
— A roupa não quero sujar:
Asno serás p'ra me levar
Todo suave pela prancha.

O juramento de Isolda

— Avoi! fait il, roïne franche,   3.920
Ne me requerez pas tel plet:
Ge suis ladres, boçu, desfait.
— Cuite, fait ele, un poi t'arenge.
Quides tu que ton mal me prenge?
N'en aies doute, non fera.   3.925
— A, Dex! fait il, ce que sera?
A li parler point ne m'ennoie.
O le puiot sovent s'apoie.
— Diva! Malades, molt es gros!
Tor la ton vis et ça ton dos: 3.930
Ge monterai come vaslet.
Et lors s'en sorrist li deget,
Torne le dos, et ele monte.
Tuit les gardent, et roi et conte.
Ses cuisses tient sor son puiot: 3.935
L'un pié sorlieve et l'autre clot,
Sovent fait senblant de choier,
Grant chiere fait de soi doloir.
Yseut la bele chevaucha,
Janbe deça janbe dela.   3.940
Dist l'un a l'autre: — Or esgardez
....
Vez la roïne chevauchier
Un malade qui seut clochier.
Pres qu'il ne chiet de sor la planche,   3.945
Son puiot tient desor sa hanche.
Alon encontre cel mesel
A l'issue de cest gacel.
La corurent li damoisel
....   3.950
Li roi Artus cele part torne,
Et li autre trestot a orne.
Li ladres ot enclin le vis:

— Ah não! — diz ele — tu, sem mancha,
A mim tal pleito não me infundas:
Leproso sou, doente, corcunda.
— Cala! — diz ela — que te aprontes.
Temes que com teu mal me afrontes?
Não tenhas medo, não fará.
— Ah, Deus! — diz ele — o que será?
Falar-lhe nunca me inquieta!
E ele se apoia na muleta.
— Mas vai! Leproso, és um colosso!
Vira tua face e dá-me o dorso:
Eu montarei como valete.
Ele, sorrindo, se submete,
O dorso vira e ela já monta.
Rei, conde, todos dão-se conta:
As coxas na muleta aperta,
Um pé levanta, o outro acerta,
Que vai cair às vezes faz
Fingindo dor tão contumaz.
Isolda, a bela, a cavalgar,
Perna de cá, perna de lá...
Diz um a outro: — Agora olhai,
....
Vede a rainha a cavalgar
Com o doente a coxear!
Por pouco cai de sobre a prancha,
Muleta sob a perna troncha!
Vamos atrás do lazarento
Saindo do chão lamacento!
E os jovens chegam num momento
....
O rei Artur para ela avança
E os demais, sem mais tardança.
Logo o leproso abaixa o rosto

O juramento de Isolda

De l'autre part vint el païs.
Yseut se lait escolorgier.   3.955
Li ladres prent a reperier,
Au departir il redemande
La bele Yseut anuit viande.
Artus dist: — Bien l'a deservi.
Ha, roïne, donez la lui!   3.960
Yseut la bele dist au roi:
— Par cele foi que je vos doi,
Forz truanz est, asez en a,
Ne mangera hui ce qu'il a.
Soz sa chape senti sa guige,   3.965
Rois, s'aloiere n'apetiche:
Les pains demiés et les entiers
Et les pieces et les quartiers
Ai bien parmié le sac sentu.
Viande a, si est bien vestu.   3.970
De vos sorchauz, s'il les veut vendre,
Puet il cinc soz d'esterlins prendre,
Et de l'aumuce mon seignor
Achat berbiz, si soit pastor
Ou un asne qui past le tai.   3.975
Il est herlot, si que jel sai.
Hui a suï bone pasture,
Trové a gent a sa mesure.
De moi n'en portera qui valle
Un sol ferlinc n'une maalle.   3.980
Grant joie en meinent li dui roi.
Amené ont son palefroi,
Monté l'ont; d'ileuc tornerent.
Qui ont armes lors bohorderent.
Tristran s'en vet du parlement.   3.985
Vient a son mestre, qui l'atent.
Deus chevaus riches de Castele

E do outro lado já está posto.
Isolda do ombro lhe escorrega.
De partir ele se encarrega.
Ao ir embora, um prato pede,
Se a bela Isolda lhe concede.
Artur diz: — Bem vos assistiu.
Dai-lhe, rainha, o que pediu!
Isolda, a bela, diz ao rei:
— Em toda fé eu vos direi,
Ele é vadio e muito tem,
Não comerá o que lhe vem.
Senti o farnel, sob a sua capa,
Bem cheio, rei, e não lhe escapa!
Inteiros tem — e ao meio — pães,
De carne tem muitas porções;
Senti-lhe o saco, é bem sortido,
Comida tem, vai bem vestido.
Vossas botinas, se ele vende,
Cinco esterlinas isso rende,
E, co'o capuz de meu senhor,
Bem compra ovelhas, se pastor,
Ou um asno que a lama atravesse.
Malandro ele é, como parece!
Hoje terá ele um bom pasto
De gente que não mede gasto.
De mim não leva miuçalha,
Moeda ou coisa que isso valha.
Grande alegria aos dois reis vem.
Trazem para ela o palafrém:
Ela já monta e lá se vão.
Quem armas tem bate-se então.
Tristão se vai de onde estivera,
Vem a seu mestre, que o espera.
Dois bons cavalos de Castela

O juramento de Isolda

Ot amené, o frain, o sele,
Et deus lances et deus escuz.
Molt les out bien desconneüz.   3.990
Des chevaliers que vos diroie?
Une guinple blanche de soie
Out Governal sor son chief mise:
N'en pert que l'uel en nule guise.
Arire s'en torne le pas.   3.995
Molt par out bel cheval et cras.
Tristran rot le Bel Joeor:
Ne puet on pas trover mellor.
Coste, silie, destrier et targe
Out couvert d'une noire sarge.   4.000
Son vis out covert d'un noir voil,
Tot ot covert et chief et poil.
A sa lance ot l'enseigne mise
Que la bele li ot tramise.
Chascun monte sor son destrier.   4.005
Chascun out çaint le brant d'acier.
Einsi armé, sor lor chevaus,
Par un vert pré, entre deus vaus,
Sordent sus en la Blanche Lande.
Gauvain, li niés Artus, demande   4.010
Gerflet: — Vez en la deus venir,
Qui molt vienent de grant aïr.
Nes connois pas: ses tu qu'il sont?
— Ges connois bien, Girflet respont;
Noir cheval a et noire enseigne: 4.015
Ce est li Noirs de la Montaigne.
L'autre connois as armes vaires,
Qar en cest païs n'en a gaires.
Il sont faé, gel sai sanz dote.
Icil vindrent fors de la rote,   4.020
Les escus pres, lances levees,

Trouxe, com freios e com sela,
E duas lanças, dois escudos,
Bem disfarçou-os ele em tudo.
Que direi eu dos cavaleiros?
Com véu de branca seda, inteiro,
Governal vai, cabeça oculta:
Só os olhos ver-lhe é o que resulta.
Percorre o vau, lento, sem susto,
Cavalo tem, belo e robusto.
Monta Tristão Bel Joeor,
Não poderia achar melhor.
Cota, corcel, escudo e sela,
Tudo a cobrir negra lapela:
Um negro véu lhe cobre o rosto
Todo coberto tem-se posto;
Na lança o seu emblema pôs,
Que um dia a bela deu-lhe e impôs.
Cada qual monta seu corcel,
Cada qual cinge o gládio seu.
Assim armados, nos cavalos,
Por verde prado, o vau ao lado,
Na Blanche Lande vão os dois.
Vendo-os, Gauvain pergunta, pois,
A Gerflet: — Vês os que lá vêm,
Que o porte assim tão nobre têm?
Que sabes tu? Conhece-os de onde?
— Conheço bem — Girflet responde —,
Cavalo negro, negro emblema,
Do Negro da Montanha é o lema.
Mas do outro, as armas coloridas
Neste país não são havidas.
São encantados, sei mui bem!
Fora da rota ambos já vêm,
Escudo à mão, lanças erguidas,

Les enseignes au fer fermees.
Tant bel portent lor garnement
Comme s'il fusent né dedenz.
Des deus parolent assez plus 4.025
Li rois Marc et li rois Artus
Qu'il ne font de lor deus compaignes,
Qui sont laïs es larges plaignes.
Es rens perent li dui sovent,
Esgardé sont de mainte gent. 4.030
Parmié l'angarde ensemble poignent,
Mais ne trovent a qui il joignent.
La roïne bien les connut:
A une part du renc s'estut,
Ele et Brengain. Et Andrez vint 4.035
Sor son destrier, ses armes tint;
Lance levee, l'escu pris,
A Tristran saute en mié le vis.
Nu connoisoit de nule rien,
Et Tristran le connoisoit bien. 4.040
Fiert l'en l'escu, en mié la voie
L'abat et le braz li peçoie.
Devant les piez a la roïne
Cil jut sanz lever sus l'eschine.
Governal vit le forestier 4.045
Venir des tres, sor un destrier,
Qui vout Tristran livrer a mort
En sa forest, ou dormoit fort.
Grant aleüre a lui s'adrece.
Ja ert de mort en grant destrece. 4.050
Le fer trenchant li mist el cors,
O l'acier bote le cuir fors.
Cil chaï mort, si c'onques prestre
N'i vint a tens ne n'i pot estre.
Yseut, qui ert et franche et sinple, 4.055

Com as insígnias exibidas.
De armas estão bem guarnecidos,
Como se com elas nascidos.
Os dois assunto nada parco
Para Artur dão com o rei Marco,
Mais que dão suas companhias,
Que, abaixo, todo mundo via.
À frente põem-se, bem valentes,
Mirados são por toda a gente.
Dão golpes juntos, na vanguarda,
Mas já ninguém mais os aguarda.
Reconheceu-os a rainha.
A um lado do renque se tinha
Ela e Brengain. E Andrez já chega
Em seu corcel, armas carrega.
A lança erguida, escudo às mãos,
Salta ele à face de Tristão.
Não imagina, pois, quem vem,
Tristão, porém, conhece-o bem.
Bate-lhe o escudo e em meio à via
O abate e o braço lhe estropia.
Diante dos pés de sua rainha,
Jaz ele, sem mover a espinha.
Ao camponês Governal viu —
Das tendas num corcel saiu:
Matar Tristão ele queria
Na sua floresta, onde dormia.
Muito veloz até ele vai,
A morte muito já o atrai:
No corpo mete-lhe sua lança,
Ela o atravessa e tudo alcança.
Cai enfim morto, sem que venha
Um padre que a alma lhe sustenha.
Isolda, que era simples, franca,

O juramento de Isolda

S'en rist doucement soz sa ginple.
Gerflet et Cinglor et Ivain,
Tolas et Coris et Gauvain
Virent laidier lor conpaignons:
— Seignors, fait Gaugains, que ferons?   4.060
Li forestier gist la baé.
Saciez que cil dui sont faé.
Ne tant ne qant né connoisons:
Or nos tienent il por bricons.
Brochons a eus, alons les prendre.   4.065
— Quis nos porra, fait li rois, rendre
Molt nos avra servi a gré.
Tristran se trait aval au gé
Et Governal, outre passerent.
Li autre sirre nes oserent,   4.070
En pais remestrent, tuit estroit;
Bien penserent fantosme soit.
As herberges vuelent torner,
Qar laisié ont le bohorder.
Artus la roïne destroie.   4.075
Molt li senbla brive la voie.

....

Qui la voie aloignast sor destre.
Descendu sont a lor herberges.
En la lande ot assez herberges: 4.080
Molt en costerent li cordel.
En leu de jonc et de rosel,
Glagié avoient tuit lor tentes.
Par chemins vienent et par sentes;
La Blanche Lande fu vestue,   4.085
Maint chevalier i out sa drue.
Cil qui la fu enz en la pree
De maint grant cerf ot la menee.
La nuit sejornent a la lande.

Ri sob o véu de seda branca.
Gerflet e Cinglor, mais Ivain,
Tolás e Coris e Gauvain
Sofrendo viram seus amigos:
— Senhores — diz Gaugains —, que digo?
O camponês jaz, boca aberta,
Nos dois magia é coisa certa.
Tanto nem quanto os conhecemos,
Risíveis nós lhes parecemos.
Espada neles, p'ra prendê-los!
— Quem possa — diz o rei — detê-los
Serviço faz-nos nada mal.
Desce Tristão, vai até o vau,
Com Governal lá o ultrapassa.
Não há quem ouse dar-lhes caça,
Mudos estão, num só tormento:
Fantasmas são — é o pensamento.
P'ro acampamento voltar querem,
Pois justas já não mais requerem.
Artur já vem com a rainha,
Curta era a via em que se vinha.
....
Que a via à destra é a mais longa.
Desceram logo aos pavilhões.
No campo há muitos pavilhões:
Bem caro as cordas lhes custaram,
Não junco e cana ao chão jogaram,
Mas flores por todas as tendas.
Vêm por caminhos e por sendas.
A Blanche Lande a gente abriga,
Muitos trouxeram as amigas.
Os que se encontram lá no prado
Bem mais que um cervo têm caçado:
Ficam à noite nessas bandas.

O juramento de Isolda

Chascun rois sist a la demande. 4.090
Qui out devices n'est pas lenz:
Li uns a l'autre fait presenz.
Ly rois Artus, aprés mengier,
Au tref roi Marc vait cointoier,
Sa privee maisnie maine. 4.095
La ot petit de dras de laine,
Tuit li plusor furent de soie.
Des vesteüres que diroie?
De laine i out, ce fu en graine,
Escarlate cel drap de laine; 4.100
Molt i ot gent de riche ator,
Nus ne vit deus plus riches corz:
Mestier nen est dont la nen ait.
En pavellons ont joie fait.
La nuit devisent lor afaire: 4.105
Conment la franche debonere
Se doit deraisnier de l'outrage,
Voiant les rois et lor barnage.
Couchier s'en vait li rois Artus
O ses barons et o ses druz. 4.110
Maint calemel, mainte troïne,
Qui fu la nuit en la gaudine
Oïst an pavellon soner.
Devant le jor prist a toner:
A fermeté, fu de chalor. 4.115
Les gaites ont corné le jor;
Par tot conmencent a lever.
Tuit sont levé sanz demorer,
Li soleuz fu chauz sor la prime,
Choiete fu et nielle et frime. 4.120
Devant les tentes as deus rois
Sont asenblé Corneualois:
N'out chevalier en tot le reigne

Os reis atendem às demandas.
Os ricos não são indolentes,
Entre si trocam bons presentes.
O rei Artur, após jantar,
Com Marco, o rei, vai já falar.
Leva só poucos de seu clã:
Alguns vão com roupas de lã,
Muitos, de seda, tão somente.
Que dizer disso, simplesmente?
Se lã sim há, púrpura tem,
Pois escarlate a veste advém.
Rica tal gente se atavia,
Cortes mais ricas não havia.
De nada, pois, têm eles falta,
Nos pavilhões, cada um se exalta.
Do juramento à noite falam:
A mulher franca — não se calam —,
P'ra se livrar, o que diria,
Vendo os dois reis e companhia?
Dormir Artur vai já e consigo
Vão seus barões e seus amigos.
Sim, muita trompa e charamela,
Quem lá dormiu, na noite aquela,
Ouviu tocar nos pavilhões.
O dia veio com trovões,
Os quais calor certo indiciam:
Cornetas tal dia anunciam.
Todos se põem a levantar.
Levantam todos, sem tardar,
Brilha o sol desde a hora prima,
Geada ou névoa não se afirma.
Em face às tendas dos dois reis,
Os cornualhos todos, eis:
No reino não há cavaleiro

O juramento de Isolda

Qui n'ait o soi a cort sa feme.
Un drap de soie a paile bis   4.125
Devant le tref au roi fu mis.
Ovrez fu en bestes, menuz.
Sor l'erbe vert fu estenduz.
Li dras fu achaté en Niques.
En Cornoualle n'ot reliques   4.130
En tresor ne en filatieres,
En aumaires n'en autres bieres,
En fiertres n'en escrinz n'en chases,
En croiz d'or ne d'argent n'en mases,
Sor le paile les orent mises,   4.135
Arengies, par ordre asises.
Li roi se traient une part,
Faire i volent loial esgart.
Li rois Artus parla premier,
Qui de parler fu prinsautier: 4.140
— Rois Marc, fait il, qui te conselle
Tel outrage si fait mervelle:
Certes, fait il, sil se desloie.
Tu es legier a metre en voie,
Ne dois croire parole fause!   4.145
Trop te feroit amere sause
Qui parlement te fist joster.
Molt li devroit du cors coster
Et ennuier, qui voloit faire.
La franche Yseut, la debonere,   4.150
Ne veut respit ne terme avoir.
Cil püent bien de fi savoir,
Qui vendront sa deresne prendre,
Que ges ferai encore pendre,
Qui la reteront de folie   4.155
Pus sa deresne, par envie:
Digne seroient d'avoir mort.

304

Que a esposa não trouxera ordeiro.
Tapete de seda e brocardo,
Frente à real tenda lançado,
Co'um bestiário era tecido:
Na relva foi ele estendido,
Vem de Niceia a rica malha.
Relíquia não há na Cornualha
Em tesouro ou em filactério,
Baús, nem arcas de beatério,
Caixas, escrínios, relicários,
Em cruz dourada ou em sacrários,
Que não se tenha ali trazido,
Disposto em ordem e exibido.
Os reis decidem se afastar
Para melhor deliberar.
Artur é quem fala primeiro,
Que de falar ele era useiro:
— Rei Marco — diz — quem te aconselha
Ultraje tal não tem parelha:
Decerto — diz — é desleal.
Tu és ingênuo p'ra o que é mau.
Crer em mentiras não devias!
Comida amarga te daria
Quem essa jura fez marcar:
Muito devia lhe custar,
Muito sofrer, pelo que fez.
A franca Isolda, como vês,
Trégua não quer, nem protelar.
A todos quero anunciar,
Aos que a verão jura fazer,
Que eu de uma forca irei pender
Quem acusá-la de loucura,
Movido por inveja pura:
Mui bem serão executados.

O juramento de Isolda

Or oiez, roi: qui ara tort,
La roïne vendra avant,
Si qel verront petit et grant,   4.160
Et si jurra o sa main destre,
Sor les corsainz, au roi celestre
Qu'el onques n'ot amor conmune
A ton nevo, ne deus ne une,
Que l'en tornast a vilanie,   4.165
N'amor ne prist par puterie.
Dan Marc, trop a ice duré:
Qant ele avra eisi juré.
Di tes barons qu'il aient pes.
— Ha, sire Artus, q'en pus je mes?   4.170
Tu me blasmes, et si as droit,
Quar fous est qui envieus croit.
Ges ai creüz outre mon gré.
Se la deraisne est en cel pré,
Ja n'i avra mais si hardiz,   4.175
Se il aprés les escondiz
En disoit rien se anor non,
Qui n'en eüst mal gerredon.
Ce saciez vos, Artus, frans rois,
C'a esté fait, c'est sor mon pois.   4.180
Or se gardent d'ui en avant!
Li consel departent atant.
Tuit s'asistrent par mié les rens,
Fors les deus rois. C'est a grant sens:
Yseut fu entre eus deus as mains.   4.185
Pres des reliques fu Gauvains;
La mesnie Artus, la proisie,
Entor le paile est arengie.
Artus prist la parole en main,
Qui fu d'Iseut le plus prochain: 4.190
— Entendez moi, Yseut la bele;

Ora ouvi, rei: se há algum culpado,
Vai a rainha agora à frente,
Tal que a verá toda a sua gente,
E jurará, com a mão direita
Sobre as relíquias — Deus a aceita —,
Que nunca teve amor comum
A teu sobrinho, ou dois ou um,
Que redundasse em vilania,
Ou num amor por putaria.
Dom Marco, tal já tem durado!
Depois de então haver jurado,
Manda os barões deixá-la em paz!
— Senhor Artur, que posso eu mais?
Tu bem me arguis, meticuloso,
Louco é quem crê num invejoso.
Neles eu cri, mas de mau grado.
Justificada, neste prado,
Não haverá um audacioso
Que, após tal voto corajoso,
Contra a sua honra dizer venha
E recompensa má não tenha!
Artur, rei franco, isso sabei,
Se isso se faz, me contrariei.
Agora então se cuidem sim!
A reunião termina assim.
Todos se assentam perfilados,
Salvo os dois reis. Caso pensado:
A Isolda dãos as mãos os dois.
Gauvain rente às relíquias foi.
De Artur o séquito pomposo
Enche o tapete, todo honroso.
A fala toma Artur, esperto,
Já que de Isolda estava perto:
— Escutai bem, Isolda bela,

O juramento de Isolda

Oiez de qoi on vos apele:
Que Tristan n'ot vers vos amor
De putée nem de folor,
Fors cele que devoit porter   4.195
Envers son oncle et vers sa per.
— Seignors, fait el, por Deu merci,
Saintes reliques voi ici.
Or escoutez que je ci jure,
De quoi le roi ci aseüre: 4.200
Si m'ait Dex et Saint Ylaire,
Ces reliques, cest santuaire,
Totes celes qui ci ne sont
Et tuit icil de par le mont,
Qu'entre mes cuises n'entra home,   4.205
Fors le ladre qui fist soi some,
Qui me porta outre les guez,
Et li rois Marc mes esposez.
Ces deus ost de mon soirement,
Ge n'en ost plus de tote gent.   4.210
De deus ne me puis escondire:
Du ladre, de roi Marc, mon sire.
Li ladres fu entre mes jambes
....
Qui voudra que je plus en face,   4.215
Tote en sui preste en ceste place.
Tuit cil qui l'ont oï jurer
Ne püent pas plus endurer:
— Dex! fait chascuns, si fiere en jure:
Tant en a fait aprés droiture!   4.220
Plus i a mis que ne disoient
Ne que li fel ne requeroient:
Ne li covient plus escondit
Qu'avez oï, grant et petit,
Fors du roi et de son nevo,   4.225

Ouvi do que se vos apela:
Que Tristão não vos tem amor
Nem depravado ou sem pudor,
Afora o que ele deve dar
Ao tio seu e à dele par.
— Senhor — diz ela — a Deus pedi!
Santas relíquias vejo aqui.
Pois escutai como vos juro,
Aquilo que ao rei asseguro:
Se me tem Deus e Santo Hilário,
Relíquias tais e o santuário,
Todas que aqui agora estão,
Todas que pelo mundo vão,
Nunca entre as coxas me entrou homem,
Fora o leproso que mesmo ontem
Me carregou além do charco,
E meu marido: este, o rei Marco.
Os dois da minha jura excluo,
Mas todos outros nela incluo;
Os dois assumo, como for,
O lazarento e meu senhor:
Tive o leproso entre estas pernas
....
Quem quiser que inda mais eu faça,
Ora estou pronta, nesta praça.
Todos que ouviram-na jurar
Não podem já mais suportar:
— Deus! — dizem uns — que jura honrada!
Como jurou dignificada!
Jurou mais que o que lhe pediram
E mais que os pulhas lhe exigiram!
Jura além desta não lhe ordeno,
Ouvistes bem, grande e pequeno:
Não só do rei, de seu sobrinho

O juramento de Isolda

Ele a juré et mis en vo
Qu'entre ses cuises nus n'entra
Que li meseaus qui la porta
Ier, endroit tierce, outre les guez,
Et li rois Marc, ses esposez.   4.230
Mal ait jamais l'en mesquerra!
Li roi Artus en piez leva,
Le roi Marc a mis a raison,
Que tuit l'oïrent li baron:
— Rois, la deraisne avon veüe   4.235
Et bien oïe et entendue.
Or esgardent li troi felon,
Donoalent et Guenelon
Et Goudoïne li mauvès,
Que il ne parolent sol jamés.   4.240
Ja ne seront en cele terre
Que m'en tenist ne pais ne gerre,
Des que j'orroie la novele
De la roïne Yseut la bele,
Que n'i allons a esperon   4.245
Lui deraisnier par grant raison.
— Sire, fait el, vostre merci!
Molt sont de cort li troi haï,
Les corz departent, si s'en vont.
Yseut la bele o le chief blont   4.250
Mercie molt le roi Artur.
— Dame, fait-il, je vos asur:
Ne troverez mais qui vos die,
Tant con j'aie santé ne vie,
Nis une rien se amor non.   4.255
Mal le penserent li felon.
Ge prié le roi vostre seignor,
Et feelment, molt par amor,
Que mais felon de vos ne croie.

Ela jurou, sem descaminho,
Que entre suas coxas não entrou
Que o tal leproso que a portou
Ontem, à terça, pelo charco,
E seu marido, este, o rei Marco.
Maldito quem duvidar é!
O rei Artur se põe de pé
E Marco, o rei, chama à razão,
Para escutar cada barão:
— Rei, o juízo todos vimos,
Bem entendemos e ouvimos.
Ora se guardem os vilãos,
Donoalent e Guenelão,
Mais Goudoíne, o mais malvado,
De seu falar despudorado.
Viver já não vão nesta terra,
Quer seja em paz, quer seja em guerra,
Se ouço dizer que falam dela,
Desta rainha, Isolda, a bela,
Que não venhamos velozmente,
P'ra defendê-la justamente.
— Senhor — diz ela —, eu agradeço!
Muito na corte sendo avessos,
Os três se vão, deixando a corte.
Isolda, a loura, em belo porte,
Ao rei Artur muito agradece.
— Dama — ele diz —, isto mereces.
Não mais quem diga encontrareis,
Enquanto forte eu viverei,
Um nada só sem amor, não!
Mal planejaram os vilãos.
Eu peço ao rei, que é teu senhor,
Com lealdade e por amor,
Em detrator já não mais crer.

O juramento de Isolda

Dist li roi Marc: — Se jel faisoie   4.260
D'or en avant, si me blasmez.
Li uns de l'autre s'est sevrez.
Chascun s'en vient a son roiaume:
Li rois Artus vient a Durelme,
Rois Marc remest en Cornoualle.   4.265
Tristran sejorne, poi travalle.

Marco, o rei, diz: — Se isto eu fizer,
De agora em diante, sou culpado.
Vai cada qual para o seu lado.
Cada a seu reino assim se vai:
Para Durelme Artur já sai,
Na Cornualha Marco fica.
Vela Tristão, se mortifica.

Li rois a Cornoualle en pes.
Tuit le criement et luin et pres.
En ses deduiz Yseut en meine,
De lié amer forment se paine.   4.270
Mais, qui q'ait pais, li troi felon
Sont en esgart de traïson.
A eus fu venue une espie
Qui va querant changier sa vie:
— Seignors, fait-il, or m'entendez.   4.275
Se je vos ment, si me pendez.
Li rois vos sout l'autrier mal gré
Et vos en acuelli en hé,
Por le deraisne sa mollier.
Pendre m'otroi ou essillier,   4.280
Se ne vos mostre apertement
Tristran, la ou son aise atent
De parler o sa chiere drue.
Il est repost, si sai sa mue.
Qant li rois va a ses deduis —   4.285
Tristran set molt de Malpertuis! —
En sa chanbre va congié prendre.
De moi faciez en un feu cendre,
Se vos alez a la fenestre
De la chanbre, derier a destre,   4.290
Se n'i veez Tristran venir,

O fim dos três barões

Na Cornualha o rei tem paz,
Todos o temem, medo faz.
Isolda frui de seus prazeres
E ele a regala com dizeres.
P'ra quem tem paz, os três vilões
Ainda tramam traições.
A eles vem, pois, um espia
Que só ficar rico queria:
— Senhores — diz — ora escutai:
Se eu vos mentir, já me enforcai.
O rei vos teve de mau grado,
Por vós rancor tem conservado,
Por ter jurado sua mulher.
Banir podeis ou me prender,
Se não vos mostro abertamente
Tristão, lá aonde vai frequente
Falar à amiga assim querida:
Ele se esconde, sei sua vida.
Quando o rei parte em excursão,
Um Malpertius vira Tristão:
Vai a seu quarto co'ela estar.
Fazei-me em fogo então queimar,
Se, indo vós três até a janela
Daquela alcova, à destra dela,
Então não virdes vir Tristão,

S'espee çainte, un arc tenir,
Deus seetes en l'autre main.
Enuit verrez venir par main.
— Comment le sez? — Je l'ai veü.   4.295
— Tristran? — Je, voire, et conneü.
— Qant i fu il? — Hui main l'i vi.
— Et qui o lui? — Cil son ami.
— Ami? Et qui? — Dan Governal.
— Ou se sont mis? — En haut ostal   4.300
Se deduient. — C'est chiés Dinas?
— Et je que sai? — Il n'i sont pas
Sanz son seü! — Asez puet estre.
— Ou verron nos? — Par la fenestre
De la chambre; ce es tot voir.   4.305
Se gel vos mostre, grant avoir
En doi avoir, qant l'en ratent.
— Nomez l'avoir. — Un marc d'argent.
— Et plus assez que la promesse,
Si nos aït iglise et messe.   4.310
Se tu mostres, n'i puez fallir
Ne te façon amanantir.
— Or m'entendez, fait li cuvert,
A un petit pertus overt
Endroit la chanbre la roïne.   4.315
Par dedevant vet la cortine.
Triés la chanbrë est grant la doiz
Et bien espesse li jagloiz.
L'un de vos trois i aut matin;
Par la fraite du nuef jardin,   4.320
Voist belement tresque au pertus.
Fors la fenestre n'i aut nus.
Faites une longue brochete,
A un coutel, bien agucete;
Poignez le drap de la cortine   4.325

Espada à cinta e arco na mão,
E noutra mão tem duas setas.
Vir de manhã é coisa certa.
— Como o sabeis? — Eu mesmo o vi.
— Tristão? — Sim, o reconheci.
— E quando foi? — De manhã, digo.
— E co'ele quem? — O seu amigo.
— Amigo? Quem? — Dom Governal.
— Onde é que estão? — Num bom hostal
Em diversão. — Junto a Dinás?
— Quem vai saber? — Pois não está
Ele sozinho. — Pode ser.
— Como se o vê? — Vós ireis ter
A uma janela, vede assim.
Se vo-lo mostro, para mim
Quero algo ter, pois com tal arco.
— Quanto dizeis? — De prata um marco.
— E mais tereis do que cobiças,
Se nos ajuda Igreja e Missa!
Se no-lo mostras, sem faltar,
Não há por que te inquietar.
— Ora escutai — diz o velhaco.
Há um pequeno só buraco
Dentro da alcova da rainha,
Que tem diante uma cortina.
Atrás da alcova há um regato
Com um gladíolo compacto.
Um dos três vá lá cedo, sim,
Pela fresta que há no jardim,
Direto vá para a abertura:
Se na janela há gente, apura.
Fazei espeto bem pontudo
Com uma faca, muito agudo.
Feri o pano da cortina

O fim dos três barões

O la broche poignant d'espine.
La cortine souavet sache
Au pertuset (c'on ne l'estache),
Que tu voies la dedenz cler,
Qant il venra a lui parler.   4.330
S'eissi t'en prenz sol trois jorz garde,
Atant otroi que l'en m'en arde
Se ne veez ce que je di.
Fait chascuns d'eus: — Je vos afi
A tenir nostre covenant.   4.335
L'espie font aler avant.
Lors devisent li queus d'eus trois
Ira premier voier l'orlois
Que Tristran a la chambre maine
O celié qui seue est demeine.   4.340
Otroié ont que Goudoïne
Ira au premerain termine.
Departent soi, chascun s'en vet.
Demain savront con Tristran sert.
Dex! La franche ne se gardoit   4.345
Des felons ne de lor tripot.
Par Perinis, un suen prochain,
Avoit mandé que l'endemain
Tristran venist a lié matin:
Li rois iroit a Saint Lubin.   4.350
Oez, seignors, quel aventure!
L'endemain fu la nuit oscure.
Tristran se fu mis a la voie
Par l'espesse d'un'espinoie.
A l'issue d'une gaudine   4.355
Garda, vit venir Goudoïne:
Et s'en venoit de son recet.
Tristan li a fait un aget,
Repost se fu an l'espinoi.

Com essa sua ponta fina.
Leve a cortina então puxai
Da fenda (pois ela não cai),
Para de lá bem contemplar
Quando ele irá co'ela falar.
Se só três dias fazeis guarda,
Consinto, pois, que em fogo eu arda
Caso não virdes o que afirmo.
Diz cada um: — Eu vos confirmo:
Nossa promessa está mantida.
Do espião esta é a despedida.
Discutem qual é deles três
Que irá olhar, na prima vez,
O encontro de Tristão, no quarto,
Co'aquela que ama de amor farto.
Discutem, pois, e se define
Que vai primeiro Goudoíne.
Partem assim, cada um se vai,
Verão Tristão como se sai.
Deus! como a franca não se liga
Aos pulhas, com suas intrigas!
Por Perinis, que lhe servia,
Mandou dizer que, no outro dia,
Pela manhã Tristão viesse:
A São Lubin o rei pois desce.
Ouvi, Senhores, que aventura!
Dia seguinte, noite escura,
Tristão encontra seu roteiro
Pela espessura do espinheiro;
Antes que o abrigo então termine
Olha e vê vindo Goudoíne,
Que de sua casa vem então;
Em emboscada está Tristão,
Oculto sob esse espinheiro:

O fim dos três barões

— Ha, Dex! fait il, regarde moi, 4.360
Que cil qui vient ne m'aperçoive,
Tant que devant moi le reçoive!
En sus l'atent, s'espee tient.
Goudoïne autre voie tient.
Tristran remest, a qui molt poise. 4.365
Ist du buison, cele part toise,
Mais por noient; quar cil s'esloigne,
Qui en fel leu a mis sa poine.
Tristran garda au luien, si vit
(Ne demora que un petit) 4.370
Denoalan venir anblant,
O deus levriers, mervelles grant!
Afustez est a un pomier.
Denoalent vint le sentier
Sor un petit palefroi noir. 4.375
Ses chiens out envoié mover
En une espoise un fier sengler.
Ainz qu'il le puisen desangler,
Avra lor mestre tel colee
Que ja par mire n'ert sanee. 4.380
Tristran le preuz fu desfublez.
Denoalen est tost alez;
Ainz s'en sout mot, quant Tristran saut.
Fuïr s'en veut: mais il i faut:
Tristran li fu devant trop pres. 4.385
Morir le fist. Qu'en pout il mès?
Sa mort queroit: cil s'en garda,
Que le chief du bu li sevra.
Ne lui lut dire: — Tu me bleces.
O l'espee trencha les treces, 4.390
En sa chauces les a boutees,
Qant les avra Yseut mostrees,
Qu'ele l'en croie qu'il l'a mort.

320

— Ah, Deus — diz só — sê meu parceiro!
Que este que vem só me perceba
Quando de mim já o receba!
Atento espera, a espada pega,
Goudoíne outra rota pega.
Tristão contém-se, em ira dura,
Sai já do arbusto, à sua procura,
Mas foi em vão, pois já se afasta
O que em má fé seu vigor gasta.
Tristão ao longe vê agora,
Sem quase nada de demora,
Denoalan vindo até si
Com dois cachorros — eis aí!
Põe-se ele atrás da macieira.
Denoalent vem na clareira
Sobre seu negro palafrém:
Seus cães mandou ele ir além
Um javali desentocar;
Antes que o façam se mostrar,
Tal golpe ao mestre será dado,
Que nada então terá curado.
Tristão o manto retirou.
Denoalen logo chegou.
Despercebido, Tristão pula.
Fugir tentou, logo se anula.
À frente se lhe pôs Tristão.
Fá-lo morrer. Que solução?
Sua morte quer. Ele suporta.
Do tronco o crânio já lhe corta.
Dizer nem dá: — Tu já me alcanças!
Co'a espada corta-lhe suas tranças
E nos calções de pronto as guarda:
Mostrar a Isolda, assim, não tarda,
Para que creia nessa morte.

O fim dos três barões

D'iluec s'en part Tristran a fort.
— Ha, las! fait il, que est devenuz   4.395
Goudoïne? Or s'est toluz,
Que vi venir orainz si tost.
Est il passez? Ala tantost?
S'il m, atendist, savoir peüst
Ja mellor guerredon n'eüst   4.400
Que Donalan le fel enporte,
Qui j'ai laisié la teste morte.
Tristan laise le cors gesant
Enmié la lande, envers, sanglent.
Tert s'espee, si l'a remise   4.405
En son fuerre, sa chape a prise,
Le chaperon el chief sei met,
Sor le cors un grant fust atret,
A la chanbre sa drue vint.
Mais or oiez con li avint.   4.410
Goudoïne fu acoruz
Et fu ainz que Tristran venuz.
La cortine ot dedenz percie;
Vit la chanbre, qui fu jonchie,
Tot vit quant que dedenz avoit,   4.415
Home fors Perinis ne voit.
Brengain i vint, la damoisele,
Ou out pignié Yseut la bele:
Le pieigne avoit encor o soi.
Le fel qui fu a la proi   4.420
Garda, si vit Tristran entrer,
Qui tint un arc d'aubor enter.
En sa main tint ses deus seetes,
En l'autre deus treces longuetes.
Sa chape osta, pert ses genz cors.   4.425
Iseut, la bele o les crins sors,
Contre lui lieve, sil salue.

Vai-se Tristão dali mais forte:
— Então! — diz ele — e o que se deu
Com Goudoíne (se escondeu?),
Que ainda há pouco vi passar?
Pois já passou? Onde foi dar?
Se me esperasse, saberia
Que recompensa eu lhe daria:
A mesma que a Donalan dei,
Quando a cabeça lhe tirei.
O corpo ao chão deixa Tristão,
O sangue jorra em profusão.
A espada limpa, já a repõe
Em sua bainha; a capa põe
E seu capuz, bom agasalho.
Esconde o corpo sob um galho
E à alcova de sua amiga vem.
Mas ora ouvi que lhe advém:
Goudoíne veloz correu
E a Tristão muito precedeu;
Logo a cortina furou certo,
A alcova viu, o chão coberto:
Viu tudo que lá dentro havia,
Só Perinis de homem se via.
Brengain chegou, a dama dela,
Penteado havia Isolda, a bela —
Inda consigo o pente vinha.
O traidor, que ali se tinha,
Olhou e viu Tristão entrar,
Arco labúrneo a portar:
Co'as setas numa mão avança,
Trazendo noutra as duas tranças.
A capa tira: vê-se belo.
Isolda, de louro cabelo,
Para ele vai, muito o festeja.

O fim dos três barões

Par sa fenestre vit la nue
De la teste de Gondoïne.
De grant savoir fu la roïne.   4.430
D'ire tresue sa persone.
Yseut Tristran en araisone:
— Se Dex me gart, fait il, au suen,
Vez les treces Denoalen.
Ge t'ai de lui pris la venjance: 4.435
Jamais par lui escu ne lance
N'iert achatez ne mis en pris.
— Sire, fait ele, ge q'en puis?
Mais prié vos que cest arc tendez,
Et verron com il est bendez.   4.440
Tristan s'esteut, si s'apensa,
Oiez! En son penser tensa;
Prent s'entente, si tendi l'arc.
Enquiert noveles du roi Marc:
Yseut l'en dit ce qu'ele en sot.   4.445
....
S'il en peüst vis eschaper,
Du roi Marc et d'Iseut sa per
Referoit sordre mortel gerre.
Cil qui Dex doinst anor conquerre,   4.450
L'engardera de l'eschaper.
Yseut n'out cure de gaber:
— Amis, une seete encorde,
Garde du fil qu'il ne retorde.
Je vois tel chose dont moi poise.   4.455
Tristran, de l'arc nos pren ta toise.
Tristran s'estut, si pensa pose,
Bien soit q'el voit aucune chose
Qui li desplaist. Garda en haut:
Grant poor a, trenble et tresaut.   4.460
Contre le jor, par la cortine,

324

Isso faz que à janela veja
De Gondoíne o feio vulto.
Nada ela fez que fosse estulto,
Tomada de ira sua pessoa.
Tristão com ela já arrazoa:
— Que Deus me guarde! — Tristão pede —
De Denoalen as tranças vede.
Dele por ti tomei vingança,
Escudo já não mais ou lança
Irá comprar, irá vender.
— Senhor — lhe diz —, que tenho a ver?
Peço que vosso arco estendais,
P'ra que a tensão dele meçais.
Para Tristão, consigo pensa.
Ouvi! Que cisma tão intensa!
Alento toma, estende o arco.
Pede notícias do rei Marco:
Isolda diz-lhe o que então sabe.
....
Se ele ali mesmo não o tolher,
Entre o rei Marco e sua mulher
Provocará guerra mortal.
Mas a quem Deus dá honra tal
Há de impedi-lo de escapar.
Isolda em vão não vai falar:
— Amigo, põe na corda a seta
E o fio vê que atinja a meta.
Vejo uma coisa que me assusta,
Puxa, Tristão, com mão robusta!
Para Tristão, põe-se a pensar
Que ela viu algo de espantar
Que a zanga assim. Olha p'ra cima,
Vem-lhe pavor, o risco estima,
Pois contra a luz, pela cortina,

Vit la teste de Godoïne:
— Ha! Dex, vrai roi, tant riche trait
Ai d'arc et de seete fait:
Consentez moi qu'a cest ne falle!   4.465
Un des trois feus de Cornoualle
Voi, a grant tort, par la defors.
Dex, qui le tuen saintisme cors
Por le pueple meïs a mort,
Lai moi venjance avoir du tort   4.470
Que cil felon muevent vers moi.
Lors se torna vers la paroi,
Sovent ot entesé, si trait.
La seete si tost s'en vait,
Rien ne peüst de lui gandir.   4.475
Par mié l'uel la li fait brandir,
Trencha le teste et la cervele.
Esmerillons ne arondele
De la moitié si tost ne vole;
Se ce fust une pome mole,   4.480
N'issist la seete plus tost.
Cil chiet, si se hurte a un post,
Onques ne piez ne braz ne mut.
Seulement dire ne li lut:
— Bleciez sui! Dex! Confession   4.485

....

A Godoíne descortina:
— Ah, Deus! rei vero, quantos tiros
Com o arco e a flecha não desfiro:
Consenti-me este ser sem falha!
Um dos vilões da Cornualha
Vejo em tocaia, bem lá fora.
Deus, que teu santo corpo, outrora,
Pelo teu povo à morte deste,
Deixa-me agora vingar deste,
Que, vilão, tão mal fez a mim!
Já para o muro vira assim,
Tensiona o arco e logo atira.
A meta tão veloz se mira
Que a seta nada há de impedir:
No meio do olho a incidir,
Cabeça e cérebro atravessa —
Uma andorinha que tem pressa
Não tem metade desse elã;
Se aquilo fosse uma maçã,
Mais veloz não a atravessava!
Cai ele, pois, bate na trava,
Braços e pés não mais movia,
Nem só dizer ele podia:
— Ferido estou! Deus! Confissão...
....

O fim dos três barões

Referências bibliográficas

Textos:

BÉDIER, Joseph. *Le roman de Tristan et Iseut renouvelé par J. Bédier*. Paris: La Table Ronde, 1981.

CURTIS, Renée L. (org.). *Le roman de Tristan en prose*, v. 1-3. Cambridge: D. S. Brewer, 1963-1985.

GOTTFRIED VON STRASSBURG. *Tristan*. Herausgegeben von Karl Marold. Leipzig: Eduard Avenarius, 1906.

LACY, Norris J. (org.). *Early French Tristan poems*, 2 v. Cambridge: D. S. Brewer, 1998.

LØSETH, Eilert. *Analyse critique du Roman de Tristan en prose française*. Paris: Émile Bouillon, 1890.

MÉNARD, Philippe *et al.* (org.). *Le roman de Tristan en prose*, v. 1-9. Genève: Droz, 1987-1997.

MURET, Ernest (org.). *Le Roman de Tristan par Béroul et un anonyme: poème du XIIe siècle*. Paris: Firmin Didot, 1903.

Estudos:

ADAMS, Tracy. "Love and charisma in the *Tristan et Iseut* of Béroul". *Philological Quartely*, v. 82, n° 1, pp. 1-23, 2003.

BAKHTIN, Mikhail. *Questões de literatura e de estética: a teoria do romance*. Tradução de A. F. Bernardini e outros. São Paulo: Fundunesp/Hucitec, 1988.

BENNETT, Philip E. "The literary source of Béroul's Godoïne". *Medium Aevum*, v. 42, n° 2, pp. 133-40, 1973.

BENOIT, Jean-Louis. "Le personnage d'Iseut dans le *Tristan* de Béroul: charme et complexité". *Studia Romanica Posnaniensia*, v. 36, pp. 155-64, 2009.

BENOSO, Francesco. "Tristano e Isotta: cent'anni di studi sulle origini della leggenda". *Francofonia*, n° 33, pp. 105-30.

BENSKIN, Michael; HUNT, Tony; SHORT, Ian. "Un nouveau fragment du *Tristan* de Thomas". *Romania*, v. 113, n°s 451-452, pp. 289-319, 1992.

BIK, Elisabeth J. "Les interventions d'auteur dans le *Tristan* de Béroul". *Neophilologus*, v. 52, pp. 31-42, 1972.

BLOCH, R. Howard. "Tristan, the myth of the State and the language of the self". *Yale French Studies*, v. 51, pp. 61-81, 1974.

BOVO, Cláudia Regina. "Os caminhos da sociabilidade feudal: a espiritualização das relações de parentesco no *Tristan* de Béroul (séc. XII)". *Territórios e Fronteiras*, v. 3, n° 1, pp. 5-41, 2010.

BRANDÃO, Jacyntho Lins. *A invenção do romance: narrativa e mimese no romance grego*. Brasília: Editora UnB, 2005.

BREEZE, Andrew. "Beroul's Frise and la mer de Frise". *French Studies Bulletin*, v. 108, pp. 57-9, 2008.

BROCKINGTON, Mary. "Discovery in the Morrois: Antecedents and analogues". *The Modern Language Review*, v. 93, n° 1, pp. 1-15, 1998.

BROCKINGTON, Mary. "The separating sword in the *Tristran* romances: Possible Celtic analogues re-examined". *The Modern Language Review*, v. 91, n° 2, pp. 281-300, 1996.

CÂMARA JR., J. Mattoso. *Dicionário de filologia e gramática*. Rio de Janeiro: Jozon, s/d.

CLOGAN, Paul M. "New directions in twelfth-century courtly narrative: *Le roman de Thèbes*". *Mediaevistik*, v. 3, pp. 55-70, 1990.

DELBOUILLE, Maurice. "Le premier *Roman de Tristan*". *Cahiers de Civilisation Médiévale*, n° 19, pp. 273-86, 1962.

DELBOUILLE, Maurice. "Le premier *Roman de Tristan*" (suite). *Cahiers de Civilisation Médiévale*, n° 20, pp. 419-35, 1962.

EWERT, A. *The Romance of Tristan by Beroul: Introduction and commentary*. Oxford: Blackwell, 1970.

FRAPPIER, Jean. "Structure et sens du *Tristan*: version commune, version courtoise" (suite et fin). *Cahiers de Civilisation Médiévale*, n° 24, pp. 441-54, 1963.

GARCÍA GUAL, Carlos. *Historia del rey Arturo y de los nobles y errantes caballeros de la Tabla Redonda*. Madri: Alianza, 1984.

GIRARD, Robin William. "Simulation and dissimulation in the *Folie Tristan* d'Oxford". *Neophilologus*, v. 99, pp. 539-52, 2015.

GRADÍN, Pilar Lorenzo; MARTÍNEZ, Eva M. Díaz. "El fragmento gallego del *Livro de Tristan*: nuevas aportaciones sobre la *collatio*". *Romania*, v. 122, n°s 487-488, pp. 371-96, 2004.

GRADÍN, Pilar Lorenzo. "The *matière de Bretagne* in Galicia from the XIIth to the XVth century". In HOOK, David (org.). *The Arthur of the Iberians: The Arthur legend in the Spanish and Portuguese worlds*. Cardiff: University of Wales Press, 2015.

HARF-LANCNER, Laurence. "Tristan détristanisé: du *Tristan en prose* (XIIIe siècle) au *Nouveau Tristan* de Jean Maugin". *Nouvelle Revue du XVIe Siècle*, v. 2, pp. 5-22, 1984.

HEINZ, Sabine. "Textual and historical evidence for an early British Tristan tradition". *Proceedings of the Harvard Celtic Colloquium*, v. 28, pp. 89-127, 2008.

HUCHET, Jean-Charles. "Les masques du clerc (Le *Tristan* de Béroul)". *Médiévales*, n° 5, pp. 96-116, 1983.

JONIN, P. *Les personnages féminins dans les romans français de Tristan*. Aix-en-Provence: Université d'Aix-en-Provence, 1958.

KOOIJMAN, Jacques C. "A propos du 'Tristan de Beroul' et du Tristan en prose". *Romanische Forschungen*, v. 91, n°s 1/2, pp. 96-101, 1979.

KRISTEVA, Julia. *O texto do romance: estudo semiológico de uma estrutura narrativa transformacional*. Tradução de M. Ruas. Lisboa: Horizonte, 1984.

LACY, Norris J. "Irony and distance in Béroul *Tristan*". *The French Review*, v. 45, n° 3, pp. 21-9, 1971.

LACY, Norris J. (org.). *Text and intertext in medieval Arthurian literature*. Nova York/Londres: Garland, 1996.

LEMESLE, Bruno. "Le serment promis: le serment judiciaire à partir de quelques documents angevins des XI et XII siècles". *Crime, Histoire & Sociétés*, v. 6, n° 2, pp. 5-28, 2002.

LÖFSTEDT, Leena. "Le procès de Tristran chez Béroul". *Neuphilologische Mitteilungen*, v. 89, n° 3, pp. 378-90, 1988.

MARCHELLO-NIZIA, Christiane. "De l'art du parjure: les 'sements ambigus' dans les premiers romans français". *Argumentation*, v. 1, pp. 397-405, 1987.

MEYER, Paul. *Alexandre le Grand dans la littérature française du Moyen Âge*. Paris: F. Vieweg, 1886.

MIYASHIRO, Adam. "Disease and deceit in Béroul's *Roman de Tristan*". *Neophilologus*, v. 89, pp. 509-25, 2005.

MOLINIÉ, Georges. *Du roman grec au roman baroque*. Toulouse: Université de Toulouse, 1982.

MULLER, Jean-Claude. "Structure et sentiment: regards anthropologiques sur la légende de Tristan et Iseut". *L'Homme*, n°s 175-176, pp. 277-86, 2005.

NDIAYE, Abdoulaye. "Le roman de l'adultère: du mythe littéraire au palimpseste". *Voix Plurielles*, v. 10, n° 2, pp. 244-56, 2013.

NOBLE, Peter. "Beroul's 'somewhat softened feminine view'?". *Modern Language Review*, v. 75, n° 4, pp. 746-52, 1980.

NOSRAT, Shahla. *Origines indo-européennes de deux romans médiévaux: Tristan et Iseut et Wîs et Râmîn*. Estrasburgo: Université de Strasbourg, 2012 (tese).

PAYEN, Jean-Charles. "Le peuple dans les romans français de 'Tristan': la 'povre gent' chez Béroul, sa fonction narrative et son statut idéologique". *Cahiers de Civilisation Médiévale*, n° 91, pp. 187-98, 1980.

PUNZI, Adriana. "Il *Roman d'Enéas* o la riscrittura dell'*epos*". *Francofonia*, n° 45, pp. 47-58, 2003.

REID, T. B. W. "The 'Tristran' of Beroul: One author or two?". *The Modern Language Review*, v. 60, n° 3, pp. 352-8, 1965.

RIBARD, Jacques. "Pour une interprétation théologique du *Tristan* de Béroul". *Cahiers de Civilisation Médiévale*, n°s 110-111, pp. 235-42, 1985.

RIBÉMONT, Bernard. "Le *Tristan* de Béroul entre procédure et chevalerie". *Studia Romanica Posnaniensia*, v. 42-43, pp. 17-38, 2015.

ROSENFIELD, Katharina Holzermayr. *A história e o conceito na literatura medieval*. Tradução de Zilá Bernd. São Paulo: Brasiliense, 1986.

ROSSI, Luciano. *A literatura novelística na Idade Média portuguesa*. Tradução de Carlos Moura. Lisboa: Instituto de Cultura Portuguesa, 1979.

SARGENT-BAUR, Barbara Nelson. "Accidental symmetry: The first and last episodes of Béroul's *Roman de Tristran*". *Neophilologos*, v. 88, pp. 335-51, 2004.

SARGENT-BAUR, Barbara Nelson. "La dimension morale dans le *Roman de Tristran* de Béroul". *Cahiers de Civilization Médiévale*, v. 31, pp. 49-56, 1988.

SELDEN, Daniel L. "Genre of genre". In TATUM, James (org.). *The search for the ancient novel*. Baltimore: The Johns Hopkins University Press, 1994.

SERVET, Pierre. "Le *Tristan* de Pierre Sala: entre roman chevaleresque e nouvelle". *Études Françaises*, v. 32, n° 1, pp. 56-69, 1996.

SILVA, Carolina Gual da; BOVO, Cláudia Regina; AMARAL, Flávia. "Do verso à prosa: o potencial histórico dos romances de cavalaria (séculos XII-XIV)". *História e Cultura*, v. 2, n° 3, pp. 414-41, 2013.

SOREL, Charles. *La bibliothèque françoise*. Paris: Compagnie des Libraires du Palais, 1667.

STANESCO Michel; ZINK Michel. *Histoire européenne du roman médiéval: esquisse et perspectives*. Paris: PUF, 1992.

STARY, J. M. "Adultery as symptom of political crisis in two Arthurian romances". *Parergon*, v. 9, n° 1, pp. 63-73, 1991.

WIND, B. H. "Les versions françaises du *Tristan* et les influences contemporaines". *Neophilologus*, v. 45, pp. 278-86, 1961.

WRIGHT, Monica L. "Dress for success: Béroul's *Tristan* and the restoration of status through clothes". *Arthuriana*, v. 18, n° 2, pp. 3-16, 2008.

Sobre o autor

"Não sabem bem como é a história,/ Berox a guarda em sua memória". Esta é a primeira das duas únicas alusões ao nome *Berox* — ou *Béroul* — em todo *O romance de Tristão*. São essas duas ocorrências, nos versos 1.267-8 e 1.790, respectivamente, a pista para que se considere este o autor da obra que o leitor agora tem em mãos. Reconhecida como verdadeira joia da mais remota forma do romance moderno, esta narrativa rimada e metrificada foi composta provavelmente entre os anos de 1150 e 1190, e integra a chamada "matéria de Bretanha" — o ciclo de histórias em torno do rei Artur e os cavaleiros da Távola Redonda. De Béroul, presume-se, portanto, que foi um poeta normando, escrevendo em língua vulgar, no caso o francês, vivo no século XII. O manuscrito de sua obra chegou até nós em um único documento com 4.485 versos, que hoje se encontra conservado na Biblioteca Nacional da França, em Paris, e pode ser visualizado em <https://gallica.bnf.fr/ark:/12148/btv1b10509685z>.

Sobre o tradutor

Jacyntho Lins Brandão é professor emérito da Universidade Federal de Minas Gerais, onde lecionou língua e literatura grega de 1977 a 2018, tendo exercido ainda os cargos de diretor da Faculdade de Letras (1990-1994 e 2006-2010) e vice-reitor (1994-1998). Doutor em Letras Clássicas pela Universidade de São Paulo (1992), foi professor visitante da Universidade de Aveiro, em Portugal (1998-1999). É sócio-fundador da Sociedade Brasileira de Estudos Clássicos, da qual foi o primeiro secretário (1985-1987), além de presidente (1991-1993) e tesoureiro (2004-2005). Desde 2018 é membro da Academia Mineira de Letras e, atualmente, professor visitante da Universidade Federal de Ouro Preto. Publicou livros sobre a literatura grega: *A poética do hipocentauro: literatura, sociedade e discurso ficcional em Luciano de Samósata* (Editora UFMG, 2001), *A invenção do romance* (Editora UnB, 2005) e *Antiga musa: arqueologia da ficção* (Relicário, 2015). Traduziu, do grego, *Como se deve escrever a história*, de Luciano de Samósata (Tessitura, 2009), bem como, do acádio, *Ele que o abismo viu: epopeia de Gilgámesh* (Autêntica, 2017) e *Ao Kurnugu, terra sem retorno: descida de Ishtar ao mundo dos mortos* (Kotter, 2019). É autor ainda de obras de ficção: *Relicário* (José Olympio, 1982), *O fosso de Babel* (Nova Fronteira, 1997) e *Que venha a Senhora Dona* (Tessitura, 2007).

Este livro foi composto em Sabon, pela Bracher & Malta, com CTP da New Print e impressão da Graphium em papel Pólen Soft 80 g/m² da Cia. Suzano de Papel e Celulose para a Editora 34, em março de 2020.